나의 아름다운 이웃

나의 아름다운 이웃
박완서 짧은 소설
작가정신

개정판을 펴내며

안방 천장에 일렁이던 불빛처럼

어머니가 이 짧은 소설들을 쓸 당시의 풍경이 떠오릅니다. 겨울이면 보문동 집 안방 윗목에 있었던 원통 모양을 한 알라딘 난로의 불빛이 생각납니다. 아랫목은 몰라도 윗목에는 방 안인데도 찬바람이 불던 시절이었죠. 모양과 성능이 믿음직스러웠던 석유난로는 날이 어두워지면 그 불빛의 문양이 천장에 일렁거렸습니다. 그 기하학적 무늬가 아름다워 그걸 쳐다보고 있으면 몸과 마음이 녹아들며 환상의 세계로 들어가는 것만 같았습니다. 어머니는 불이 아깝다고 그 위에다 카스텔라를 구워주시기도 했습니다. 양은으로 된 둥근 찬합 통에서 행복한 냄새를 풍기며 구워지는 엄마표 카스텔라를 기다렸던 기억이 납니다. 마당 한 귀퉁이엔 큰 석유통이 있었는데 난로에 석유가 떨어지면 주유 호스로 손수 부어주셨습니다. 어머니는 석유를 다루는 것은 위험하다고 그 일을 누구에게도 시키지 않으셨죠. 연탄불을 가는 것과 난로의 석유를 채우는 것은 어머니의 수많은 일상 중 하나였습니다. 1970년대의 집 밖은 긴장과 억압의 분위기였지만, 어머니의 짧은 소설을 다시 읽으니 천장에 일렁이던 석유난로의 따뜻한 불빛 그림자가 생각납니다.

화장품 회사 사보 기자들이 원고를 받으러 직접 집에 왔던 광경이 떠오릅니다. 그때는 어머니가 작가로서 알려졌을 때라 제가 원고 심부름을 안 해도 되었거든요. 어머니는 넉넉한 원고료를 받으셨다며 흡족한 표정을 지으셨어요. 그러고는 그 돈을 아껴두지 않고 쓰시면서 그 흐지부지 쓰는 돈에 대해서 가치를 부여하셨지요. 그게 삶의 윤기를 주고 넉넉함과 여유를 가져다준다고요. 화장품 방문 판매원들이 상품과 함께 끼워주는 사보의 독자는 문학지를 읽는 사람들보다 훨씬 더 많다는 걸 어머니는 아셨습니다. 『도시의 흉년』이나 『휘청거리는 오후』, 『살아 있는 날의 시작』과 같은 연재소설을 쓰던 사이사이 간단한 인쇄매체를 통해 또 다른 중요한 걸 표현할 수 있다고 생각하신 듯합니다. 짧은 소설들은 지금 보아도 낡았다는 생각이 들지 않습니다. 분명 여러 번 읽었는데도 마치 처음 보는 듯이, 짧은 소설의 결말은 아슬아슬 호기심이 샘솟게 합니다.

짧은 소설을 즐기는 것을 가벼운 디저트 시간이라고 해야 할까요? 그러나 결코 소홀하거나 가볍지 않은 삶의 반전이 숨어 있습니다. 재미 속에 쿵 하고 가슴을 흔들어대고 부끄러움에 얼굴을 붉히게 합니다. 50년 가까이 지난 교육 이야기가 아이를 다 키워놓은 저에게도 눈을 번쩍 뜨고 살펴보게 합니다. 낭만적 사랑의 꿈을 버리지 않으셨던, 그러나 '너의 삶의 주인은 너'라고 끊임없이 일깨워주는 어머니가 자랑스럽고도 사랑스럽습니다.

어머니와 작가정신 출판사와의 인연과 더불어, 『나의 아름다운 이웃』도 독자들과 함께 성장하고 있었다는 느낌이 듭니다. 개정판 『나의 아름다운 이웃』과 어머니를 아끼는 29인의 젊은 작가들이 쓴 짧은 소설집이 사이좋게 나란히 나오게 된 것을 감사드리며 설레는 마음으로 기다립니다.

아치울에서
호원숙

책머리에

여기 모아놓은 짧은 소설들은 거의가 다 문단에 나오고 나서 10년 안에 쓴 것들이니 70년대의 산물입니다. 신인이었을 때니까 청탁을 거절하지 않고 성의껏 쓰다 보니 그렇게 되었던 것 같습니다. 그렇게 왕성하게 쓰던 콩트를 문득 안 쓰게 된 것은 청탁이 줄어서 저절로 그렇게 되었다기보다는 나로서는 생각한 바가 있어서 제법 의지력까지 발휘해서 끊어버렸다고도 할 수 있는데, 그러고 싶었던 사정은 대강 이러합니다. 그때만 해도 문예지도 지금처럼 많지 않았고 원고료도 형편없이 쌀 때였습니다. 한편 유신시대의 '잘 살아보자'와 맞물려 대기업이 생겨날 때였는데 기업들이 다투어 사보를 만들었고 사보에서 선호하는 기업 홍보와 무관한 문예물이 바로 콩트였습니다. 원고료도 문예지나 일반 교양지와는 댈 것도 아니게 높았습니다. 높은 원고료에 매료되어 어떤 화장품회사 사보에는 콩트를 연재까지 한 적도 있습니다. 그러다 문득 바로 그 높은 원고료 때문에 콩트 쓰기에 회의를 갖게 됐습니다. 작가로서 자기 세계도 확립하기 전에 돈맛부터 알게 된 자신에 싫증이 나면서 편식하던 단 음식을 끊듯이 단호하게 안 쓰기로 작정을 했습니다. 사보의 높은 원고료가 작가에게 꽤 괜찮은 부업거리를 제공해주는 것은 나쁠 것도 없지만 그렇다면 더욱 그런 일거리는 원고료만으로 생활해야 하는 전업작가에게 돌아가야 할 것 같았습니다. 그때만 해도 나는 주부 일과 글쓰기를 같이하고 있는 겸업 작가였으니까요. 그런 사정이었을 뿐 조금이라도 콩트라는 형식을 폄하하는 마음이 있었던 것은 아닙니다. 만약에 그랬다면 같은 책을 가지고 몇 번씩이나 제목이나 표지를 바꿔가며 독자와 만나지기를 시도하지는 않았을 것입니다.

1981년 '이민 가는 맷돌'이라는 제목으로 나온 최초이자 유일한 콩트집이 절판된 지 십여 년 만에 작가정신에서 다시 살려내고 싶어 했을 때 약간의 보완을 하고 제목을 '나의 아름다운 이웃'으로 바꾸면서 서문에서 콩트 쓰는 맛을 방 안에 들어앉아 창호지에 바늘구멍으로 내고 바깥세상을 엿보는 재미로 비유한 바가 있습니다. 이번에 같은 제목으로 새롭게 단장한 책이 다시 나오게 되어 별수 없이 또 한 번 훑어보게 되었는데 시대에 뒤떨어진 표현이 여기저기서 눈에 거슬렸지만 일부러 고치지 않았습니다. 70년대에 썼다는 걸 누구나 알아주기 바란 것은, 바늘구멍으로 내다보았음에도 불구하고 멀리, 적어도 이삼십 년은 앞을 내다보았다고 으스대고 싶은 치기 때문이라는 걸 솔직하게 고백합니다. 내가 보기에도 신기할 정도로 그때는 약간은 겁을 먹고 짚어낸 변화의 조짐이 지금 현실화된 것을 느끼게 됩니다.

나의 잊혀진 책에게까지 각별한 애정을 가지고 살려내고 꾸며내주신 작가정신 출판사 여러분에게 깊은 고마움을 전합니다.

계미신춘
박완서

차례

그때 그 사람

상철은 자기가 일등 신랑감이라는 걸 너무 믿고 있었다.

아직은 대학 재학 중이었지만 군대를 갔다 왔고 세칭 일류 대학이었고 졸업과 동시에 아버지 회사의 중역 자리가 기다리고 있었다. 아버지 회사는 몇십 년의 전통을 가진 착실한 중소기업에서 근래에 별안간 두각을 나타내 일약 대기업의 서열에 낀 신진 재벌이기 때문에 신진 재벌답지 않게 근거가 든든했다.

그는 또 장남이 아니었고 키는 1미터 80에서 5밀리가 모자랐다. 체격은 건강하되 배는 나오지 않았고 얼굴은 번듯하고도 귀골스러웠고 학업 성적은 우수했고 고전 음악에서 팝송에 이르기까지 음악에 대해 아는 척을 이십사 시간 계속해도 바닥이 안 날 자신이 있었고 고서화로부터 추상화까지 진짜와 가짜를 가려낼 수 있는 미적 안목이 있었고 취미는 자신의 빨간 스포츠카를 몰고 교외를 달리는 고급스러운 거였다.

그러나 그뿐일까. 그의 이해심 많은 부모는 그가 결혼하는 날로 딴살림을 내주기 위해 강변에 오십팔 평짜리 아파트를 벌써부터 사놓고 그것을 조금씩 꾸미는 걸 취미로 삼고 있었다. 그는 가끔 자기가 신붓감이 되어서 자기처럼 완벽한 신랑감이 어디서 나타났다고 할 때 어떻게 할 것인가를 상상한 적이 있다.

우선 의심할 것이다. 가장 비싼 다이아몬드에 가장 정밀한 현미경을 들이대고 의심하듯이. 그러나 아무리 정밀한 현미경으로도 미세한 하자도 발견 못 했을 때 드디어 신붓감은 두 손을 들고 항복하리라.

그래서 상철은 모든 여자가 시들했다. 특히 빨간 스포츠카를 몰고 도시를 벗어나 질주할 때 그는 도시의 수없는 명문의 집 아가씨들이 무조건 항복해서 그를 경배하고 있는 것 같은 환상이 들기도 했다.

일등 신랑감답게 그에게 많은 중매가 들어왔다. 아버지나 어머니의 친지들을 통해서도 들어왔고 중매로 업을 삼는 사람들이 상철이네서 부탁한 바도 없건만 명문의 규수의 사진과 이력서를 한 보따리씩 안고 열불나게 드나들기도 했다. 따라서 맞선도 자주 보았다. 하나같이 조건이 좋은 아가씨들이었다. 화투짝을 맞추듯이 공산에는 공산, 오동에는 오동 외의 것으로 맞추는 건 상상도 할 수 없다는 듯이 이쪽이 갖춘 조건에 걸맞은 신붓감만 모아다가 즐비하게 늘어놓았다.

하나같이 뉘 집 딸이라면 알아줄 만한 재벌 아니면 고관의 집 딸이었고 학벌 좋고 나이 어리고 인물 잘나고 옷 잘 입고 국산과 외제를 감별하는 눈이 정확했고 취미도 승마 아니면 골프나 스키쯤으로 고급스러웠다. 흠잡을 거라곤 아무것도 없었다. 그러나 성립되진 않았다. 성립은커녕 한 번의 맞선 이상으로 진행된 적도 없었다. 그는 남 보기에 맞선에 이골이 난 사람처럼 보였다. 그러나 실은 맞선이라면 진저리가 났다. 아니, 조건이 완벽한 신붓감에 진저리가 났다. 그는 이제 신부의 좋은 조건이 가장 큰 흠으로 보일 만큼 시력이 엉망이 되어 있었다. 그렇다면 신랑으로서의 자기의 완벽한 조건도 어쩌면 최악의 흠일지도 모른다는 생각도 했다.

맞선은 실패를 거듭했다. 신랑이 외모만 훤칠했지 어디가 병신일지도 모른다는 질 나쁜 뒷공론이 중매쟁이들 사이에서 돌 지경에 이르렀다. 그러나 그는 다만 화투짝처럼 만나기가 싫었을 뿐이었다. 화투짝 취급당하기를 거부하고 있을 뿐이었다.

그는 연애 경험도 없었지만 막연하고도 확실하게 믿고 있었다. 남자와 여자와의 아름답고 진실한 만남에는 간판처럼 주렁주렁 겉으로 내걸린 조건 말고 서로의 영혼 깊숙한 곳에서 불을 붙이고 끌어당기는 어떤 신비한 힘이 작용하리라는 것을.

졸업 시험이 끝난 겨울 방학이었다. 아버지 회사에서 고된 연수 중인 상철은 점심시간에 슬슬 번화가를 서성대다가 인파에 휩쓸려 자기도 모르게 백화점 구경을 하고 있었다. 그는 부족한 걸 모르고 살기 때문에 백화점 물건들이 별로 신기하지 않았다. 그러나 그는 별안간 아동복 매장 앞에서 눈을 빛내면서 발걸음을 멈추었다. 언제 어디서 만났더라? 그곳 점원 아가씨가 낯이 익었다.

지난 가을 축제를 앞둔 미팅 때였다. 상철은 모든 여자가 자기를 좋아하리라는 자만심 때문에 도리어 미팅에 대한 호기심이 없었다. 그러나 그때 팔자에 없는 미팅을 하게 된 건 순전히 친한 친구인 문수의 애걸 때문이었다.

“야, 네가 대신 좀 가주라. 하필 우리 집이 이사를 갈 줄 누가 알았니. 그렇다고 죄 없는 여자 바람맞힐 수는 없잖니?”

이렇게 해서 떠맡은 미팅 티켓을 가지고 나가서 짝을 맞춘 상대와 이야기를 하다 보니 그녀 역시 급한 사정이 생긴 친구 대신 나온 대리였다. 대리 노릇은 의외로 즐거웠다. 상철은 상철이가 아니라 문수였다. 문수 노릇을 어떻게 하느냐보다 상철이 노릇을 안 해도 된다는 건 커다란 즐거움이었다. 신기한 자유였다. 그때 그 두 대리는 마구 지껄이고 큰 소리로 웃으며 지저분한 거리를 한없이 쏘다녔고 길에서 군것질을 했고 싸구려 찌개 집에서 저녁을 먹었고 포장집에서 소주를 마셨다. 상철은 포장집이라는 비위생적인 곳에서 뭘 먹어보기도 처음이었지만 그렇게 맛

있는 안주를 먹어보기도 생전 처음이었다. 그날 그들은 아쉽게 헤어졌지만 서로 대리라는 것 이상은 알려고 하지 않았기 때문에 그것이 끝이었다.

그때 그녀가 지금 아동복부에서 꼬마 손님에게 옷을 입혀주고 있는 게 아닌가. 그렇담 그녀가 여대생이라는 건 거짓말이었나? 그는 좀 더 그녀에게 가까이 갔다. 그녀의 가슴엔 여대생 아르바이트란 명찰이 붙어 있었다. 그러니까 대리 점원이군. 그는 배 속이 근질근질하도록 유쾌한 기분으로 그녀의 점원 노릇을 관찰했다.

꼬마 손님과 그의 어머니는 몹시 까다로웠다. 작다고 트집, 꼭 맞는다고 트집, 넉넉하다고 트집, 겨우 치수가 맞으니까 빛깔이 마음에 안 든다고 같은 치수의 옷을 빛깔만 바꿔가며 있는 대로 꺼내어 입어보고, 대어보고 했다. 꼬마 손님 마음에 들면 어머니 마음에 안 들고 어머니 마음에 들면 꼬마 손님 마음에 안 들고 그들 모자의 시중은 끝이 없었다. 그러나 그녀는 끝끝내 친절하고 겸손했다. 딴 사람이 그렇게 했더라면 비굴해 보일 수도 있으련만 그녀의 겸손함에는 특이한 품위가 있었다. 그는 그가 모는 빨간 스포츠카에 무조건 항복하는 뭇 여자 중에서 홀로 고개를 꼿꼿이 세우고 있는 단 한 사람의 오만한 여자를 발견한 것처럼 느꼈다. 그는 황홀했다. 그리고 처음으로 그의 영혼 깊은 곳에 불이 당겨진 걸 깨달았다.

어떤 청혼

병진은 서너 번 전화기를 들었다 놓았다 했을 뿐 전화를 걸지는 않았다. 창밖에서 비는 병진의 망설임에 장단을 맞추듯이 뿌리다 말다 했다.

"에이 모르겠다. 아무렇게나 하루 때우고 나면 어차피 끝나게 될 걸 이까짓 비를 핑계로 또 한 주일 끌 것도 없지."

그는 이렇게 중얼거리면서 담배를 부벼 끄고 바바리를 걸쳤다. 이런 병진을 지켜보던 어머니 안 여사는 얼굴에 미묘한 웃음을 띠고 말했다.

"야외로 나가기로 했다면서? 비가 이렇게 오는데 어쩌려고 그래?"

"이미 약속을 한 걸 어떡해요? 나가라도 봐야죠."

"녀석도 못나긴. 그까짓 계집 가끔 바람도 좀 맞히고 바람맞히기가 정 안쓰러우면 전화 한마디면 흐지부지 미룰 수 있는 걸 가지고……."

"어머니, 가끔 바람을 맞히다니요? 그 여자하고 전 오늘 두 번째 만나는 거예요."

"그 여자하곤 두 번째인지 모르지만 나 보기엔 너 요새 공일마다 한 번도 거르지 않고 여자 만나는 것 같더라."

안 여사가 비꼬는 것처럼 말했다. 병진은 불끈 역정이 치받침을 느꼈으나 꾹 참고 집을 뛰쳐나왔다.

그 바람에 그만 우산을 들고 나오는 걸 잊었다. 잠깐 멎을 듯하던 빗발은 그가 우산을 안 가진 걸 약올리듯이 조금씩 굵어지기 시작했다. 바바리를 입고 있긴 했지만 방수가 제대로 되는지 의심스러운 거였고 이미 젖은 장발도 과히 보기 좋은 꼴은 못 됐다. 이래저래 병진의 기분은 매우 뒤틀렸다. 그는 지나가는 택시를 잡아타자마자 '그 소리 좀 낮춰요' 하고 신경질적인 말투로 말했다. 기사는 별꼴이야 하는 듯이 백미러를 흘겨보고 나서 라디오의 볼륨을 낮추는 시늉만 했다.

금년 들어 일요일마다 거의 거르지 않고 여자를 만난다는 어머니의 말은 사실이었다. 그러나 어머니가 그런 식으로 말하는 것을 그는 참을 수가 없었다. 왜냐하면 그가 일요일마다 만나는 여자는 어떤 일정한 여자가 아니라 그때그때 갈리는 새로운 여자들이었고 그가 그렇게 번번이 새로운 여자들을 만날 수 있는 건 그의 실력에 의해서가 아니라 바로 어머니의 발넓은 주선에 의해서였기 때문이다.

병진은 스물아홉 살이었다. 그러나 안 여사는 내년이면 서른이라는 앞당기기 계산법을 즐겨 쓰면서, 이 눈에 넣어도 아프지 않을 막내아들 결혼을 부쩍 서두르면서 일가친척, 동창생, 계 친구를 총동원시켜 신붓감을 모아들이기 시작했다.

안 여사 말에 의하면 병진은 시부모 안 모셔도 되는 막내아들이겠다, 따로 날 집까지 장만해놓았겠다, 직장 좋겠다, 좋은 대학 나왔겠다, 건강하겠다, 인물 잘났겠다, 실로 빠질 게 하나도 없는 것이었다.

그래 그런지 신붓감은 무궁무진했다. 병진은 순전히 안 여사의 극성에 의해서 매 주일 맞선을 보았다.

"어떻니? 그 색시."

선을 보고 오면 안 여사는 이렇게 은밀히 물었다.

"그저 그래요."

"그저 그래? 녀석도 눈만 높아가지고…… 그렇지만 네가 어디가 못났다고 그저 그런 색시하고 할 거야 뭐 있니. 또 만나기로 안 했지? 잘했다. 여자는 얼마든지 있으니까 조금이라도 마음에 안 차는 여자한테 질질 끌려갈 거 없다. 알았지?"

맞선 본 여자가 그저 그렇다는 병진의 보고는 안 여사를 실망시키기도 했지만 희망에 들뜨게도 했다.

안 여사는 유복한 부인으로 근심이 있다면 심심하다는 거 하나였다. 할 일 없이 심심한 나날에 여기저기 전화를 걸고 찾아다니기도 하면서 아들 자랑을 실컷 늘어놓고 나서 마음껏 욕심을 부려 며느릿감의 조건을 나열하는 일은 뜻하지 않은 활력소가 되어 안 여사를 즐겁고 살맛나게 했다. 안 여사는 자기도 의식 못 하는 가운데 될 수 있는 대로 그 일을 오래 즐기고 싶었는지도 모른다. 여북해야 안 여사는 손아래 동서한테 이렇게 충고까지 할 지경이었다.

"자네 행여 아들들 연애결혼 시키지 말게. 딸은 시

켜도 괜찮네만. 나도 큰애를 저희가 좋다는 대로 큰 소리 한마디 안 하고 짝 지워준 게 지금 와서 슬그머니 심통이 날 지경이라니까. 아들 가진 쪽에선 중매결혼 그거참 할 만한 거더라고. 그게 말야, 꼭 돈을 핸드백에 잔뜩 넣고 백화점으로 물건 고르러 다니는 것만큼이나 신이 난다니까. 자네도 알지? 돈 없이 물건 쳐다볼 때 온통 갖고 싶은 거 천지다가도 가진 돈이 두둑하면 별안간 안목이 높아지면서 거드름을 피우고 싶어지는 거 말야."

그렇게 해서 병진은 그저 그렇다는 말 한마디로 끝나는 맞선을 주일마다 보는 사이에 자기도 모르게 여자란 마음대로 골라잡을 수 있는 상품 이상도 이하도 아니라는 어머니의 생각에 길들여지고 있었다. 병진은 어머니처럼 쇼핑 체질이 아니어서 그런지 그 일이 조금도 재미있지 않았다. 이제 넌더리가 났다. 수없이 본 맞선에서 만난 여자들이 하나같이 여자라는 것밖에는 개별적으로 아무것도 기억나는 것조차 없었다.

그때서야 안 여사도 당황을 하기 시작했다. 아들의 스물아홉의 가을도 깊어지니 그녀의 입에 붙은 내

일모레면 서른이란 사실이 기분 나쁜 촉감으로 육박해왔다. 그래서 그녀는 아들에게 단호하게 명령을 내렸다.

"얘야, 아무리 그저 그런 여자라도 단번에 그렇게 매정스럽게 끊지 말고 한두 번 더 만나보는 거야. 생긴 건 그래도 속에 든 걸로 마음에 들 수도 있으니까 말이야. 바른대로 말이지, 너 그 눈높은 것 땜에 얼마나 아까운 색시 여럿 놓친 줄 알기나 알아? 어째 날이 갈수록 점점 못한 색싯감만 나타나는 것 같으니, 원 그런 것까지 꼭 물건 고르는 것하고 닮았다니까. 시장이랑 백화점이랑 온종일 돌다 보면 결국 처음에 마음에 들었던 것으로 되돌아와 있게 마련이거든."

어머니의 이런 지시에 따라 맞선을 보고 나서 미팅으로 치면 애프터에 해당하는 걸 신청해서 한두 번 더 만나보기 시작한 게 요즈음의 형편이지만 그래도 그 이상의 진전은 없었다. 더 만나봤댔자 그저 그렇다는 것 이상의 인상을 주는 신붓감은 쉽지 않았다.

그가 터미널 대합실에 들어섰을 때는 약속 시간을 십 분이나 지난 후였건만 여자는 와 있지 않았다. 그는 울컥 불쾌감을 느꼈다. 처음 맞선 보고 나서 다음에 다시 만날 것을 제안한 건 그였지만 가까운 교외로 나가자고 제안한 건 여자였다. 남자가 극장이건 고궁이건 맥줏집이건 끌고 다니는 대로 다소곳이 끌려 다닐 것이지 하고 그때 내심 그는 여자를 못마땅하게 생각했었다. 십 분 상관으로 바람을 맞았다고 속단하면서 대합실을 황급히 되돌아 나오려는데 여자가 나타났다. 빨간 바바리코트에 빨간 우산을 든 여자는 밝고 싱싱해 보였다.

"망설이느라 좀 늦었어요."

"망설이다뇨? 뭘?"

"비 오는 날 고속버스 타고 교외를 달릴 생각을 하면 가슴이 설레다가도 동반자가 병진 씨라고 생각하니까 따분해서 마음이 안 내키데요."

여자는 겁 없이 병진을 똑바로 쳐다보면서 하고 싶은 말을 거침없이 했다.

"뭐, 뭐라구요?"

"신경 쓰지 말아요. 이젠 마음 돌렸으니까."

"자기 멋대로군요."

"내 생각을 솔직히 말했을 뿐이에요. 표 안 끊었죠? 비도 오시고 그러는데 가까운 데로 가요. 수원?

여주? 안성? 아무튼 곧 탈 수 있는 걸로 끊죠 뭐. 내가 끊을게요. 그 대신 올 때는 병진 씨가 끊어야 돼요."

여자는 그의 대답도 기다리지 않고 쪼르르 매표소로 달려갔다. 그는 한바탕 휘둘리고 난 것처럼 얼떨떨한 속에서 퍼뜩 이상한 생각이 떠올랐다. 만일 그가 그 여자를 좋다고 해도 그 여자가 그를 싫다고 할지도 모른다는 생각이었다. 여태껏 수많은 여자와 맞선을 보면서도 한 번도 못 해본 생각이었고 여태껏의 여자에 대한 그의 상식에 비추어 파격적인 것이었다.

마치 백화점에서 마음에 드는 물건을 골라놓고 나서 혹시 물건이 생각할 수 있는 산[生] 것으로 둔갑하면서 저런 사람한테 팔려가기 싫다고 말하면 어떡허나 걱정하는 것만큼이나 황당하고도 얼토당토않은 생각이었다.

그러나 그는 고속버스의 지정된 좌석에 나란히 앉아서도 그 얼토당토않은 생각으로부터 벗어날 수가 없었다. 그런 모욕적인 봉변을 안 당하기 위해서 여자를 따분하게 하지 않아야 할 텐데 별안간 말문이 막힌 것처럼 아무런 할 말도 떠오르지 않았다.

이런 곤경에서 그를 구해주려는 듯이 운전기사는

라디오를 틀었다.

명사들이 나와서 일정한 주제로 재치와 유머를 겨루는 시간이었다. 주제는 결혼이었다.

결혼이야말로 인류 영원의 문제라는 듯이 방송도 신문도 잡지도 그 문제엔 실로 지칠 줄을 모르는 것 같았다. 신혼여행으론 어디가 가장 좋겠느냐는 사회자의 질문에 가장 그럴듯한 대답을 한 사람은 어떤 의학박사였다.

박사님은 이름난 관광지보다는 신랑의 고향을 돌아보는 게 앞으로 남편의 성격이나 인척 관계를 이해하는 데 도움이 된다라고 말해 요란한 박수를 받았다.

"이왕이면 신부의 고향도 좀 들러 오면 좀 좋아. 뭐든지 남자들 본위라니까."

여자가 종알거렸다.

"고향이 어디신데요?"

"보잘것없는 고장이에요. 북평 지나 후진이라고 그야말로 후진 고장이죠."

"후진 고장이라도 좋습니다. 신혼여행은 그리 가죠 뭐."

"뭐라구요? 누구 신혼여행 말예요?"

"누군 누굽니까, 우리죠. 난 고향이 서울이니까 그 후진 고장이라도 가야지 어쩝니까?"

"어머머, 누구 맘대로…… 병진 씬 참 보기보다 엉큼하군요."

여자가 얼굴을 붉히며 눈을 동그랗게 떴다. 병진은 여태껏 선을 본 수많은 얼굴 속에서 비로소 한 얼굴이 선명하게 떠오르는 걸 떨리는 마음으로 지켜보았다.

키 큰 신랑

교수님 댁에 세배 가기 위해 과科 친구들이 모이기로 한 다방에 내가 들어섰을 때 먼저 와 있던 남학생들이 일제히 환호성을 질렀다.

내가 화려한 한복을 입고 있었기 때문이다.

나 말고도 여학생들은 나타날 때마다 그런 환영을 받았다. 우리 여학생들은 남학생 몰래 이번 설에는 화려한 한복으로 일제히 설빔을 하자고 단단히 약속을 했던 것이다.

남녀공학 대학에 가뭄에 콩 나듯이 듬성듬성 섞인 여학생들은 말만 여학생이지 자의 반 타의 반으로 남성화하는 경향이 있다.

남성화했기 때문에 같은 과 남자 친구들이 우리를 친구로는 대해주되 여자로는 안 대해줬는지, 그들이 우리를 여자 취급 안 해줬기 때문에 자포자기한 끝에 우리가 남성화해버렸는지 그 선후 관계는 분명치 않지만 하여튼 우리 여학생들은 거의 다 미인에 속했는데도 그들로부터 여자 취급 받아본 일이 없는 채 어언 졸업을 며칠 안 남기게 돼버린 것이다.

덕택에 공부는 착실하게 할 수 있었는데도 돌이켜보면 볼수록 지난 사 년간의 세월을 허송세월한 것처럼 허망하고 억울했다.

그래서 우리들은 약속했던 것이다. 마지막으로 우리 여자다움을 남학생들 앞에 과시해주기로. 그래서 그들로 하여금 그들의 지난 사 년이 '업은 애기 사 년 찾기'식의 어리석은 사 년이었음을 뼈저리게 한탄하게 해주기로.

그거야말로 우리의 여자다움에 대한 그들의 무지몽매를 가장 통쾌하게 조소하고 복수해줄 수 있는 유일한 방법이라고 우리는 생각했던 것이다.

우리는 설괴 사은회를 핑계로 부모님을 졸라서 꽤 값비싸고 아름다운 한복을 한 벌씩 얻어 입을 수가 있었다.

남학생들도 저희끼리 미리 약속을 했는지 어쩌다 그렇게 됐는지, 그건 잘 몰라도 놀랍도록 점잖고 산뜻한 차림을 하고 있었다. 말쑥한 신사복에 눈부시게 흰 와이셔츠, 거기다가 상당히 세련된 넥타이까지 맨 게 조금도 어색해 뵈지 않고 잘 어울렸다.

"흥, 누가 신입 사원 아니랄까 봐 되게 티내고 있네."

입이 험한 숙이가 입을 비죽대며 빈정거렸다. 아닌 게 아니라 남학생들은 모조리 졸업 전에 취직이 되어 벌써부터 출근을 시작하고 있었다.

성적은 단연 여학생 쪽이 우세했는데도 아직 한 명도 취직이 된 여학생은 없었다.

교수님도 부모님도 '시집이나 가지' 하고 대수롭지 않게 알았지만 생각할수록 분통 터지는 일이었다. 그렇다고 이런 남녀 불평등에 대한 분노를 함부로 내색할 수도 없었다.

왜냐하면 여권 운동자 취급을 받을지도 모르니까. 우리 과 남학생들은 여권 운동자를 무슨 털벌레처럼 싫어하고 있었다. 아마 세상 남자들도 우리 과 남학생들과 대동소이하리라.

'시집이나 가지' 하는 마지막 돌파구를 찾는 일에서나마 낙오하지 않기 위해서라도 우리는 다소곳이 여자다울 수밖에 없었다.

우리가 일제히 한복을 떨쳐입은 속셈은 이렇게 치사하고 착잡했던 것이다.

당초의 속셈이야 어떤 것이었든 간에 스스로가 아름답게 보이고 있다는 것을 자각하면서 남자들의 찬사에 귀를 기울이는 일은 행복한 일이었다.

우리 과 친구들은 그 어느 때보다도 화기애애하고 들뜬 기분으로 교수님 댁을 순례하기 시작했다.

정초의 한두 사람도 아닌 이십 명 가까운 젊은이가 떼를 지어서 택시를 잡기란 거의 불가능했다.

버스를 이용하고 나머지 거리는 걸을 수밖에 없었다.

모두 한복에다 하이힐을 신고 있었지만 나만은 고무신에 버선발이었다. 나도 당초에 한복을 맞출 때는 하이힐을 신을 요량이었기 때문에 마음껏 길게 한 치맛자락이 땅바닥에 질질 끌려 여간 불편한 게 아니었다. 게다가 땅을 휩쓴 꼴이 밉지 아니었다.

나는 차츰 우울해지기 시작했다. 슬그머니 일행

에서 빠져 도망치고 싶기조차 했다.

어제 큰댁에 세배 갈 때는 엄마와 할머니한테 눈총을 맞아가면서도 하이힐을 신었는데 오늘따라 왜 고무신을 신었을까.

'요새 젊은것들 한복 입고 구두 신은 꼴이라니 양장하고 짚세기 신은 것만큼이나 꼴불견이더라'는 할머니 말씀에 새삼 동의해서만은 아니었다.

인철仁喆이 때문이었다. 나는 165센티니까 여자로서는 늘씬한 키였지만 인철이는, 본인은 170센티라고 주장하나 실은 1센티 내지는 0.5센티가량은 거기에 미달인 게 분명한 아쉬운 신장의 소유자였다.

나는 인철이를 좋아하고 있었다. 남자의 가치를 그의 키와 비례한다고 생각하지 않는 한 인철이는 사랑할 만한 가치가 있는 남자였다.

건강색의 수려한 얼굴에 과묵한 입술이 돋보였고 학문에 대한 정열과 출세에 대한 야망과 부드러운 마음씨를 아울러 갖고 있었다.

그러나 그에게 이끌리면 이끌릴수록 그의 키 작음이 섭섭해 그걸 트집 잡고 싶은 것 또한 어쩔 수 없었다.

나는 내가 사랑할 수 있는 남자의 조건으로 첫째 신장 175센티 이상일 것을 사 년 동안 줄기차게 주장했기 때문에 인철이와 나는 친한 사이였는데도 아무도 나와 인철이 사이를 다정한 친구 이상으로 생각해주지 않았다.

심지어는 남녀 간에 진정한 우정이 있을 수 있느냐 없느냐는 진부한 논쟁이 벌어질 때, 있을 수 있다는 주장의 산증인으로 인철이와 내가 채택된 일도 한두 번이 아니었다.

그럴수록 우리는 친구 이상일 수가 없었다. 주위의 믿음, 아니 주위의 환상을 배반할 수가 없었다.

나는 블루진에 티셔츠, 짧은 더벅머리라는 중성적인 복장에 다만 일 년 내내 굽 높은 구두를 신음으로써 인철이와 대등한 키를 유지하면서 대등한 우정의 관계로 지속시켰다.

졸업을 앞두면서, 나이를 한 살 더 먹으면서, 나는 어떤 조바심에 사로잡히기 시작했다.

그와 나와의 확고부동한 우정의 관계에 변질을 꾀해보고 싶은 조바심이었다.

어떡하면 그로 하여금 우리의 우정을 의심하게

할 수 있을까. 나는 그런 계기가 자연스럽게 마련되기를 바랐다. 키를 조금이라도 줄여 보이고자 안 신던 고무신까지 신은 것도 그런 계기를 위해서였다.

인철이가 나를 같이 술 마시고 열광하고 토론하고 경쟁하는 친구로부터, 결혼식장에서 팔짱 끼고 나란히 서로 어색하지 않게 어울리는 신붓감으로 재발견할 수 있는 계기를 마련해주기 위해서였다.

그러니까 한복이 우리 과 여학생 공통의 의도적인 것이었다면 고무신은 나 혼자만의 의도적인 것이었다.

우리 모두의 의도는 그런대로 잘 적중이 되어 우리 과 남자들은 최대한의 찬사와 함께 우리를 여자로 재평가하기를 서슴지 않았고, 교수들도 우리의 아름다움과 나비처럼 가벼운 세뱃절에 황홀한 눈길을 보내며 입을 함박꽃처럼 벌렸다.

"허어, 선머슴인 줄로만 알았더니 이제 제법 색시꼴이 배었는걸. 좋은 때야, 좋은 때고말고."

그런 교수님들의 말씀에 여자는 그 좋은 때라는 게 얼마나 찰나적인가 하는 데 깊은 탄식이 깃들여 있다는 걸 우린 놓치지 않았다. 우린 일제히 함성을 질렀다.

"네, 좋은 때 놓치지 않고 시집가고 싶어요. 선생님 우리 시집보내주세요."

이렇게 어리광을 떨며 마치 물건을 주문하듯이 신랑감들을 주문하기 시작했다.

"저는 새끼 재벌로 해주세요."

"저는 고시 합격생으로요, 사법고시도 좋고 외무고시도 좋아요. 전 워낙 성격이 소탈하니까요."

"저는 박사요."

"저는 기왕이면 의학박사가 좋겠죠?"

이렇게 주문을 마치고 나서 잠자코 있는 나까지 끌어들였다.

"선생님 얘는요, 이것저것 다 안 보고 오로지 키만 본대요. 얘 신랑감은 절대적으로 신장 175센티 이상일 것, 잊지 마세요, 선생님."

마른 꽃잎의 추억 1

—화랑에서의 포식

봄비를 통해 바라보는 고궁은 아름다웠다.

돌담의 지붕도, 담 너머 길가로 드리운 나뭇가지의 녹두빛 새싹들도 갓 그려놓은 수채화처럼 선명한 빛깔로 젖어 있었다.

나는 내가 처음으로 장만한 내 집이 강북인 걸 새삼스럽게 만족하게 생각했다.

친척들도 친구들도 내가 처음 집을 장만한 걸 축하해주기 전에 '이왕이면 강남에다 살 것이지' 하는 말로 내 기분을 상하게 했었다.

아무리 강남이 좋다고 너도나도 어중이떠중이 다 옮겨 가도 고궁만은 못 옮겨 갈걸, 여기저기 고궁이

산재해 있는 한, 아름다운 돌담길은 있을 테고 비록 시장 바구니를 들고나마 마음 내킬 때 돌담길을 산책할 수 있는 한, 강북 땅을 사랑하리라. 나는 이런 낭만적인 오기로 상한 기분을 달랬다.

실상 내가 나의 최초의 집을 강북에 장만한 건 집값이 싸다는 순전히 경제적인 이유였거늘.

고궁의 담이 끝나고 길 건너로 고대화랑이 보였다.

고대화랑은 이름과는 달리 초현대식 건물이었는데도 고궁과 함께 바라볼 때 이화감은커녕 고궁에 안긴 것처럼 다소곳해 보였다.

설계자가 누군지는 모르지만 고궁이 있는 구도를 해치지 않으려고 고심한 그의 겸손하고 고운 마음씨까지 느껴지는 아름다운 건물이었다.

화랑의 벽돌담도, 벽돌담에 드리운 현수막도 주차장에 즐비한 승용차도 봄비에 촉촉이 젖어 있었다.

나는 무심히 현수막의 남색 글씨를 읽으면서 걸음을 멈추었다. '김지수 초대전'. 김지수라면?

나는 장미여대 시절 장미의 여왕으로 뽑힌 경력이 있을 만큼 용모가 뛰어난 재원이었다. 따르는 총각들도 많았었다.

졸업식 때 그 추운 날, 일 년 중 가장 비싼 카네이션을 스무 송이 서른 송이나 사서 리본으로 묶어가지고 어떡하면 나한테 그걸 바치고 같이 기념사진을 찍는 영광을 차지할 수 있을 것인가, 몸도 달고 애도 달아 우왕좌왕하던 총각들만 해도 대여섯 명은 넘었었다.

나는 그 총각들 중에서 지금의 남편을 선택해서 풍파 없이 살아왔다. 후회는 없다. 그러나 그때 달리 선택할 수 있었던 대여섯 갈래의 다른 삶에 대한 호기심까지 없는 건 아니다.

그 시절의 열렬한 추종자 중에 미술대학을 졸업한 화가 지망생의 이름이 분명히 김지수렷다!

나는 가슴이 뛰었다. 나는 어쩌면 낭만을 꿈꾸고 있는지도 몰랐다. 감미롭되 부도덕하지 않은 낭만을.

그가 야외 스케치를 나갈 때 나와 동반하길 원하면 나는 한 번도 거절하지 않았었다.

나는 풀밭에 엎드려 그가 버텨놓은 이젤과 그의 긴 다리와 수척한 옆 얼굴을 바라보며 콧노래를 흥얼거리길 좋아했었다.

나는 또 가끔 나를 돌아볼 때의 초조하고 진실하고 예리한 그의 눈길을 좋아했고 그의 물감통 속의

‘세르리언 블루’니 ‘스카레트 레이크’니 ‘번트 세나’니 하는 음악적인 이름을 가진 물감들을 좋아했었다. 그리고 그의 그림에 대한 나의 혹평을 듣고 그의 표정이 고통스럽게 일그러지는 걸 바라보기를 즐겼었다.

그는 말했었다.

“네 싸가지 없는 혹평은 내 자존심을 갈기갈기 찢는다. 그렇지만 그럴수록 나는 네가 필요하다. 네 입장에서 찬사를 들을 때까지 나는 이 일을 멈추지 않을 테니까.”

그 시절 그의 꿈은 고대화랑의 초대 작가가 되는 거였다. 고대화랑에서 초대전을 갖는다는 건 곧 화가로서 대성을 의미했다.

드디어 그는 그의 꿈을 이룩한 것이다. 내가 집 한 채를 이룩하는 동안.

나는 감동인지 질투인지 모를 착잡한 감정으로 가슴이 벅찼다.

마음만 그렇게 먹었으면 나는 그의 아내가 될 수도 있었다. 그러나 나는 그러지 않았다. 가난한 화가를 남편감으로 생각해보기엔 나는 너무나 상식적인 보통 여자였으므로.

나는 고대화랑의 문을 밀었다. 지금이야말로 그에게 찬사를 보낼 시간이었다.

화분과 꽃바구니로 향기로운 꽃길을 이룬 복도를 지나 화랑으로 들어섰다.

마침 초대일이었다. 홀 중앙 테이블엔 먹음직스러운 음식이 준비돼 있었다.

그림은 주로 이삼십 호 정도의 아담한 그림이었고 그림마다 선남선녀들이 떼 지어 모여 서서 황홀한 눈길을 보내고 있었다.

그는 어디 있는 것일까? 김지수 그는. 그는 그의 그림보다 좀 더 많은 사람에게 둘러싸여 있었다.

그를 둘러싸고 담소를 즐기고 있는 사람은 주로 성장한 귀부인들이었다.

나는 그를 보기 위해 만개한 꽃처럼 짙은 향기를 풍기고 있는 귀부인들 사이를 비집고 발돋움까지 해야 했다.

그는 능숙하게 손짓까지 해가며 뭐라고 말하고 있었고 옆에선 기자인 듯싶은 남자가 그걸 받아쓰고 있었고 어디선지 번쩍 플래시가 터졌다.

그는 성공한 예술가답게 자신만만하고, 편안한

얼굴을 하고 있었다. 무엇보다도 그의 얼굴엔 살과 기름이 올라 있었고 눈빛은 자기만족으로 부옇게 침체돼 있었다.

기자회견이 끝나자 그를 둘러싼 귀부인들이 앞을 다투어 나불나불 그에게 찬사를 보내기 시작했다.

상투적인 최고급의 찬사가 화려한 낙화처럼 그에게 쏟아져 내렸다.

찬사는 나의 몫이 아니었던 것이다. 이제 혹평이 그의 몫이 아닌 것처럼.

한때 젖비린내 나는 여대생의 싸가지 없는 혹평에 자존심이 갈기갈기 찢긴 것처럼 괴로워한 적도 있었다고는 도저히 믿어지지 않게 유들유들 안정된 그의 얼굴을 바라보며 나는 일말의 비애를 느꼈다.

화랑에서 제일 인기 없는 곳이 먹음직스러운 음식이 차려진 테이블이었다.

나는 공복감을 느꼈다. 경단같이 생긴 걸 입에 넣었다. 경단이 아니라 밤 삶은 거였다. 겉에 묻은 고물은 잣가루였다. 나는 삶은 밤을 특히 좋아한다. 하물며 잣가루까지 묻혔으니 그 맛은 혀가 녹을 것처럼 달콤하고 고소했다.

나는 그걸 먹고 또 먹었다. 약간 싫증이 나자 꿀인지 설탕에 졸인 호두가 있는 곳으로 옮겨갔다.

나는 급히 먹었던지 목이 메었다. 맥주를 한 잔 받아왔다. 맥주 안주론 어란과 새우 말린 것과 육포, 어포가 있었다. 그중에도 얇게 썬 어란 맛은 일품이었다.

햄도 있고 닭고기도 있고 편육도 있고 전유어도 있고 갈비도 있었다.

어지간히 배가 불렀지만 영양 보충을 위해선 그런 것도 먹어둬야 한다고 생각했다.

케이크도 있고 초콜릿도 있고 파이도 있었다. 아이들 생각이 났다. 남편 생각도 났다. 나는 흘금흘금 곁눈질을 해가며 밤과 호두와 초콜릿을 주머니 속에 넣고 남편을 위해선 어란과 새우 말린 걸 냅킨에 싸서 핸드백에 넣었다. 그러면서도 영양 보충을 위해 고기류를 꾸역꾸역 처넣는 걸 멈추지 않았다.

이제는 물 한 모금 더 먹을 수 없이 포식한 후 그곳을 미련 없이 떠났다.

버스를 기다리다 말고 비로소 나는 화랑에서 그림을 한 점도 안 보았다는 걸 깨달았다.

맙소사. 화랑에서 포식만 하고 그림을 안 보다니.

그러나 나는 돌아서진 않았다. 나는 내 감수성을 신용하지 않았지만 특히 배부를 때의 감수성을 믿지 못했다.

훗날, 언제고 훗날, 적당히 배고플 때 다시 가보리라.

그를 다시 만나고 싶은 흥미는 이미 없었지만 그의 그림에 대해 혹평이건 찬사건 거짓말이 아닌 소리를 한마디쯤은 해주고 싶은 우정은 남아 있었으므로 그렇게 별렀다.

마른 꽃잎의 추억 2

— 엉큼한 장미

나에겐 남편 모르게 간직하고 있는 비밀스러운 소장품이 하나 있다.

『아내에게 바치는 노래』라는 시집이 그것이다.

그 시집은 총각 시절의 남편이 역시 처녀 시절의 나에게 그야말로 바친 거기 때문에 비밀스럽게 간직해야 할 까닭은 하나도 없었다.

비밀은 그 내용에 있다. 내용이라면 시가 되겠지만 천만에다. 시는 그 제목이 암시하듯이 송대관이 부르는 노래 가사만큼이나 치졸한 것이어서 하고많은 고상한 난해 시집 중에서 그 따위를 골라 바친 총각의 안목에 대한 그 무렵의 나의 실망은 여간한 것이 아니었다.

그 책 중에는 시 말고 또 다른 내용물이 있다. 대여섯 가지의 눌려진 꽃이 그것이다.

나는 나를 열렬하게 추종하던 총각들이 졸업식날 나에게 바친 꽃다발 중에서 각각 한 송이씩을 그 속에 눌러 간직하고 있었다.

그것은 마치 간음하고 싶은 잠재의식 같은 거여서 남편에게 들키고 싶지 않았다.

화랑에서 포식하고 온 날 나는 시집을 팔랑팔랑 넘겨 노란 프리지어를 한 송이 찾아냈다. 십 년을 넘게 그 속에서 눌렸던 꽃은 무게도 감촉도 없이 내 손가락 사이에서 재처럼 사그라졌다. 그것은 김지수가 바친 꽃이었던 것이다. 나머지 꽃들도 그렇게 없애버리려다가 말았다. 그것들도 김지수의 꽃처럼 그것을 바친 총각들에 대한 미련을 청산하는 것과 동시에 없애야 마땅할 것 같은 생각이 들어서였다.

미련을 깨끗이 떨구기 위해서 우선 당사자를 만나봐야 할 것 같은 생각은 실은 구실일 뿐, 어쩌면 나에겐 아직도 한 가닥 낭만에의 미련이 남아 있는지도 몰랐다.

나는 공허했다. 고생고생해서 내 집을 장만하고 나니까 살림 재미는 이제부터라는 설렘은 고사하고 몸과 마음이 껍데기만 남은 것처럼 공허했다. 남부러울 게 없는 모모한 부인들이 거액 노름판을 벌이는 것도 혹시 이런 공허감 때문이 아니었을까? 미움보다는 이해가 앞서는 스스로의 마음에 소스라치면서도 좀처럼 그 공허감을 극복할 수는 없었다.

드디어 어느 날 나는 아직도 책갈피 속에 남아 있는 꽃들 중에서 진홍색 장미꽃의 주인공을 찾아나섰다.

그는 재벌의 아들이었다. 재잘대기 좋아하는 그 무렵의 나의 친구들 사이에서 백재만이라는 본명으로 불리기보다는 새끼 재벌이라는 별명으로 더 널리 알려졌던 그는 아직 총각이라던가.

그가 나 때문에 아직도 총각이라고 생각한다면 과대망상이겠지만 막연히 즐거운 것만은 어쩔 수 없었다.

그는 예전에도 나를 즐겁게 해주었다. 고급의 장소, 고급의 음식, 고급의 오락을 그는 제공해주었으니까. 그리고 무엇보다도 재벌의 아들이 나를 따라다니고 있다는 건 뽐내고 싶은 일이었으니까. 그러나 나는 그와 결혼하지 않았다. 아니, 못했던 것이다. 그는 나에게 구혼하지 않았다. 집에서 시집가라고 귀찮게 굴어서 죽겠다고 몇 번 귀띔을 했음에도 그는 구혼하지 않았다. 구혼을 했어도 승낙은 할까 말까였지만 구혼만은 받아보고 싶었는데 그는 끝내 구혼하지 않았다.

그는 오십 평짜리 공주 맨션 두 개를 터서 하나로 쓰면서 혼자 살고 있다고 했다. 마침 공주 맨션에서 사는 친구가 있어 가끔 소문도 듣고 자연스럽게 들를 수가 있었다.

"웬일이야?"

그는 놀라지도 반가워하지도 않고 심상하게 말했다.

"바로 요 아래층에 정란이가 살잖아?"

"응 알아. 가끔 만나지."

그는 희미하게 웃었다. 그는 뜻밖에도 냄새가 날 것처럼 더러운 옷을 입고 있었고 빈방의 창문처럼 암담한 눈을 하고 있었다.

그 흔한 소파 하나 없어 때에 전 나무 궤짝 위에 방석이 놓였기에 거기 걸터앉았다.

"소문에 의하면 아방궁같이 하고 산다더니 그렇지도 않네 뭐."

나는 아파트의 거실답지 않게 어둠침침한 방 속을 휘둘러보며 말했다. 그는 말없이 어깨를 움츠렸다. 얕잡는 투였다.

나는 좀 더 자세히 방을 휘둘러보았다. 구닥다리 가구와 크고 작은 항아리, 땟국물이 뚝뚝 듣는 병풍 따위가 빽빽하게 들어차 있었다. 나도 그에게 질세라 얕잡는 투로 말했다.

"골동품을 수집하시는군. 뭐 좀 알기나 하고 하는 거야?"

"저것들이 엄청나게 비싸다는 것 말고 뭘 또 알아야 돼?"

그는 찻잔으로는 너무 크고 밥그릇으론 좀 작은 못생기고 투박한 사기그릇에 누리끼리한 차를 따라 주며 되물었다.

"그럼 그냥 비싸서 좋은 거야?"

"이렇게 싹 갈아 들여놓은 지 얼마 안 돼. 불편은 하지만 신기하잖아? 현대 가구론 세상없이 아방궁같이 차려도 한 집에 억대를 들여놓긴 벅차더구만. 저 구닥다리는 쉽게 억대가 되거든. 사람도 그렇게 땟값이 나간다면 아마 목욕할 사람 아무도 없을걸."

그가 기발한 농담이라도 한 것처럼 혼자 킬킬댔다.

"그게 그렇게 재미나?"

"그럼 심심하니까. 그리고 저것들은 가만 놔둬도 인플레를 앞질러 뛴다니 그게 어디야? 나라고 뭐 맨날 소비만 일삼겠어. 더러는 수익도 좀 올려야지 안 그래?"

"맨날 이렇게 유치한 새끼 재벌 노릇만 할 거야. 나이도 그만큼 먹었겠다, 배울 만큼 배웠겠다, 일할 때도 됐잖아. 설마 ○○재벌댁 아드님이 일자리 없다곤 못 할 테고."

"그 자리도 경쟁이 심해. 아버진 정정하시고 형제들은 나만 빼놓고 하나같이 쟁쟁하고…… 내 아니꼽고 더러워서……."

나는 그가 따라준 누리끼리한 차를 한 모금 홀짝 마셨다. 맛도 온도도 밍밍했다.

"어때 맛이?"

"글쎄 땟국물 맛 같아."

"왕년에 땟국물 많이 마셔본 사람 같잖아 하하……."

그가 큰 소리로 웃었다. 그러나 조금도 재미나 뵈진 않았다.

"왜 결혼도 못 하고 혼자 살아? 살벌하게."

"글쎄올시다. 부인께선 이런 살벌한 홀애비를 왜 방문하셨나이까?"

그의 말투가 바뀌면서 암담하던 눈 속에 어떤 빛이 생겼다. 정감이 담기지 않은 순수한 성욕의 번득임에 나는 전율하여 몸을 일으켰다.

"왜 이래? 왔으면 용무를 치르고 가야 할 게 아냐?"

그가 내 손목을 비틀어 잡았다. 나는 이를 악물며 그것을 다시 비틀어 빼려고 했다.

"용무? 용무 같은 건 없어. 난 갈 테야."

"왜 시침을 떼지. 이 방을 찾아오는 여자들의 용무는 정해져 있어."

"글쎄 아니래두. 정말 아냐."

그 순간 남편의 모습과 이름이 떠오르면서 나는 거짓말처럼 순식간에 당당하고 힘세어졌다. 쉽게 손을 빼낼 수 있었다. 이런 나의 기세에 도리어 그가 질린 것 같았다.

"그럼 네 속셈은 뭐였니?"

그가 헐떡이며 쓸쓸하게 말했다.

"나는 낭만을 꿈꾸었나 봐."

나는 솔직하게 대답했다.

"낭만? 흥, 지금이 어느 때라고. 지금은 70년대야."

나는 70년대식 아파트의 숲을 총총히 달음질쳐 나왔다.

마른 꽃잎의 추억 3

—못 알아본 척한 남자

"엄마, 다녀오겠습니다. 아빠, 다녀오겠습니다."

두 아이를 학교에 보내고 나자 곧 남편이 출근한다. 나는 남편의 출근을 문밖까지 배웅한다.

"일찍 들어오세요."

"늦어도 회사 일 때문에 늦는 거니까 공연히 딴생각하고 안달복달할 것 없어."

"딴생각이라뇨?"

"남편이 늦으면 여자들이 하는 생각은 빤한 거 아냐? 혹 어디서 바람이나 피울까 하는. 바람피울 만큼 한가했으면 오죽이나 좋겠어. 요새 우리 회사, 사원들 혹사하는 건 말도 말아."

그래 그런지 어깨가 처진 남편의 모습이 보이지 않을 때까지 배웅하고 나서 나는 나의 집을 쳐다본다.

골목엔 똑같은 집들이 나란히 있다. 앞집도 뒷집도 옆집도 똑같이 생겼다. 다른 건 문패일 뿐이다. 특히 우리 집 문패는 유난하다. 나의 이름과 남편의 이름이 나란히 들어 있다. 남편은 집 장만하기까지의 나의 고생을 위로하기 위해 그런 문패를 만들어왔다.

이렇게 여자에 대해 남달리 평등한 생각을 가진 남편이 어째서 남자가 심심하면 바람날 가능성에 대해서만 알았지, 여자도 너무 심심하면 바람날 수도 있으리라고 상상도 하려 들지 않는 걸까? 나는 문득 이상하게 생각한다.

우리 동네 집들은 모두 집 장사꾼이 지은 집인데 작을 뿐더러 너무 편리하다. 새 개의 방과 마루와 부엌과 욕실을 겸한 화장실이 주부가 될 수 있는 대로 잔걸음을 덜 치고 일을 할 수 있도록 연결되어 있다. 나는 조금도 힘 안 들이고 빠른 시간에 나의 일을 끝마친다. 그리고 반드시 편리한 집이 좋은 집이 아닐지도 모른다고 생각한다. 밥 잘 먹고 건강한 여자가 잔걸음 좀 치면 어때서 꼭 아랫목에서 밥 먹고 윗목에서 똥 싸는 식의 편리한 집에서 살 건 또 뭔가.

미구에 헬스클럽에 가서 온종일 제자리걸음만 치는 자전거 바퀴나 돌리며 힘과 살을 빼야 될지도 모른다고 생각하니 끔찍해졌다.

그렇게 되지 않기 위해 나는 나의 집 속을 맴돈다. 안방에서 마루로, 마루에서 딸의 방으로, 딸 방에서 다시 마루로, 마루에서 아들 방으로, 아들 방에서 다시 마루로, 마루에서 부엌으로, 부엌에서 다시 마루로, 마루에서 욕실로, 욕실에서 다시 마루로, 마루에서 안방으로, 안방에서 다시 마루로 아무리 집에서 잔걸음을 쳐봤댔자 마루를 중심으로 한 궤도에서 벗어날 수가 없다. 내 꼴이 온종일 제자리걸음만 치는 자전거 바퀴 돌리는 것과 조금도 다를 게 없어진다. 아직도 많이 남은 나의 긴긴 하루가 내 숨통을 조인다.

나는 화장을 한다. 좀 대담한 화장을 하고 가장 좋은 나들이옷으로 갈아입는다. 문단속을 하고 급한 볼일이라도 있는 것처럼 줄달음질쳐 긴긴 골목을 벗어난다. 똑같이 생긴 집만 있는 골목을 벗어나기만 해도 한결 가슴이 트이고 숨쉬기가 자유로워진다.

"이게 얼마 만이에요?"

누군가가 큰 소리로 나에게 아는 척을 한다. 나는 어느 틈에 도심의 빌딩가를 걷고 있었고 나를 아는 척하는 신사를 나는 알아보지 못한다.

"세상에 나를 못 알아보다니…… 나 권영걸이야. 한때 구혼까지 한 남자를 이렇게 못 알아봐도 되는 거야?"

신사는 곧 반말지거리로 시비를 건다. 권영걸을 잊었을 리는 없다. 내가 아직도 책갈피에 간직하고 있는 마른 꽃 중에는 권영걸이가 졸업식날 나에게 바친 꽃다발 중의 한 송이도 들어 있다. 내가 마음만 그렇게 먹었다면 얼마든지 골라잡을 수도 있었던 남자다.

그러나 그 삐쩍 마르고 초라한 눈동자가 우울하던 권영걸과 내 앞의 빌딩의 정精처럼 말쑥하고 세련된 신사를 일치시키는 일은 암만해도 곤란한 일이다. 나는 어정쩡한 얼굴을 했다. 권영걸은 나를 납치하듯이 근처 다방으로 끌어들인다.

"아이고 답답해. 나를 몰라보다니. 첫사랑은 영원하다더니, 내가 첫사랑이라더니, 아무리 여잔 믿을 게 못 된다지만 설마 이럴 수가……."

그가 내 앞에서 자기 가슴을 펑펑 치며 숫제 사생

결단을 하려 들었다.

"진정해요. 그게 뭐 그리 대단한 일이라구 사생결단을 하려 들어요."

"암 대단한 일이지. 사생결단할 일이고말고. 나의 과거를 모르면 내가 지금 어느 만큼 성공했나를 증명해 보일 수가 없잖아."

"하긴 그렇군요. 그럼 먼저 당신이 삐쩍 마르고 주머니엔 땡전 한 푼 없는 주제에 감히 나한테 눈독을 들이던 그 옛날의 권영걸이란 것부터 증명해야겠군."

"글쎄 그렇다니까. 근데 그걸 어떻게 증명할 수 있느냐 이 말이야."

"좋은 수가 있어요. 내가 묻는 말에 정직하게 대답만 하면 돼요."

"뭐든지 물어봐. 그대와 나 사이에 있었던 일이라면 처음으로 손 잡은 날이 몇 년 몇 월인 것까지 정확하게 기억하고 있으니까."

"내 졸업식 때 무슨 꽃다발을 가져왔었죠?"

"개나리. 나는 돈 안 들이고 남보다 돋보이는 꽃다발을 마련하려고 궁리 끝에 미리 시골집 울타리에서 그걸 꺾어다가 정성껏 꽃피웠지. 그날 그게 얼마나 화사하게 만개했었는지 그대도 아직 잊지 못하고 있나 보지? 제일 먼저 그걸 묻는 걸 보니."

"조금씩 권영걸과 비슷해지는군요. 그럼 아르바이트는 하루 몇 탕씩 뛰었죠?"

"세 탕씩. 세 탕씩 뛰고도 나는 늘 빈털터리였지. 내 학비뿐 아니라 동생들 학비까지 부담해야 했으니까. 그리고 세 탕 중 두 탕만 유료고 한 탕은 무료 봉사였으니까. 그때 난 참 우스운 놈이었나 봐. 그 어려운 시간을 쪼개서 중학교 못 가는 어려운 소년들을 위한 야학 일까지 맡아보았으니까……."

"점점 더 권영걸과 닮아지는군요."

"저 말하는 색깔 좀 보게나. 권영걸 본인을 앞에 앉혀놓고……."

그러나 나에겐 아직 마지막 설문이 남아 있었다. 그거야말로 권영걸의 권영걸다움이었다. 그는 사람은 어떻게 사는 게 옳게 사는 걸까? 하는 남다른 고민을 갖고 있었다. 그 시절 이미 젊은이들 사이에서도 고민이라는 불필요한 감정의 낭비벽이 퇴화해갈 즈음이었다.

그래 그랬던지 그가 그런 문제로 고민하는 모습은

나에게 깊은 인상을 남겼고 그런 고민이 밴 대화에 나는 매혹당했다. 나는 그의 고민에 반했었지만 고민 때문에 그를 배반했다. 나는 똑똑한 여자였기 때문에 사람이 고민만 먹고살 수 없다는 걸 알고 있었다.

"그 무렵 당신의 고민은 뭐였죠?"

"그야 뻔하지. 어떡하면 그대를 꼬실 수 있을까 고민했었지."

"그 밖의 고민은 없었나요?"

"그대를 잃고는 실연의 고민. 실연의 고민이 가시자 돈 벌 고민. 지금은 그까짓 고민 안 해도 돈이 저절로 눈덩이 굴리듯 불어나고 있지."

"그럼 지금은 아무 고민도 없겠네요."

"왜 없겠어?"

그러면 그렇지, 나는 마른침을 삼키고 그의 고민이 뭔가를 기다렸다.

"돈이 불어나는 재미에 깨가 쏟아지다가도 문득 돈으로 할 수 있는 것에도 한계가 있다는 데 대한 고민이 생기지. 생각해봐. 수세식 변기에 황금 테를 두를 수 있을는지는 몰라도 성기性器에 황금 멕기를 할 수는 없잖아."

나는 끝내 그를 못 알아본 척했다. 그는 다방을 나올 때 주머니를 뒤적이더니 고액의 수표밖에 없다며 찻값 치르는 일을 사양했다. 자기를 잘 못 알아본 데 대한 그의 복수를 나는 달게 받았다.

마른 꽃잎의 추억 4

—조각난 낭만

집 사고 이사하자마자 신청한 전화가 장장 육 개월의 기다림 끝에 가설됐다.

전화기는 부드러운 상아색을 하고 있었다. 까만 자개 화장대 위에 놓으니까 작은 애완동물이 몸을 사리고 있는 것처럼 귀여웠다.

나는 가슴이 두근댔다. 수화기를 살짝 들어 귀에 대보았다. 아무 소리도 들리지 않았다.

"오늘 저녁부터 통화가 될 거요."

창밖으로 전공의 모습이 이웃집 슬라브 지붕 위에서 보였다가, 높다란 전신주 위에서 보였다가 했다. 다시 들어와 서류에 도장을 찍어 달래더니 가지고 갔다.

저녁을 지어놓고 수화기를 한 번 들었다. '쓰ㅡ' 소리가 났다. 새로 살아난 전화기의 숨결에 매혹당한 것처럼 나는 그 소리를 오래 즐겼다.

전화는 결코 홀로 살아 있지 못한다. 무수한 남과의 신경줄처럼 복잡 미묘한 관계가 살아 있음으로써 비로소 숨결을 얻는다.

이 전화기 하나로 나에게 이젠 이웃도, 들어갈 수 없는 안방도 없다. 나는 내일 당장 동창회를 소집할 수도 있을 것이다. 내가 모르던 소문이 날개를 달고 아양을 떨며 훨훨 모여들 것이다. 나는 이제부터 결코 외롭지 않을 것이다.

'쓰ㅡ' 그 소리는 내가 가고 싶은 어떤 집의 안방문도 열 수 있는 주문이 되리라.

그러나 내가 제일 먼저 통화를 시도한 것은 남편의 회사였다. 전화는 남편이 받았다.

"여보 저예요. 어머머, 아직도 퇴근 안 하셨군요?"

"안 한 게 아니라 못 한 거야. 일이 밀려서. 그런데다 저녁때 무슨 일이야? 애들은 어떡허구."

남편은 내가 공중전화에서 거는 줄 아나 보다. 새로 생긴 변두리 동네라 공중전화까지 버스 한 정거장도 넘는 거리다. 웬만한 급한 일 아니면 걸게 되지를 않는다.

"오늘 전화가 가설됐어요. 우리 전화로 지금 첫 통화 하는 거예요."

"그래? 그거 참 잘됐군. 앞으로는 여러모로 편하게 됐어. 아무튼 축하해요."

남편은 들뜬 소리를 내면서 좋아했다. 아무리 좋기로서니 전화 하나 놓고서 축하씩이나 하다니 우리도 참 별수없는 부부였다.

남편에게 우리 전화번호를 가르쳐주고 수화기를 놓자마자 찌르릉 소리가 났다.

'쓰—' 소리가 고혹적이라면 찌르릉 소리는 도전적이다. 첫 번째 걸려온 전화는 남편으로부터였다. 전화번호를 아는 게 남편밖에 없으니 당연한 일인데도 나는 남편의 목소리를 듣자마자 가벼운 실망을 맛보았다.

"응, 나야, 전화 잘 되는데. 감도 가깝고, 좋았어."

"아직 일 안 끝났어요?"

나는 나도 모르게 뾰로통한 소리를 냈다.

"아직도라니? 금방 전화 걸구선. 그런데 말야. 일은 곧 끝날 거지만 일 끝나고 한잔해야 할까 봐. 여지껏은 새로 이사 간 외딴 동네서 당신 혼자 기다릴 생각으로 어떠허든 술좌석을 피했는데 이제 전화도 있겠다, 내 수시로 연락할게 기다리지 마. 전화 덕에 사람 노릇 좀 해보자구."

이렇게 시작한 사람 노릇을 남편은 거의 매일 밤 했다.

전화통은 나의 전용이었지만 그것으로 이익 보는 건 남편이었다.

아이들이 잠들고 남편은 아직 안 돌아온 날 밤, 심심하고 심심해서, 서럽도록 심심해서 나는 나의 비밀스러운 수집품이 담긴 시집 『아내에게 바치는 노래』를 꺼내 아직도 남아 있는 몇 가지의 마른 꽃 중에서 동백꽃을 꺼냈다. 두터운 꽃잎은 핏빛으로 책갈피에 말라붙어 있었다.

그것은 졸업식날 조필대가 나에게 바친 꽃이었다. 조필대는 명문 대학의 졸업생답게 야심적인 콧날과 이지적인 눈을 가진 미남이었다.

어느 날 중대한 이야기가 있으니 만나자고 했다. 나는 그로부터 구혼받을 것을 의심치 않았다. 나는 졸업하고 반면, 집에서 살림을 배우며 요리 학원과 꽃꽂이 학원과 차밍 스쿨을 순례 중이었고 그는 일류 기업에 취직해서 수습 기간을 끝낸 시기였으니 피차 적령기였다.

나는 성장하고 나갔다. 취직해서 수습 기간을 거치는 동안 자주 못 만났더니 몰라보게 신사다워져 있었다.

내가 가장 좋아한 야심적인 코와 이지적인 눈은 생김새는 변치 않았는데도 빛을 잃어 약간 간교해 보이기까지 했다.

"못 해먹겠어, 말단 월급쟁이."

그가 먼저 말을 시켰다. 나도 동감이었다. 그 야심만만하고 도도하던 사나이를 세상은 어떻게 닦달질을 했길래 저렇게 족제비같이 약삭빠른 세일즈맨으로 만들었단 말인가?

"그래서 말인데……."

그가 우물댔다. 나는 더욱 침을 삼키며 다음 말을 기다렸다. 어떤 어려운 부탁도 들어줄 작정이었다. 그와 함께라면 고생도 즐겁게 할 수 있을 것 같았다.

"그래서 말인데, 사랑해……."

나는 말없이 그를 바라보았다. 사랑한다는 소리를 저런 어두운 얼굴로 하다니, 가엾어라.

"사랑해, 사랑해, 사랑해서 헤어져야겠어."

사랑해서 헤어지다니, 말은 우리나라 말인데 논법은 나 같은 보통 사람의 상식으로 이해가 안 돼 멍청히 있었다.

내가 가만히 조용히 있으니까 그가 학질이라도 뗀 것처럼 홀가분한 얼굴로 일어섰다. 그리고 말했다.

"행복해, 부디 행복해야 돼."

죽은 상전의 명복을 비는 노예처럼 비천하고 위선적인 슬픔이 넘치는 얼굴로 그는 버린 여자의 행복을 빌었다. 그리고 떠나갔다.

그 후 풍문에 의하면 그의 유능함을 일찌거니 알아본 사장님의 사위가 됐다던가.

나는 그의 집에 전화를 걸었다. 가정부 아니면 사장님의 딸이 받을 줄 알았는데 남자였다.

"조필대 씨 부탁합니다."

"접니다. 누구시죠?"

"당신의 가정은 행복하군요? 벌써 댁에 들어와 계신 걸 보니. 부인은 옆에 계신가요? 아니면 아이들을 재우고 계신가요?"

"누구요? 당신은 도대체 누구요?"

"당신이 사랑해서 헤어진 여자, 당신이 행복을 빌

어줘서 행복한 여자."

"아, 알겠어, 누군지 알겠어. 그렇지만 집에 전화하면 곤란해. 지금 와이프가 외출 중이기에 망정이지 큰일날 일이야. 당장 신세 망칠 일이야. 여봐 목적이 뭐야?"

"당신들의 행복을 훼방 놓는 거."

나는 되는대로 지껄였는데 저쪽에선 '억' 하는 소리가 났다. 그래도 기절은 안 했나 보다.

"여봐, 사람 겁주지 말아. 제발. 나 이렇게 빌게. 뭘 잘못했는지는 모르지만 아무튼 이렇게 싹싹 빌 테니까, 날 용서하고 다신 이런 짓 말아줘. 우리 와이프 보통 여자 아니라구."

그가 너무 비굴하게 구니까 장난칠 재미조차 없어졌다.

"그럼 내가 그만두랄 때까지 싹싹 빌고 있어. 수화기를 통해 비는 소리가 싹싹 들리도록 말야. 자아 시작."

정말 수화기를 통해 싹싹싹 소리가 났다.

총각 때 그는 밤중에 나에게 전화를 걸어 혼자 음악을 듣고 있는데 혼자 듣긴 아깝다며 전화로 같이 듣자고 조르길 잘 했다.

그때 깊은 겨울밤, 시험공부 하다 말고 수화기를

통해 들은 <전람회의 그림>보다 아름다운 음악이 또 있을까?

나는 썩썩썩 비는 소리가 아직 끝나지 않은 수화기를 힘없이 놓았다. 그리고 한숨지었다.

나는 왜 낭만을 찾는답시고 간직하고 있는 낭만이나마 하나하나 조각내려 드는 것일까? 이 낭만이 귀한 시대에.

아직 끝나지 않은 음모 1

"엄니가 얼른 다녀가래."

봉당에 들어선 장석은 급히 온 눈치도 아닌데 어깨로 거친 숨을 쉬며 말했다. 재봉틀로 버선을 박고 있던 분희는 까닭 없이 가슴이 울렁거려서 그만 금을 놓치면서 버선볼을 일그러뜨렸다.

"누구한티요?"

분희는 틀을 멈추고 잘못 박은 버선을 끄집어내면서 말했다.

"누구긴 누구여? 임자제."

장석이 버럭 화를 냈다.

"쯧쯧, 느그 시어매 또 가슴앓이 도졌는갑다."

갑순이의 급한 혼사 때문에 며칠 전서부터 친정에 와 있는 갑순이 고모가 이렇게 말하자 방 안의 여자들이 일제히 간지럼 참는 소리로 키득댔다. 그만큼 분희 시어머니의 가슴앓이는 유명했고 의미심장했다.

"앗다 성님도 참, 하나만 알제 둘은 모르는 소리 마시오. 그 몹실 병에 장석이 손이나 약손이제 워디 쟈아 손도 약손이라요. 가시손이나 안 됐으믄 쓰겄소."

인조필을 펴놓고 단속곳 마름질을 하고 있던 갑순이 어머니가 이렇게 말하고 분희에게 어서 가보라고 눈짓을 했다. 갑순이 어머니는 분희에게 시집 쪽으론 먼 친척이나 친정 쪽으로 따지면 당고모 뻘이라 그 측은해하는 눈치가 한결 곰살스러웠다.

"내비두고 어여 다녀오래니께. 삿갓재댁도 참말로……."

삿갓재댁이란 분희 시어머니의 새댁 적부터의 호칭이었다. 친정 동네 이름이 삿갓재였기 때문이다. 그러나 그 이상은 되채지 않고 말끝을 흐려버렸다.

이십 호 남짓한 씨족 마을에 타성은 서너 집도 안 됐지만 그나마 아주 남은 아니었다. 외가나 처가 사돈 쪽으로 연줄이 닿는 친척들이었다.

마을에서 제일 과년한 처녀인 갑순이의 혼사가 정해지고 신랑집 사정으로 혼인날이 너무 바투 나자 온 동네 여편네들이 제집 일처럼 애가 닳아 겪음내기로 드나들며 한쪽에선 금침을 꾸민다, 한쪽에선 마름질, 박음질을 한다 법석들이었다. 이 동네서 재봉틀은 분희네밖에 없었다. 샛갓재댁의 살림은 그만큼 짭짤했다. 재봉틀을 자신있게 놀릴 줄 아는 것도 샛갓재댁 고부뿐이었다. 분희는 샛갓재댁의 분부대로 재봉틀을 숫제 갑순네로 이고 와서 혼수 바느질 중 박음질을 도맡아 하고 있는 중이었다.

장석은 전갈을 했으면 먼저 갈 것이지 봉당에 장승처럼 버티고 서서 더웁지도 않은데 비지땀을 흘리며 핏발 선 눈으로 분희를 노려보고 있었다.

분희는 방 안 가득 늘어놓인 마름질 중인 옷감 사이를 헤집고 나와 봉당으로 내려섰다. 그제서야 장석도 앞장섰다. 그는 갑순이네 봉당을 벗어나자마자 멈칫멈춰 서더니 분희의 손목을 왁살스럽게 휘어잡았다. 장석의 손아귀는 고약을 처바른 것처럼 끈적거렸다.

갑순이네 마당가엔 선짓빛 맨드라미가 성난 수탉의 벼슬처럼 도도하고 텃밭에선 팔뚝 같은 조이삭이

누렇게 익어 고개를 숙이고 건들대고 있었다. 고즈넉한 한낮이었다.

"와 이런다요?"

분희는 심장이 튀어나올 듯이 울렁대 떨리는 소리로 이렇게 말하면서 손목을 비틀어 빼려고 했다. 장석은 아무 말 안 하고 더욱 세차게 분희의 손목을 휘어잡았다.

분희는 끈끈한 게, 마치 진이 날 듯이 끈끈한 게 온몸에 눌어붙은 것처럼 무력해져서 검부러기처럼 가볍게 장석에게 이끌렸다. 장석하고 부부가 된 지는 삼 년이 넘건만 손을 잡아보는 것조차 얼마 만인지 몰랐다. 어쩌다 샛갓재댁 안 보는 곳에서 스치거나 잡아주는 장석의 손은 미적지근하고 메말랐었다. 이렇게 화끈대고 끈적거리긴 처음이었다. 그러나 분희는 조금도 이상하거나 싫지가 않았다.

요 며칠 전서부터 장석의 태도는 이상했었다. 분희를 보는 눈은 허기지고 몸살 난 것처럼 쑥 들어간 채 핏발 서 있었고, 온몸으로 분희만이 느낄 수 있는 끈적한 걸 거미줄처럼 풀어내어 분희를 꼼짝 못하게 했다. 그래서 분희는 장석과 눈을 맞추고 난 후면 그 끈적끈적한 게 나쁜 짓을 한 표시가 되어 몸 어딘가에 묻어 있을 것 같아 남의 앞에 나서기가 주저되기까지 했었다.

그러나 막상 그 끈적거리는 것에 요지부동 사로잡히자 체념에 가까운 안도감이 생겼다.

분희넨 비어 있었다. 삿갓재댁이 잠시 마실을 나간 모양이었다. 삿갓재댁의 유난한 성미대로 집 안은 티끌 하나 어지러뜨린 것 없이 정갈했다. 실상 그런 정결함은 분희가 만든 것이기도 했다. 그런데도 분희는 자기 집의 정결함이 남의 집 일처럼 낯설었고 마치 그 정결함에 의해 밀려난 것 같은 낭패감을 맛보았다. 장석도 같은 심정이었던지 호기 있게 달려온 기세가 갑자기 꺾이면서 잠시 주춤하더니 좀 더 난폭했다. 그는 분희가 손목을 빼려고 하지 않았는데도 아프게 비틀었다. 그리고 뒤란으로 끌고 갔다.

뒤란 감나무엔 잎이 아직 무성하고 감은 다 자라 주먹만 했지만 시퍼랬다. 그 그늘 마른 콩깍지가 아무렇게나 쌓인 곳이 제일 으슥했다.

"와 이라요?"

분희는 모기 소리처럼 가냘픈 비명을 질렀다. 장석은 대답하지 않고 다짜고짜 분희를 마른 콩깍지 더미 위로 쓰러뜨렸다. 바싹 마른 콩깍지는 가시방석처럼 분희의 몸을 찔렀다. 그러나 장석은 사정 두지 않고 분희의 치마를 걷어 올리고 당목 고쟁이를 벗겼다. 맨궁둥이에 콩깍지는 새로운 통증을 가했다. 설상가상으로 장석의 체중이 분희의 벗은 아랫도리로 힘차게 실려왔다.

"와 이라요?"

분희는 콩깍지에 엉덩이와 넓적다리를 찔리우는 아픔으로 해서 그다음 아픔은 거의 의식하지 못했다. 그녀는 뒤집어쓴 치마폭 속에서 흐느꼈다. 아파서 울고, 이게 그녀의 실질적인 첫날밤이라는 게 서러워서 울었다.

조실부모하고 당고모의 주선으로 삿갓재댁에 민며느리로 들어온 지 오 년 만에 연지 찍고 곤지 찍고 장석하고 예를 올리고 또 삼 년이 지났건만 분희는 숫처녀였다.

첫날밤 장석은 술이 곤드레가 돼서 신방에 들어 세상 모르고 잠만 자다가 새벽녘에 깨어나 쪽도리 낭자를 내려주려고 주춤주춤 분희한테로 다가갈 즈음 밖에서 찢어지는 듯한 비명이 들리고 집 안이 심상치 않게 술렁이기 시작했다. 그것이 삿갓재댁의 가슴앓이의 시작이었다.

새벽녘까지 지치지도 않고 줄기차게 신방을 엿보던 아낙네들이 이제야말로 기다린 보람이 헛되지 않게 재미있는 일이 시작되려 한다는 신호를 안방에서 그때까지 잠자지 않고 친척들과 이야기꽃을 피우고 있던 샛갓재댁에게 보낸 게 잘못이었다.

샛갓재댁이 별안간 가슴을 쥐어뜯으며 비명을 지르고 나가자빠진 것이다. 갑자기 일어난 일에 일가친척들은 어찌 줄을 몰라 결국 신방의 장석을 불러낼 수밖에 없었다. 장석 역시 처음 당하는 일이라 겁에 질려 쩔쩔매기만 하다가 “엄니, 워디가 어떻게 아프다요? 워디워디? 잉” 하면서 샛갓재댁의 밋밋한 명치를 꾹꾹 눌러도 보고 쓱쓱 쓸어도 보는 것이었다. 그럴 때마다 샛갓재댁은 “고기여, 바로 고기여” 하면서 눈을 스르르 감았다가 다시 꼬챙이로 찔리는 것처럼 외마디소리를 지르기를 되풀이하다가 해가 높다란 연에야 그 몹쓸 가슴앓이는 아주 가라앉았다.

그 후 샛갓재댁은 영 아들을 며느리 방에 들여보내지 않고 혼인하기 전처럼 안방에서 데리고 잤고 몰래 좀 가까워지려는 낌새만 보이면 영락없이 가슴앓이가 도져 집 안을 발칵 뒤집었다. 이제 샛갓재댁의 가슴앓이엔 장석의 손이 약손이란 건 마을 사람이면 모르는 사람이 없었다.

그러나 설마 분희가 아직도 숫처녀로 있으리라고까지는 아무도 상상을 못 했다. 여북해야 이웃에 사는 당고모까지 '아들 하나 바라고 산 청상과부 시어머니치곤 그만하면 잘 만난 셈이니 어서어서 떡두꺼비 같은 아들이나 하나 낳아 바치렴. 그러면 노인네는 손주 재미에 뒷방으로 물러나고 짭짤한 살림 다 네 것 되면 그간에 설움 옛말하고 살게 되리라'고 타이를 지경이었다.

요컨대 이십 호 남짓한 이 폐쇄된 사회의 여론은 분희의 외며느리 노릇의 어려움을 동정하는 척하면서 한편 홀시어머니의 심술 또한 무슨 기득권처럼 인정하고 있었다.

분희를 찍어 누르던 무게가 어느 순간 갑자기 제거되면서 콩깍지에 맨살을 부비는 아픔도 덜어졌다. 분희는 얼른 얼굴을 덮어씌운 치마를 내려 벌거벗은 아랫도리를 가리면서 윗몸을 조금 움직거렸다.

콩깍지는 아래 깔린 분희에게만 괴로움을 준 게 아니었다. 장석의 무릎도 말이 아니었다. 장석은 분희한테 한마디 위로의 말은커녕 그윽한 눈길 한 번 주는 법 없이 자기의 긁힌 무릎만 애처로운 듯, 억울한 듯 어루만지다가 바지를 집어 꿰더니,

"언제꺼정 그러고 자빠졌을 거여? 엄니한테 들키고 싶어?"

경멸하듯이 씹어뱉고는 휭하니 뒤도 안 돌아보고 헛간 모퉁이로 해서 집 안으로 들어가버렸다.

분희는 밟힌 지렁이처럼 꿈틀꿈틀 상반신을 일으키고 그녀의 몸의 일부에 선혈이 낭자한 걸 알았다. 그때 그녀는 하필 핫솜으로 갑순이의 혼수 금침을 꾸미면서 여자들이 제각기 한마디씩 하던 덕담이 생각났다. 그녀에게도 그런 핫솜 이불이 있다. 그러나 그녀는 지금 너무 바싹 말라 날을 세우고 있는 콩깍지 위에 누워 있다. 팔자 한탄이 저절로 났다. 그러나 그녀는 곧 몸을 일으켰다. 콩깍지 위는 팔자 한탄을 하고 있기에는 결코 마땅한 자리가 못 됐다. 그녀는 살집까지 파고든 콩깍지를 털어내고 고쟁이를 찾아 발을 꿰고 끈을 맸다.

어기적어기적 헛간 모퉁이를 돌면서 비로소 끈적끈적한 게 그녀의 양다리 사이를 흐르는 걸 느꼈다.

그것은 요 며칠 동안 장석이 그녀 주위를 맴돌면서 말없는 수작을 걸던 그 끈적끈적한 것의 정체였다.

그 후 분희는 열 달 만에 떡두꺼비 같은 아들을 낳았다. 삿갓재댁은 혼자서 기고만장했다. 삿갓재댁에게 있어서 손자는 자기가 결코 아들 며느리의 정분을 갈라놓는 나쁜 시어머니가 아니라는 산 증거물이었다.

그러나 장석은 다시는 분희한테 끈적끈적하게 굴지 않았다. 그에겐 전서부터 정을 통하고 있던 읍내 색주가가 있었고, 읍내 색주가는 비록 후줄근하지만 이부자리를 가지고 있었다. 장석은 버릇없이 자란 외아들답게 자기 몸에 대한 엄살이 심했다. 그의 무릎을 찌르던 콩깍지에 대한 원한이 대단했고 아둔하게도 콩깍지까지를 분희의 일부라고 생각을 했다. 그래서 분희는 참말로 재미없는 여자였다. 분희하고 콩깍지 위에서 그 짓을 하고 나서 장석의 읍내 색주가와의 정분은 더욱 두터워졌다.

그래 그런지 손자 보고 나서 삿갓재댁의 가슴앓이는 다시 도지지 않았다. 여자가 애를 밴다는 건 좋은 일이었다. 분희가 애를 배고 나서부터는 마을 사람들까지, 당고모까지도 행여 분희가 과부 시어머니로 하여 남모르는 외로움을 겪고 있을지도 모른다는 막연한 의심을 걷어치웠다. 콩깍지 위에서 그렇게 만난 건 아무도 몰랐다.

장석은 그 후에도 난봉만 피다가 서른을 겨우 넘긴 나이에 징용으로 끌려가더니 영 안 돌아왔다. 삿갓재댁은 그동안에 가슴앓이 아닌 병으로 며느리의 극진한 병구완도 보람 없이 환갑에 세상을 뜨니 분희는 외아들을 데리고 한 많은 고장을 떠 서울로 올라왔다.

아직 끝나지 않은 음모 2

외아들을 장가보내는 날 분희 부인은 덩실덩실 춤을 추었다. 온양온천으로 신혼여행 보내면서 뭉쳐두었던 빳빳한 새 돈을 아들 속주머니에 넣어주면서 한 눈을 꿈쩍 윙크라는 것까지 하면서 재미 많이 보라고 친구 같은 농지거리도 했다.

외아들의 첫날밤에 분희 부인도 잠이 오지 않았다. 관광호텔의 둘이 같이 자는 침대는 편안하고 정갈한 것일까? 세상 풍속 따라 신혼여행이라는 걸 보내긴 했지만 첫날밤만은 신부 집에서 정성껏 꾸민 원앙금침에 자야 하는 건데, 이런 생각에다 그녀 자신이 혼인한 지 삼 년 만에 대낮에 콩깍지 위에서 치른

첫날밤이자 마지막 밤 생각이 나 한 가닥 감회가 없을 수 없었으나 가슴앓이가 생기진 않았다. 그 아들이 자라 자수성가하고 장가까지 든 생각을 하면 대견하긴 이루 말할 수 없었지만 며느리도 귀여웠다.

아들 눈에 들기 전에 분희 부인 눈에 먼저 든 며느리였다. 중매가 딴 사람 아닌 분희 부인이었다. 인물로 보나 살림 솜씨로 보나 어디 내놓아도 안 빠질 일등 규수를 분희 부인은 아들보다 더 자랑스럽게 여겼다. 앞으로도 딸처럼 귀여워하고 싶었다. 여자 남자 사는 재미는 그녀가 못 누린 한이기에 아들 며느리만은 마음껏 누리게 하고 싶었다. 분희 부인은 아들 내외가 그녀의 눈치 보지 않고 즐길 수 있도록 멀찍하게 별채에다 신방을 꾸미는 등 세심한 데까지 신경을 쓰면서 아들 내외를 기다렸다. 아들 내외는 이박 삼일의 신혼여행에서 돌아와 신혼 생활에 들어갔다. 아들 내외의 금슬은 분희 부인이 바라던 대로 깨가 쏟아지게 좋았다. 아들은 일찍 퇴근해서 얼굴만 가까스로 비치고는 별채로 들어가버리지 않으면 색시를 밖으로 불러내어 저녁 먹고 구경하고 밤늦게 들어오거나 했다.

그럴 때마다 분희 부인은 외로움을 탔고 외로움은 당장 심술을 유발하려고 했지만 그때마다 잘 참았다. 며느리를 딸처럼 생각하면 참기가 한결 수월했다. 실제 분희 부인은 며느리를 경숙아, 경숙아 하고 이름을 불렀다. 며느리 삼기 전에 부르던 것을 고쳐 부르지 않음으로써 상투적인 고부 관계의 어쩔 수 없는 허구를 부정해보려는 의도적인 것이었다.

경숙은 혼인한 그달부터 태기가 있었다. 분희 부인은 회심의 미소를 지었다. 경숙이 인물이 좋고 살림 잘한다는 건 실상 분희 부인이 경숙을 며느릿감으로 눈독들인 표면상의 이유였고 참뜻은 그게 아니었다. 번족한 친정 쪽의 가계家系로 보나 본인의 팡파짐한 엉덩판으로 보나 틀림없이 아들을 쑥쑥 뽑아낼 상이었다. 그게 들어맞아 경숙은 기다리기 전에 임신을 한 것이다.

그러나 낳고 보니 딸이었다. 첫딸은 세간 밑천이라면서 분희 부인은 조금도 섭섭해하지 않았지만 손녀의 이름만은 후남後男이라고 짓기를 고집해 조금도 양보하지 않았다. 딸을 내리 서넛쯤 낳은 것도 아닌데 고운 이름 다 놔두고 창피하게 후남이가 뭐냐고 경숙은 남편에게 앙탈을 했지만 남편은 그 착한 노인의 그만한 소원도 못 들어줄 게 뭐냐고 맞서 첫딸의 이름은 후남이가 되고 말았다. 그러나 뒤로 아들이 줄줄이 달린 이름에도 불구하고 후남이는 유치원을 갈 때까지도 아우를 보지 않았다. 분희 부인이 자신 있게 점친 다산성은 빗나간 것이다.

그러나 진상을 알고 보면 빗나간 게 아니었다. 너무 잘 들어맞아 후남이가 백일도 되기 전부터 경숙은 임신을 했다. 그렇게 자주 임신의 고통에 시달릴 순 없다고 판단한 경숙은 분희 부인 몰래 중절 수술을 받았고 중절 수술은 석 달이 멀다 하고 자주 거듭됐다. 후남이가 두 돌이 지나 이제 중절 수술이 필요 없겠다 싶었을 즈음부터는 정말 그게 필요 없게 아예 임신이 되지 않았다.

경숙도 은근히 걱정이 돼 정밀 검사 끝에 염증으로 나팔관이 막힌 걸 확인했다. 그것은 영구 불임의 선고나 마찬가지였다. 경숙은 그 사실을 속이고만 있을 수가 없어 분희 부인에게 털어놓았다.

땅이 꺼지는 것 같은 충격이었음에도 불구하고 분희 부인은 경숙의 말을 담담히 받아들였다. 이에 힘입어 경숙은 할 말을 다 하고 말았다.

"어머니, 조금도 섭섭해하지 마셔요, 저도 그렇고 아범도 그렇고 조금도 섭섭해하지 않고 있으니까요. 저희들에겐 후남이 하나면 족해요. 혈통은 아들에 의해서만 이어진다는 건 구식 생각이에요. 전 구식 생각의 피해를 받을 생각 조금도 없어요. 사람이 만든 호적상으론 남자에 의해서 대가 이어지는지 모르지만 실질적인 혈통은 남녀가 동등하게 이어가고 있다고 봐요. 호적은 이미 낡은 시대의 유물이에요. 저희들은 그까짓 것에 관심도 없어요."

경숙이 조금만 신중하거나 음흉했더라면 좋았을 것을 분희 부인은 경숙의 이런 당당함이 심히 아니꼬웠다. 그러나 조금도 그런 내색을 하지 않았다. 그리고 그런 내색을 하느니만 못한 음모를 조금씩 키워가고 있었다.

분희 부인의 콩깍지 위에서의 수태는 여지껏 분희 부인만의 비밀이었다. 분희 부인은 그것을 그녀만의 한과 상처로 죽는 날까지 그녀만의 것으로 간직할 터였다. 그런 그녀가 친척이고 사돈이고 남이고 가릴 것 없이 그녀의 교제 범위 내의 누구에게라도 서슴지 않고 그 일을 발설하기 시작했다. 처음엔 수줍고 조심스러운 발설이 점차 슬프게 윤색돼 듣는 이의 가슴을 뭉클하게 했다. 그녀의 아들도 며느리도 며느리의 친정 식구들도 아들의 친구들도 이제 그 이야기를 모르는 사람이 없게 됐다. 처음 들을 땐 누구나 여자가 그런 세상을 산 적도 있었나 싶어 신기해하다가 그런 세상을 산 게 바로 눈앞의 분희 부인이라고 깨달으면서 측은해하다가, 이미 지나간 그런 세상에 대해 분개하는 것으로 끝났다. 그러나 거듭해 듣는 사이에 그 이야기는 조금도 신기하지 않았고 나중엔 넌더리가 났다. 넌더리나지 않는 건 분희 부인뿐이었다. 그녀는 그 이야기를 할 때마다 새롭게 처량해했고 한스러워했다. 이제 사람들은 망령났다고 수군대기 시작했다. 그것이 바로 분희 부인이 꾸민 음모의 진행이었다. 그녀는 외아들을 수태하기까지의 비화를 통해 결코 그녀의 맺힌 한을 넋두리하려는 게 아니었다. 면면히 이어 내려오는 혈통을 끊기지 않게 하려는 조상의 섭리가 얼마나 무서운 것인가를 말하고 싶은 거였다. 그런 섭리를 감히 거스르려는 앙큼한 며느리를 나무라고 싶은 거였다.

그녀는 아들이 첩이라도 얻어서 손을 얻기를 바랐지만 그런 말을 한마디도 입 밖에 냄이 없이 다만 그런 분위기 조성에만 힘썼던 것이다. 자기는 나서지 않고 뒤에서 서둘지 않고 그러나 끈질기게 자기가 원하는 게 사회적인 분위기가 되게끔 조작하려는 그녀의 음모는 철저한 것이었다. 하긴 그 무렵의 일반적인 사고방식이 아들을 보기 위한 첩 정도는 너그럽게 봐주었다는 것도 그녀의 음모를 완성시키는 데 큰 도움이 된 건 사실이다.

그러나 워낙 정분이 두터운 부부라 그런 분위기는 후남이가 중학교에 들어갈 무렵에야 가까스로 무르익었다. 첩이라도 얻어주어 아들을 보게 하자는 발상은 분희 부인이 은근히 바라던 대로 경숙이네 친정 쪽으로부터 나왔다.

분희 부인은 물론 점잖게 반대했다. 반대할수록 집안의 여론은 그쪽으로 비등해서 드디어 분희 부인은 엣다 모르겠다 하는 식으로 그 일을 묵인하는 척했다.

정말 첩을 보고 아들을 낳았건만 분희 부인은 한결같이 그 일에 냉담을 가장했다. 그 뒤치다꺼리도 경숙이가 알아서 하도록 내버려뒀지 분희 부인이 직접 첩며느리 집에 드나든다거나 아들 손자를 후남이보다 더 대견해한다든가 하는 천박한 짓은 일체 하지 않았다. 남 보기엔 다만 며느리 사랑이 대단한, 기품 있는 처신쯤으로 보일 일이나 당사자에겐 대단한 극기심을 요하는 일이었던 건 말할 것도 없다.

불행히도 콩깍지 위에서 수태한 천금 같은 외아들을 앞세운 지금도 분희 부인은 재산 분배 등 미묘한 문제를 경숙한테 일임하고, 절대 나서지 않기 주의를 고수하고 있다. 명절이나 제사 참례 등 꼭 필요할 때 그쪽에서 이쪽으로 드나드는 것 외에 괜히 보고 싶다고 부른다거나 나들이 나간 김에 그쪽 집을 들러본다거나 손자한테 각별한 애정 표시를 하는 일이 없기는 아들이 살았을 때와 매일반이다.

분희 부인은 다만 경숙과 후남이의 극진한 효도를 받으며 조용히 여생을 즐기고 있다. 그녀의 음모는 아무도 모르게 완성된 것이다.

아직 끝나지 않은 음모 3

“기철 씨, 김승옥의 「야행」 읽은 적 있어요?”

“글쎄 읽은 것도 같고 안 읽은 것도 같고…….”

“이런 엉터리, 읽었으면 읽었고 안 읽었으면 안 읽었지, 이쪽도 아니고 저쪽도 아니게 양다리 걸치는 거, 난 질색이더라.”

“여자 문제만 양다리 안 걸치고 오로지 우리 후남 씨만 사랑하면 되는 거 아냐. 대단치 않은 거 양다리 좀 걸치면 어때서 그래.”

“대단치 않은 거 양다리 걸치는 버릇이 자라면 대단한 것도 슬쩍슬쩍 양다리 걸치게 되는 거라구.”

“까불지 말고 하던 얘기나 끝마쳐. 김승옥의 「야

행」이 어쨌다는 거야."

"자기 그거 안 읽고도 어디 가서 읽은 척할까 봐 자세한 줄거리는 생략…… 거기 이런 얘기가 나와요, 직장 안에서 알게 되어 연애를 하고 부부가 된 남녀인데 결혼식 하고 청첩장 돌리고 그런 절차는 아직 안 밟았거든요. 살아봐서 수틀리면 헤어져도 그만이라는 시험 결혼인가 뭔가 하는 첨단의 생각에서 그렇게 한 거라면 조금도 딱할 게 없는데 그게 아니거든요. 그 여잔 남편의 수입만 갖고는 생활이 주는 평범한 행복을 얻어낼 자신이 없는 거예요. 사치스러운 생활이 아닌 평범한 행복이라는 데 필히 주의할지어다. 그래서 맞벌이를 해야겠는데, 이 여자의 직장은 은행인데 은행에선 기혼 여성을 안 쓰는 거예요. 청첩장은 곧 사표가 돼야 한단 말예요. 「야행」의 대강의 줄거리 끝."

"싱겁긴. 그 얘기가 뭐 그리 대단한 얘기라고 그렇게 열을 올려."

"고마워서 그래요. 내가 「야행」이 쓰여진 시대 배경과 동시대에 살고 있지 않다는 게. 그 여자보다 내가 조금 늦게 태어났다는 게."

"후남인 참 감사할 거 많아서 좋겠다. 언젠 자기 할머니 시대에 태어나지 않아서 감사하다고 마구 감격하더니 언젠 또 자기 어머니 시대에 태어나지 않아서 감사하다고 울먹이더니 이젠 또 「야행」의 주인공하고 같은 시대에 태어나지 않은 게 그렇게 감사해? 꼭 횡재한 사람처럼 입을 못 다무니……."

"자기 결혼 하나는 잘 하는 줄 알고 감사해야 돼. 감사할 줄 아는 아내야말로 복된 아내야. 만날 불평불만만 해봐? 집안 꼴이 뭐가 되겠어? 참 감사할 거 또 하나 생겼다."

"뭔데?"

"내가 자기하고 동시대에 태어난 거. 그런 의미로 자기도 감사할 거 하나 더 생긴 거 알고 있어야 돼. 자아, 축배."

"까불고 있네."

기철이는 쉴 새 없이 나불대는 후남이의 볼을 한 번 가볍게 꼬집고 또 축배를 들었다.

결혼 날짜를 일주일 앞둔 연인들은 오늘 매우 행복했다.

그들은 S산업 입사 동기였고, 이 년 동안 사랑을

속삭인 끝에 마침내 양가 어른들의 허락을 받아 약혼한 사이였다. 누가 보기에나 어울리는 한 쌍이었다. 두 사람은 훌륭한 학교 교육을 받았고 너무 잘살지도 너무 가난하지도 않은 집안 출신이었고 건강한 몸과 밉지 않은 용모를 가지고 있었다.

애써 흠을 잡자면 후남이가 너무 똑똑하다는 거였다. 어느 모로 보나 똑똑하다는 건 어리석은 것보다 미덕이었으나 여자가 똑똑하다는 건 그렇지도 않아 자칫하면 눈에 거슬리는 약점이 될 수도 있었다. 이런 불공평은 똑똑하다는 타인의 판단의 기준서부터 이미 시작돼 있었다. 그들은 실력이 남자하고 대등하면 덮어놓고 똑똑한 여자로 쳤다.

그런 의미로 후남이는 의심할 여지 없이 똑똑한 여자였다. 그녀는 유능한 대학 졸업생이면 누구나 한 번쯤은 일해보고 싶어 하는 S산업의 중견 사원 채용 시험에 남자들과 동등한 자격으로 응시해서 상위권의 성적으로 합격했다. S산업엔 많은 여종업원이 있었지만 다 연줄 입사에 직책도 끗발 없는 말단이었다. 감히 중견 사원 모집에 응모해온 여자는 더러 있었지만 합격자를 내기는 이번이 처음이었고 여자 합격자는 후남이 외에도 세 명이나 더 있었다.

회사 측에선 이런 뜻하지 않은 이변을 처리하는 방법으로 여자 합격자의 구비 서류에만 유독 각서라는 걸 첨부했다. 결혼하면 자동 사임하겠다는 각서였다. 이런 모욕적인 각서 쓰기를 후남이가 주동이 돼서 거부했다. 입사 경쟁을 치를 때 여자라고 유리한 조건이 하나도 없었던 것만큼 입사해서 일하는 데 있어서 여자라는 불리한 조건을 감수할 까닭이 없다는 주장은 때마침 인재난 시대여서 그랬는지 그럭저럭 받아들여졌다.

그 후 그녀의 입사 동기 중에서 하나둘 결혼하는 사람이 생겼는데 그중 여자는 하나같이 사표와 결혼 청첩장을 동시에 돌렸다. 회사 측에서 각서 문제에 너그러웠던 것은 각서 없이도 그렇게 되리라는 걸 미리 짐작하고 있었기 때문인지도 몰랐다. 서로 사랑하는 사이가 된 기철이도 결혼하면 의당 후남이도 들어앉을 것으로 생각하고 있었다.

그러나 후남이의 생각은 그렇지가 않았다. 그녀는 일을 사랑했다. 그녀가 S산업에서 맡은 일이란 그녀가 배운 것과 정열을 다 바칠 만큼 흡족한 것도, 새로운 창의력을 요하는 보람찬 것도 아니었다. 그러나 우선 일은, 배웠다는 것을 간판적인 것으로 못 박지 않고 무엇을 할 수 있다는 움직임 있는 가능성으로 전환시켜주었고 그것은 그녀 자신의 생명의 리듬에 활력이 되었다.

무엇보다도 일을 통해 그녀는 혼자 살 수 있게 된 것이다. 혼자 살 수 있다는 기쁨은 새롭고도 신나는 삶의 보람이었다. 혼자 살 수 있다는 기쁨과 결혼하고 싶다는 욕망과는 상반되는 것 같았지만 후남이는 그 둘을 행복하게 화합시킬 자신이 있었다.

혼자 살 수 있는데도 같이 살고 싶은 남자를 만남으로써 결혼은 비로소 아름다운 선택이 되는 것이지 혼자 살 수가 없어 먹여 살려줄 사람을 구하기 위한 결혼이란 여자에게 있어서 막다른 골목밖에 더 되겠느냐는 게 후남이의 생각이었다.

후남이는 결혼하길 원했으나 예속되길 원하진 않았다. 사랑받고 사랑하길 원했지 애완받고, 애완받기 위해 자기를 눈치껏 변경시키고 배운 걸 무화시키길 원치는 않았다.

일과 결혼을 함께 가진다는 건 그 일이 잘 되더라

도 양손에 떡을 쥔 꼴밖에 안 된다고 걱정해주는 사람도 있었지만 후남이는 안 그렇게 생각했다. 일은 다만 여자가 혼자 설 수 있다는 걸 의미했고 여자나 남자나 혼자 설 수 있다는 건 결혼하기 전에 갖춰야 할 자격 같은 거라고 생각했다.

기철은 후남이를 마음으로부터 사랑했기 때문에 후남이의 이런 생각까지를 사랑했다. 그러나 그런 생각을 그의 가족에게 이해시키는 일은 난처해했다. 그러나 후남이는 그 일도 잘해냈다. 그런 뼈대 있는 주장을 결코 주장답지 않게 지극히 여자답게 유연하게 했기 때문에 가족들은 저런 여자가 일을 가져봤댔자 며칠이나 가질 수 있을까 싶어 '오냐 오냐, 너 좋은 대로 해보렴' 하는 식으로 너그럽게 나왔다.

소위 여자다움이란 걸 충분히 이용해 가장 여자답지 않은 주장을 관철시킨 것이었다.

남은 문제는 직장이었다. 각서는 거부했지만 결혼하면 사직한다는 건 아직도 여사원 간의 불문율이었다. 후남이는 기철이와 공모해서 배짱으로 나가기로 태도를 정했다. 두 사람이 같이 각기의 부서의 부장을 우선 찾아가 결혼할 뜻과 결혼 날짜를 알리고 가능하면 두 사람 중 한 사람을 방계 회사의 하나로 전입시켜줄 것을 부탁했다.

부탁은 쾌히 받아들여지고 부장은 결혼식날, 회사 차를 몇 대나 내주면 좋겠느냐는 둥, 주례가 아직 안 정해졌으면 회장님께 부탁드려줄 수도 있다는 둥 각별한 호의를 보였다.

그래서 두 사람은 기고만장, 퇴근 후 회사 건물의 스카이라운지에서 빛깔 고운 술로 축배를 들었다. 두 사람의 행복한 결혼을 위해서, 할머니 시대에, 어머니 시대에 안 태어난 행운을 위해서, 김승옥의 「야행」의 시대에 안 태어난 걸 감사하기 위해서 그들은 축배를 들고 또 들었다.

연인들은 행복했고 행복한 연인들의 눈에 온 세상은 축배를 들 거리로 충만해 있었다.

그러나 두 사람이 결혼식을 끝마치고 삼박 사일의 신혼여행에서 돌아왔을 때 기철은 속초 지사에, 후남은 진주 지사에 각각 전근 발령이 나 있었다. 부장은 그들의 결혼에 대해 이것저것 세심한 걱정을 해줄 때와 다름없는 인자한 태도로 이렇게 말했다.

"이 발령은 절대적인 것은 아닐세. 단 두 사람 중

하나가 사직한다면 말일세만……."

속초와 진주…… 얼마나 악랄한 음모인가. 부부간에 그렇게 떨어져 있어야 한다는 건 서울-제주 간보다 더 가혹한 이산이었다. 회사 측에서 뭘 원하나 하는 것은 자명했다.

기철이가 먼저 후남이의 사직을 권고했다. 그러나 후남이는 기철이를 설득해 먼저 임지로 보내고 자기는 며칠 무단 결근을 하며 서울에 머물러 있었다.

대학 출신보다는 여상이나 여고 출신 여사원들이 이번 일을 자기 일처럼 분개해서 회사를 상대로 같이 싸울 것을 다짐하고 나섰고 그녀가 관계를 맺고 있는 여성 단체에서도 법적인 문제까지 담당하고 적극 후원해줄 테니 투쟁을 하라고 부추겨주었다.

그런데도 불구하고 그녀는 미리 투지를 상실하고 있었다. 그녀답지 않은 일이었다. 졸지에 아들을 지방으로 좌천시킨 며느리에 대한 시집 식구의 비난쯤은 그래도 견딜 만했다. 견딜 수 없는 건 그녀의 할머니와 어머니의 애걸이었다. 이 두 늙은 여자들은 후남이가 이번 일로 남편이나 시집 식구 눈에 나 시집을 못 살게 될까 봐 전전긍긍하고 있었다. 그들의 여생의 유일한 낙은 후남이가 그들처럼 팔자 사나운 여자가 안 되고 아들딸 잘 낳고 살림 잘 하고 풍파 없이 사는 거였다. 그들은 눈물까지 흘리며 네가 빨리 사표를 내서 기철이를 서울로 불러오도록 애원을 했다. 실상 후남이를 지금만치나 줏대 있는 여자로 키워준 건 경숙 여사였다. 아들을 못 낳아 남편을 빼앗긴 한을, 외딸을 아들 못지않게 떳떳하고 독립적인 인간으로 키우는 걸로 달래면서 산 경숙 여사의 이런 애원은 후남이에게 있어서 배신처럼 뼈아픈 것이었다. 어머니의 배신으로 후남이는 걷잡을 수 없는 혼란에 빠지고 매사에 자신을 잃었다.

후남이는 혼자서 결혼 일주일 전, 기철이와 함께 철모르는 기쁨에 들떠 철없이 축배를 들던 스카이라운지로 갔다. 그때와 같은 빛깔 고운 술을 시켰지만 혼자 드는 술은 고배였다.

후남이는 거듭한 고배로 의식은 더욱 명료해져 눈 아래 거대한 도시, 그 갈피 갈피에 여자 길들이기의 아직 끝나지 않은 음모가 공룡처럼 징그럽게 도사리고 있음까지를 분명히 볼 수 있었다. "칼아, 되살아나렴." 그녀는 주문처럼 이 소리를 외며 거듭거듭 고배를 들었다.

노인과 소년

한 노인과 한 아이가 표표히 새로운 고장으로 들어서고 있었다. 마침 낙조의 시간이었다. 들과 산과 도시가 놀에 물들어 온종일 애써 일하고 나서 화톳불을 쬐는 젊은이의 얼굴처럼 싱싱하고 아름답게 달아오르고 있었다.

"아이야, 이 고장이야말로 네가 살 고장이 될 것 같다."

나이를 헤아릴 순 없지만 정정하게 늙은 노인의 다리는 오랜 노독으로 휘청거리고 있었고 은빛 수염에 덮인 얼굴엔 기품 있고 지혜로운 미소가 감돌고 있었다.

노인과 아이는 살던 땅을 잃고 새로운 땅을 찾아 헤매고 있는 중이었다. 그들이 살던 땅은 무서운 전염병이 휩쓸어 사람뿐 아니라 온갖 살아 있는 것의 목숨을 앗아갔다. 다만 한 노인과 한 아이만이 살아남은 것은 노인의 심장은 너무 딱딱해서, 아이의 심장은 너무 무구해서 악역도 차마 침범을 못 했나 보다.

마침내 새로운 고장을 찾았다는 기쁨에 넘친 노인과는 딴판으로 아이는 이 고장 진입로에서 어린 나무처럼 딱 버티고 서서 움직이려 들지 않았다.

"할아버지, 전 이 고장이 싫어요. 저 공장에서 솟아오른 연기가 할아버지도 보이시죠? 할아버진 보실 수는 있지만 전 맡을 수가 있어요. 저 연기 속엔 책 타는 냄새가 있어요. 고약해요."

"그래? 내 코는 이미 무디어져서 그걸 맡을 순 없지만 그게 정말이라면 큰일이구나. 아마 이 고장에선 기름이 안 나나 보지. 그렇더라도 참말을 태워서 물건을 만들어 돈을 벌려들다니, 딱한 사람들. 그렇지만 아이야, 아직도 희망은 있다. 저 들과 산을 보렴. 모든 곡식과 푸성귀와 나무가 얼마나 무성하게 자라고 있니. 이 고장은 자연의 축복을 듬뿍 받고 있다."

어린 나무처럼 버티고 섰던 아이는 노인의 손을 잡고 다시 새로운 고장을 향해 걸음을 옮겼다. 아이는 배가 고팠던지 나무에 열린 탐스러운 열매를 하나 따서 한 입 베어 물다가 뱉어버렸다. 푸성귀도 곡식도 한 입씩만 맛보고 뱉어버렸다.

"아이야, 무슨 못된 짓이냐? 먹을 것을 귀히 여길 줄 모르다니, 내가 너를 그렇게 가르친 바 없거늘."

노인이 노하여 아이를 엄하게 꾸짖었다. 그러나 아이는 당돌하게 대들었다.

"할아버지, 모르면 가만히 계세요. 이 고장 먹을 것엔 모두 조금씩 독이 들어 있어요. 사람들은 아직 모르지만 제 혀는 못 속여요. 사람들을 조금씩 조금씩 죽이는 독이……."

"그게 정말이냐? 아이야."

"할아버지는 저한테 거짓말을 가르쳐주신 일이 없잖아요."

"그게 정말이라도 그건 자연의 잘못은 아닐 게다. 자연은 인간에게 먹을 거라고 약속한 것에 몰래 독을 탄 적은 한 번도 없지. 자연과 인간이 생긴 이래 단 한 번의 거짓도, 좁쌀알만 한 작은 거짓도 없었단다. 그런 무서운 것은 아마 어리석고 겁 없는 인간이 저질렀을 거다. 그러나 아이야, 아직도 희망은 있다. 저 물 맑은 도시에서 들려오는 시끌시끌한 인간들의 목소리를 들어보렴. 생각한 것을 저렇게 거침없이 얘기할 수 있는 인간이라면 곧 잘못도 바로잡을 수 있을 거다."

이때 노인과 아이는 황급히 도망을 다니고 있는 이 고장 사람들을 만났다.

"당신은 왜 도망을 다니고 있소?"

"죄를 지었습니다."

"무슨 죄를?"

"거짓말을 한 죕니다. 이 고장에선 거짓말을 엄히 다스리거든요."

"그건 반가운 말이로군요. 거짓말을 했으면 뉘우쳐야지 도망만 다니면 어쩌려구요. 도대체 어떤 거짓말을 하셨소?"

"감자를 감자라고 양파를 양파라고……."

"그게 어째서 거짓말이 돼요?"

"우리 고장 임금님은 사물의 이름을 바꿔 부르기를 좋아하십니다. 양파를 감자라고, 감자를 양파라고, 배를 사과라고, 사과를 배라고, 그리고 모든 백성에게 임금님의 거짓말을 따라 하도록 엄명을 내립니다. 그래서 감자를 감자라고 하면 거짓말이 되고 감자를 양파라고 해야만 참말이 되는 거랍니다."

"맙소사, 가자, 아이야, 여긴 네가 살 고장이 못 되는구나."

이미 날은 저물었건만 노인은 검소한 옷자락과 은빛 수염을 표표히 나부끼며 아이의 손을 잡고 그 고장을 등졌다.

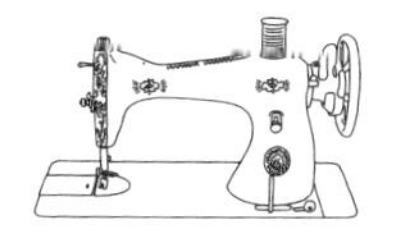

일식日蝕

욱이는 태어날 때부터 떠들썩하게 태어났다. 늦게 얻은 사 대 독자였기 때문에 욱의 부모나 조부모나 기다리다 기다리다 지쳐 있었다.

조부모님은 대를 이을 손자를 못 보고 돌아갈까 봐 매일 조깅도 하고 보약도 잡수시면서 조바심하셨다.

"이대로 죽으면 저승에서 무슨 낯으로 조상 어르신네들을 뵈올꼬."

부모님은 부모님대로 조상을 원망했다.

"세상에 조상님도 무심하시지. 금달걀에서 시조께서 태어나신 이래 한 번도 끊기지 않고 이 험난한 이십 세기까지 이어 내려오던 거룩한 피가 하필 내

대에 와서 끊기게 하실 게 뭐람."

그럴밖에 없었다. 부모님은 그때 두 분 다 연세가 마흔을 넘기고 있었다. 따님을 셋이나 두었지만 그때는 아직 '아들딸 구별 말고 둘만 낳아 잘 기르자'라는 구호가 안 생겨났을 때라 딸은 자식 취급도 안 했다.

그런데 욱이가 태어난 것이다. 욱이 어머니가 마흔두 살이나 되던 해 조상님이 무심하시지 않아 욱이는 태어났다. 욱의 출생은 가족들의 기쁨이요 금달걀에서 시조가 태어난 이래 면면히 이어 내려오던 여러 조상님들의 소망이기도 했다.

너무 기다리던 귀한 자식이라 태어날 때부터 말썽이 따랐다. 그러나 즐거운 말썽이었다.

아버지는 온종일 자전을 뒤져가며 늦게 얻은 아들의 이름을 짓기에 고심을 거듭했다. 항렬은 처음부터 무시하기로 했다. 왜냐하면 항렬대로 하면 이번에 새로 태어난 대에 가서는 범凡자를 넣어야 하기 때문이었다. 그러나 하도 기다리고 기다리다 얻은 아들이라 모든 사람이 특별하게 봐주고 훗날 특별하게 되길 바라는 마음과는 얼토당토않은 항렬이었다. 평범할 범이라니 될 뻔이나 한 소린가? 꼭 항렬자를 넣고 지어야 하는 거라면 비범非凡이라고나 짓는다면 또 모를까. 그러나 귀한 자식 이름에 아닐 비非자가 들어가는 것도 상서롭지 못할 것 같아 아예 항렬자를 무시하기로 작정했던 것이다.

항렬자를 무시하고 이름을 짓자는 데는 아버지 어머니가 행복한 합의를 보았다. 그러나 어머니는 순수한 우리말로 이름을 짓기를 바랐고 아버지는 질색을 했다. 아버지는 순수한 우리말 이름에 대해 예쁜이, 곱단이, 돌쇠, 개똥이 정도밖에 알고 있지 못했다. 그래서 계집애 이름이면 모를까 아들 이름으론 점잖지 못하다고 생각했다. 점잖고도 씩씩한 순우리말 남자 이름을, 예를 들어 들려줘도 워낙 선입관이 좋지 않게 들어서 들은 척도 안 했다.

어머니는 순수한 우리말 이름에 대해 더 많이 알고 있었기 때문에 미련을 버리지 못했다. 어머니는 순우리말로 지은 고운 이름이 상을 받았다는 얘기를 신문에서 본 일이 있다. 어머니는 늦게 얻은 아들의 이름으로 상을 받고 싶었던 것이다. 어머니는 아들을 얻은 게 기쁘고 대견한 나머지 너무 많은 꿈을 가졌다. 그중에서도 가장 달콤한 꿈은 아들이 상을 받아

아들에 의해 영광스러워지는 거였다. 그러나 적어도 아들이 제 힘으로 상을 받기까지는 일곱 살은 되어야 하고 그때까지 기다리기가 지루했다. 이름으로라도 그보다 미리 상을 받고 싶었다.

그러나 아버지는 어머니의 간절한 소망을 무시하고 온종일 한자 자전만 뒤적이다가 욱旭이라는 한자를 찾아낸 것이다. 해돋이 욱…… 얼마나 좋은가. 욱이가 태어났다는 것은 이 집안에 해가 돋은 거나 마찬가지였다. 집안 구석구석이 밝고 명랑해졌다. 여기저기서 곰팡이처럼 번식하던 근심은 말끔히 사라졌다. 더할 나위 없이 좋은 이름이었다.

게다가 또 한자치고는 쓰기도 편했다. 아버지는 한자로 제 이름도 제대로 못 쓰는 요즈음 젊은이들을 한심하다고 생각했지만 한편 자기 아들이 한자 이름을 쓰는 걸 익히기 위해 너무 고생하는 걸 원치 않았다. 앞으로 영어를 배우느라 고생할 생각을 하면 미리 미국 사람으로 태어나지 못하게 한 것도 미안한데 점점 쓸모없이 돼가는 한문을 위해 고생할 게 뭐람. 그런 고생을 안 하도록 미리 막아주는 것도 아버지로서의 의무라고 생각했다.

그래서 만 하루 만에 새로 태어난 아들의 이름은 욱이로 정해졌다. 그래도 어머니는 순우리말 이름에 대한 미련을 못 버리고 투덜댔으며 아버지는 차근차근 어떤 경위로 욱이라는 이름을 지었나를 어머니에게 설명하지 않으면 안 되었다.

해 돋을 욱, 해 돋을 욱…… 어머니는 입 속으로 몇 번 반복해보더니 무릎을 탁 치면서 좋아했다. 어머니는 당장 그 자리에서 욱이의 이름을 또 하나 지었다. '아침해'라고. 어머니에게도 욱이는 해였다. 긴긴 밤이 가고 아침이 와서 찬란하게 돋은 해였다.

욱이는 이름을 둘 갖게 됐다. '욱'이와 '아침해'. '욱'은 호적과 주민등록부에 오르고 '아침해'는 어머니와 집안 식구들의 입에 올랐다. '아침해'는 너무 길어 해야, 해야 하고 부르기도 했다. 그렇지만 호적에 오른 정식 이름이 아니었기 때문에 우리말 고운 이름 대회에 내놓지 못했다.

그러나 자식이 상 타는 걸 어서 보고 싶은 어머니의 소망은 여전했다. 그때 마침 우량아 선발 대회가 있었다. 욱이가 겨우 돌 지났을 때였다. 욱이는 건강하게 잘 자라고 있었지만 보통 아이의 수준이지 특별하게 건강한 아이는 아니었다. 그러나 어머니 눈엔 제일 튼튼하고 제일 잘생긴 아들이었다. 그래서 자신을 가지고 우량아 선발 대회에 참가했지만 예선에서 떨어지고 말았다.

어머니의 실망은 대단했다. 어머니는 욱이를 먹여 기른 우유를 원망했고 이유식을 원망했다. 욱이가 즐겨 먹는 과자와 과일도 원망했다. 우량아 선발을 맡은 심사위원도 원망했다. 욱이가 먹는 비타민 류의 영양소도 원망했다. 우유와 이유식 과자는 불량 식품일지도 모르고 비타민은 함량 미달일지 모르고 과일은 농약으로 오염됐을지 모르고 심사위원은 정실에 치우친 공정치 못한 심사를 했는지 모른다는 거였다. 그렇지 않고서야 욱이가 우량아가 안 될 리 없다는 거였다. 욱이가 우량아가 될 체질이 아니라든가, 반드시 우량아가 되어야만 건강한 사람이 되는 건 아니라는 데 대해선 생각하려 들지도 않았다.

욱이가 자라 유치원에 들어갔다. 유치원에선 자주 상은 타왔지만 알고 보니 욱이만 주는 상이 아니었다. 누구나 다 상을 주었다. 욱이는 특별한 자식인데 다른 보통 자식들과 똑같이 취급당하는 게 어머니는 불만이었다.

욱이가 국민학교에 들어갔다. 국민학교 육 년 동안 욱이는 좋은 아이였다. 잘 놀고 잘 먹고 선생님 말씀도 잘 듣고 공부도 웬만큼 했다. 상을 타올 적도 있고 못 타올 적도 있었다.

욱이가 상을 타오는 날은 온 집안에 경사가 났다. 할아버지 할머니 입도 싱글벙글, 아버지 어머니 입도 싱글벙글, 온 집안이 화합해서 싱글벙글했다. 그러나 상을 못 타올 때는 온 집안이 우울하고 원성이 자자했다. 제일 먼저 선생님을 원망했다. 선생님이 욱이를 밉게 보셨다거나 매달 봉투에 넣어드리는 걸 더 많이 바라신다거나 하는 소리를 욱이 앞에서 서슴지 않고 했다.

또 어머니 아버지 두 분이서 서로 탓을 하기도 했다.

"술 좀 작작 드세요. 매일 약주를 잡숫고 들어오시니 욱이 공부가 될 게 뭐예요."

"아, 욱이 공부 잘 안 되는 게 어째 내 탓이요? 말도 안 되는 소리. 자식 공부 책임은 전적으로 에미에게 있는 거라구. 암, 에미에게 있고말구."

이렇게 말다툼을 했다. 할머니 할아버지 탓을 할

때도 있었다. 손자를 너무 응석받이로 키운다는 거였다. 손자를 먼저 재우고 할아버지께서 숙제를 해주시는 걸 보았노라고 어머니가 주장하기도 했다.

동화책 탓을 하기도 했다. 욱이의 부모님들은 욱이가 한글도 깨치기 전서부터 욱이를 위해 동화책을 사들였다. 세계 명작 동화집, 한국 전래 동화집, 세계 위인전, 한국 위인전, 국사 이야기, 여행기…… 없는 게 없었다. 겹치는 것도 많았다. 욱이의 공부방은 작은 서재였다. 이렇게 열심스럽게 동화책을 사 모은 부모님들이 어쩐 일인지 욱이가 그것을 읽는 것만은 질색이었다. 욱이가 책을 읽고 있으면 반드시 그 책이 동화책인가 교과서인가를 확인하고 동화책이면 불호령이 내렸다.

그래서 욱이가 상을 못 받은 달엔 동화책이 한바탕 지탄의 대상이 됐다. 그렇지만 찢어버리거나 불사르진 않았다. 그것들은 꽂아놓고 보기에 매우 좋았기 때문이다. 동화책 때문에 아이 버리겠다, 근심이 태산 같으면서도 동화책의 장식 효과에 대한 믿음 때문에 그걸 감히 어쩌진 못했다.

이런 중에서 욱이는 동화책을 몰래 읽는 기술을

익혔다. 교과서는 책상 위에다 놓고 동화책은 무릎에다 놓고 읽다가 인기척만 나면 재빨리 책상을 앞당기면서 교과서를 열심히 읽는 척했다.

욱이는 중간 정도의 성적으로 국민학교를 졸업해 중학교에 진학했다. 대학 가려면 중학교 때부터 기초를 잡아야 된다는 걸로 욱이에겐 가정교사가 붙여지고 과외 지도도 받게 됐다. 밖에서나 집에서나 잠시도 쉴 틈이 없는 욱이는 공부 공부 공부…… 하면서 시달렸다.

이제 상을 받아오는 일은 아주 없었다. 성적은 여전히 중간 정도였다. 공부를 이렇게 해가지고 어떻게 대학을 가나 부모님들의 걱정이 태산 같았다. 성적표가 나올 때마다 욱이의 가정교사, 과외교사는 갈렸다. 욱이의 공부가 중간 정도밖에 안 되는 건 순전히 그들 탓이었다. 아마 그럴 권한만 있다면 다달이 학교 선생님이나 교장 선생님까지도 갈아치웠으리라.

욱이의 공부는 다 그들 선생님 할 탓이지 욱이 탓은 아니었다. 욱이는 그저 가만히 앉아서 그들 선생님이 넣어주길 기다리면 되는 거였다. 음식을 받아먹으려 해도 입을 벌려야 하거늘 하물며 공부를 받아들이기가 그렇게 쉽고 편하지만은 않겠거늘 욱이의 부모는 그저 욱이는 편하고 남들만이 애써주길 바랐다.

그럭저럭 고등학교에 진학했다. 고3이 되자 욱이의 식구들 법석은 날로 심각해졌다. 과외 선생만도 십여 명이 붙어 있었다. 아버지는 엄청난 비용을 벌어대느라 머리는 백발이 되고 허리는 굽어 있었다. 그렇게 벌어대건만 어머니는 어머니대로 몰래 빚을 지고 있었다. 그렇지만 욱이의 성적을 올릴 수 있는 과외 선생만 나타난다면 당장 집이라도 팔아 디밀 각오가 돼 있었다.

아들 손자 태어나기 전에 차마 눈을 못 감겠다던 조부모님은 그 아들 손자가 대학 들어가는 걸 보기 전엔 차마 눈을 못 감겠다고 아직 정정하셨다. 그 노인네들도 욱이 대학 소동에 한몫을 톡톡히 하셨다.

그러나 욱이는 대학 입시에 낙방을 했다. 온 집안이 초상집이 되었다. 조상님 탓서부터 수십 명의 역대 과외 선생, 역대 담임선생, 학교, 학교 친구, 과외 친구가 다 원망의 대상이 되었다.

정작 떨어진 욱이에겐 아무런 책임도 없었다. 책임이 없었으므로 생각할 것도 고민할 것도 반성할 것도 없었다. 욱이의 탓인 건 아무것도 없었다. 욱이는 편안하고 쓸쓸했다. 욱이에겐 초상집 같은 분위기가 안 맞았다. 누가 죽은지도 모르고 곡을 하는 짓 같은 건 하기 싫었다.

그는 그의 영어 공부를 위해 부모님이 장만해준 외제 카세트 녹음기를 들고 집을 나왔다. 아무런 괴로움도 없었다. 그의 주위에서 일어나는 어떤 일도 그의 탓은 아니므로.

그가 들고 나온 건 곧 상당한 액수의 돈과 바꾸어졌다. 잘 알고 판 건지 잘못 알고 판 건지 판단할 수는 없었다. 그건 아무래도 좋았다. 부모님한테서 받지 않은 돈이 신기했을 뿐이다. 죄의식 같은 건 없었다. 그의 모든 행동은 그의 탓이 아니므로. 자기에게 책임이 없으니까 죄의식조차 가질 필요가 없었다.

그의 돈은 곧 바닥났다. 먹고 자는 데 그렇게 많은 돈이 드는 줄은 미처 몰랐었다. 그러나 집으로 들어가긴 싫었다. 부모, 조부모, 시간마다 갈리는 수없는 과외 선생 생각만 해도 지긋지긋했다. 집 밖은 자유스러웠다. 그리고 모든 것이 자기 탓이었다. 그의 모든 잘잘못은 그에게로 돌아올 뿐 아무에게도 미룰 수가 없었다. 그러나 밖에서 살기 위해선 돈이 필요했고 그가 아는, 돈 버는 방법은 한 가지밖에 없었다.

돈 떨어진 그는 새로운 물건을 들어내기 위해 몰래 자기 집 담을 넘었다. 집안 구석구석 초상 치르고 난 집 같은 허무와 정적이 깃들여 있었다. 그러나 그가 목적으로 한 안방에선 도란도란 이야기 소리가 들려오고 있었다. 그의 부모는 집 나간 아들의 어린 날을 회상하고 있었다.

"여보, 당신 생각나우? 당신은 그 애 이름을 욱이라고 짓고 나는 아침해라고 짓던 날을. 그 애가 해라고 생각하면 지금도 모든 근심이 사라지고 그렇게 기쁠 수가 없어요. 그 앤 지금도 해지요. 암 해고말고요. 지금 좀 빗나간 건 바로잡힐 거예요. 해도 일식을 하잖아요. 지금 그 애도 일식 중일 거예요."

욱이에게 찢어질 듯한 아픔이 왔다. 그런 느낌은 욱이 태어나고 나서 최초로 맛본 신기한 느낌이었다. 그건 스스로 뭔가 할 수 있다는 자각이요 자존이었다.

달나라의 꿈

정박아精薄兒 미전美展은 성황이었다. 나는 상수가 그린 <달나라의 꿈>이란 그림 밑에 장미 꽃다발을 걸어주었다.

각계각층에서 초대된 손님 접대에 부산한 정박아의 어머니들 중 상수 엄마는 특히 눈에 띄게 아름다웠다. 명랑하고 처음으로 자신에 넘쳐 있는 상수를 바라보는 그 여자의 표정에 이제 수심은 없었다. 부드러운 자애에 넘치는 그 여자는 수심이 깃들였을 때보다 보기 좋았다.

상수네가 우리 옆집으로 이사 온 지는 삼 년이나 됐지만 내가 상수 엄마와 친해진 건 작년 여름부터였다. 상수 엄마는 뛰어난 미인인 데다 이삿짐을 보아 하니 사는 형편도 꽤 넉넉한 것 같았다. 아이들도 귀염성스럽고 건강해 보였고 매일 아침 고급 차로 모시러 오는 걸로 보아서 남편도 꽤 괜찮은 회사의 간부사원 아니면 고급 공무원인 듯싶었다.

모든 것이 남부러울 게 없이 갖추어져서 그런지 상수 엄마는 거만하기가 이를 데 없었다. 이사 온 주제에 이웃 사람들에게 인사는커녕 마주 쳐다보는 법도 없이 새침하니 눈 내리깔고 지나다녔다. 고운 얼굴에 엷은 수심이 어린 게 그 여자를 더욱 기품 있게 해서 함부로 말을 붙일 수 없게 했다. 그렇지 않더라도 이쪽에서 먼저 말을 붙이는 건 고참의 체면 문제였다.

그러나 이웃끼리 모른 척하기도 그리 쉬운 노릇은 아니었다. 사교적이고 좀 번잡스러운 편인 나는 갑갑하고 좀이 쑤셨다. 상수네와 우리 집은 대문이 나란히 있고, 정원도 나란히 잇대어 있어서 아이들도 힘 안 들이고 넘어 다닐 수 있는 명색만의 낮은 담장으로 겨우 경계만 짓고 사는 한 집 같은 이웃이었다. 상수네가 이사 오기 전에 살던 식구들하곤 어른 아이

할 것 없이 무시로 담을 넘어 드나들고, 또 외출할 때는 서로 집을 안심하고 맡길 수 있을 만큼 한 집안처럼 친한 사이였다.

그런데 어디서 거만한 새침데기 여자가 이사를 오고 보니 오히려 낮은 담장이 도리어 불편했다. 마음의 담장이 높으면 실제의 담장도 높게 쳐놓는 게 피차 속 편할 것 같았다. 그 거만한 여편네는 도대체 아이들 교육을 어떻게 시켰는지 그 집 아이들은 정원에서 공을 차다가 공이 우리 마당으로 넘어와도 넘겨달라고 부탁하는 법이 없이 새로운 공을 갖고 놀았다. 이웃하곤 한마디로 상종을 안 하고 살기로 온 집안 식구가 굳게 결속이라도 한 모양이었다. 참으로 말 못 할 여편네였다.

처음에 나는 그 집에서 넘어온 공을 말없이 넘겨줘보았다. 그러나 고맙다는 말 한마디 들을 수 없다는 걸 알게 되자 슬그머니 부아가 나서 공을 모으기로 했다. 이 년쯤 지나자 옆집에서 넘어온 공이 한 바가지나 모이게 됐다.

나는 그 한 바가지의 공을 보면서 그만큼의 공이 담을 넘는 동안 그 담을 사이에 둔 이웃끼리 말 한 마디 주고받지 않고 지냈다는 게 과연 그쪽만의 잘못이었을까? 내 잘못은 전혀 없다고 할 수 있을까? 하는 생각이 들기 시작했다. 솔직히 말해 나는 이웃과의 그런 관계를 도저히 더는 견딜 수가 없었던 것이다.

나는 그 한 바가지의 공을 가지고 정식으로 옆집을 방문했다.

"선물이다."

대문을 열어준 그 집 아이에게 나는 우선 그것을 내밀었다. 아이는 경계 태세를 하고 뒷걸음질치며 그걸 받지 않았다. 정원 분수 가에서 물장난을 치고 있는 계집애에게 그것을 주려 했으나 빤히 쳐다보기만 하고 손을 내밀지 않았다.

"어머니 안 계시니?"

나는 몹시 화가 나서 날카로운 소리로 물었다. 이때 현관문이 열리고 그 콧대 높은 여자가 모습을 나타냈다. 그 여자는 어쩌다 거리에서 마주칠 때하곤 딴판으로 흐트러진 모습을 하고 있었고 미모에 기품을 더해주던 은은한 수심이 활짝 핀 검버섯처럼 밉게 얼굴을 덮고 있었다. 나는 놀랍기도 하고 그 여자가 감추고 있는 생활에 호기심도 동해 그 여자의 어깨

너머로 흘깃흘깃 안을 살펴보며 말했다.

"이걸 돌려드리려구요. 글쎄 댁에서 넘어온 공을 모아봤더니 어느새 이렇게 모였군요."

그때였다. 그 여자의 겨드랑이 밑으로 창백하고 귀여운 얼굴이 날름 내다보면서 웃고 있는 게 아닌가. 나는 그 여자의 뒤에 그런 아이가 숨어 있다는 걸 그때까지 전혀 눈치채지 못했기 때문에 그 얼굴이 마치 그 여자의 겨드랑이에서 방금 돋아난 것처럼 여겨질 지경이었다. 그건 정말 방금 태어난 얼굴처럼 순수하고 아름다웠다. 깨끗한 이마 밑에 쌍꺼풀진 큰 눈에 한 번도 악이 깃들어보지 않은 천진 그 자체였고 반쯤 벌린 입술은 꽃잎처럼 여리고 고왔다.

"나 줘."

그 아이가 손을 내밀었다. 목소리도 키에 비해 어리고 약간 더듬거리는 듯했다. 나는 그 아이의 모습에 황홀한 나머지 공을 주는 것도 잊어버리고 망연히 서 있었다.

"들어가 있지 못해, 이 웬수야."

그 여자가 그 아이를 밀면서 악을 썼다. 그 기품 있는 여자의 목소리라곤 도저히 짐작도 할 수 없을 만큼 째지는 듯 천박한 목소리였다. 더욱 놀라운 건 그 여자의 눈은 분노로 충혈돼 타는 듯하면서도 맑은 눈물이 가득 고여 있는 것이었다.

엄마 겨드랑이에서 돋아난 듯한 아이의 얼굴이 움츠러들었다. 그리고 아이는 엄마로부터 떨어져 어두운 복도 저편으로 천천히 걸어 들어갔다. 아이는 다리를 절고 있을 뿐더러 한쪽 어깨가 축 처져 있었고 그쪽 팔이 힘없이 제멋대로 건들거려 뒷모습이 망가진 장난감처럼 균형을 잃고 있었다.

"뭘 봐요? 남의 집에 마음대로 들어와서 뭘 구경하는 거예요? 생전 병신 처음 봤어요?"

그 여자가 히스테리컬하게 악을 쓰더니 내가 들고 있던 공 보따리를 빼앗아 던졌다. 크고 작은 공이 흩어진 수은처럼 현관 마룻바닥을 어지럽게 배회했다. 나는 그 여자의 행패를 탓하지 않았다. 나도 자식을 기르는 어머니였다. 그 여자의 수심, 그 여자의 폐쇄성이 병신 자식을 둔 그늘이었다는 걸 이해하자 그 여자를 돕고 싶단 생각이 격렬하게 고개를 들었다.

그 고통이 그 여자 혼자 감당하기에 얼마나 힘겨웠다는 걸 호소하듯이 그 여자는 "미안해요. 정말 미안해요" 하면서 격렬하게 흐느끼기 시작했다.

그 아이가 상수였다. 상수는 뇌성마비였다. 감추었던 병신 자식을 나에게 들킨 상수 엄마는 그 후부터 나에겐 터놓고 상수로 인한 괴로움을 호소했고 나는 그 여자와 합심해서 그런 괴로움을 부끄러워 말고 좀 더 공공연한 사회적인 것으로 만들기에 힘썼고, 그 결과 상수는 특수 학교에 입학할 수 있었다. 오늘 그 작은 열매를 여러 사람 앞에 보이고 있었다.

상수 아버지가 부하 직원을 거느리고 전시장에 나타나서 상수와 상수 엄마를 <달나라의 꿈> 그림 앞에 세워놓고 사진을 찍기 시작했다. 플래시가 터질 때마다 상수 엄마의 얼굴엔 수심 대신 자랑스러움이 번쩍이는 걸 보면서 나는 전시장을 물러났다.

그림의 가위

근배와 근수는 연년생 형제다.

형제는 어지러운 곱슬머리와 도수 높은 안경 밑에서 째려보는 듯 불손한 눈초리와 어기적대는 걸음걸이가 서로 거울을 들여다보듯이 닮은 데다가 옷까지 네 것 내 것 없이 수시로 바꿔 입은 통에 쌍둥이처럼 사람을 헷갈리게 만들었다.

그러나 형제간의 위계질서는 사뭇 삼엄함이 있었다. 그건 어려서부터의 가정교육 때문도 형의 형다운 위엄 때문도 아니었다. 동생인 근수가 요새 갑자기 스스로 알아서 그렇게 하고 있을 뿐이었다.

근배는 삼수생이고 근수는 재수생이었다. 근수는

형이 자기보다 일 년 먼저 태어났으므로 더 많이 먹은 밥, 더 많이 얻어들은 세상 물정, 더 많이 태운 담배, 더 많이 쬔 햇빛 같은 걸 별로 대수롭게 여기지 않았다. 그러나 자기보다 정확하게 일 년이 더 긴 재수 기간만 생각하면 몸에 당장 소름이 돋을 것처럼 형이 두렵고 어려워지는 거였다. 그 일 년 동안이야말로 근수만이 이해할 수 있는 형의 위대성이었고 근수 따위는 도저히 따라 할 수 없는 한계성 같은 거였다. 일 년 동안의 재수 기간에 먹은 밥, 얻어들은 세상 물정, 태운 담배, 쬔 햇빛은 딴 어떤 일 년 동안의 그것보다 끔찍했다. 그러나 근수에게 형이 자기보다 더 많이 산, 그 일 년이 참으로 끔찍했던 까닭은 형이 했음으로써 자기도 따라 할 수밖에 없을 것 같은 불길한 예감 때문인지도 몰랐다.

변두리 시장에서 맞벌이로 생선 장사를 하는 근수의 부모가 근수 형제를 위해서 마련해준 공부방은 낮이나 밤이나 어둡고 습기 찬 골방이었다. 그러나 생선 장수 내외에겐 그 작은 방이 그들의 살림에서 가장 값진 보석함이었고 가장 눈부신 무지개였다. 그들은 자주 그 방에서 서기瑞氣가 비치는 환상을 보았고 그 서기로 하여 매일매일의 고생에도 결코 지칠 줄 모르고 오히려 신바람이 났고 때로는 터무니없이 거만하기까지 했다.

"운수가 없을랴니께 글씨 두 아이가 다 카트 라인인가 뭔가에 덜컥 걸려서 서울대학에 실패를 했지라우. 내사 귓구먹이 칵 맥혀서……."

말은 그렇게 하면서도 그들의 얼굴은 긍지로 빛났다. 그들이 서울대학 소리를 되풀이 강조할 때마다 그들을 빛내는 긍지는 신비스럽기까지 했다.

근배, 근수는 물론 커트 라인에 걸린 적이 없었다. 서울대학에 응시한 적은 더군다나 없었다. 그러나 커트 라인에 걸려서 일등으로 낙방했건 저만치 아래 점수로 낙방을 했건 서울대학에서 낙방을 했건 남이 우습게 보는 삼류 대학에서 낙방을 했건 낙방한 처지란 고맙게도 동등했다. 구태여 낙방의 진상을 밝힐 필요가 없었다. 더군다나 생선 장수 부부가 자식들이 서울대학에서 낙방을 한 것과 당연히 내년에 또 서울대학에 응시하리라는 것을 풍길 때의 그 빛나는 긍지는 그들이 훗날 제 아무리 입신양명을 해도 부모에게 느릴 수 없는 특별한 것인 바에야.

"임마, 모른 척해, 이 기회에 효도하는 거야."

생선 장수 부부가 세 든 사람들한테까지 서울대학을 풍기는 소리를 듣고 근수가 안절부절을 못 하면 근배는 눈을 찡긋하면서 이렇게 말했다. 근수는 이런 형이 싫었지만 어쩔 수가 없었다. 형제간의 일 년은 한계가 아니라 질긴 끈이었다. 끊을래야 끊을 수 없이 질질 끌려가야 할 끈이었다.

여름이 되면 그들의 공부방은 더욱 숨이 막혔다. 형제는 들입다 담배를 피워댔고 구석구석 쌓인 『정통영어』 『해법수학』 『완전국어』 등은 닳고 닳아 매캐한 먼지를 풍겨댔다.

창을 열면 독한 지린내가 풍겼다. 창밖은 옆집과 추녀가 맞닿은 좁고 막다른 골목이어서 언제부터인지 지나가는 사람이 함부로 용무를 보는 곳으로 되어 있었다. 그곳 냄새는 하도 지독해 일이 급한 사람은 멀리서 눈 감고서도 그리로 찾아들게 되어 있었다.

근배 형제라고 그들의 창밖을 정화할 생각이 없었던 것은 아니다. 특히 근수는 하느라고 했다. '이곳에서 소변을 보지 마시오'라는 정중한 문구에서 시작해서 '네 물건을 당장 잘라버릴 테다'라는 과격한 협

박에 이르기까지 수없는 낙서와 팻말을 쓴 것도 근수였다. 그러나 소용없는 짓이었다. 여북해야 근배가 이렇게 화를 낼 정도였다.

"집어쳐 임마. 차라리 공중변소로 가는 표지판을 온 동네 요소요소에 써 붙여놓고 창을 열고 앉아서 용변료나 징수해 처먹어라."

그래도 근수는 단념하지 않았다. 그는 요새 새로운 팻말을 구상 중이었다. 그 새로운 팻말에선 말은 생략하고 그림만 하나 그려 넣을 터였다. 가위 그림을. 세상없이 급한 오줌 마려움증도 담박 오므라들 무시무시하고 예리한 가위를.

근수는 그의 가위 그림에 지나친 욕심을 부렸기 때문에 그게 좀처럼 완성되지 않았다. 그는 수없이 크고 작고 무디고 예리한 가위를 그렸지만 하나도 마음에 들진 않았다. 그는 입시 공부가 제대로 안 되는 것보다 가위 그림이 제대로 안 되는 데 더 조바심을 하기 시작했다. 이런 동생을 형은 야릇한 미소로 바라다볼 뿐이었다.

어느 날 밤, 근수는 깊은 잠 속에서 형이 부시시 일어나 나가는 소리를 들었다. 소피를 보러 가나 보다고 생각하면서 다시 단잠에 빠져들었다. 이윽고 창밖에서 쏴아 하고 힘찬 물줄기 소리가 들렸다. 여지껏도 현장을 잡을 기회는 무수히 있었지만 상대방의 체면을 생각해서 어디까지나 미연에 방지하는 쪽으로만 힘써왔건만, 잠결이라 벌떡 일어나 "웬 놈이냐?" 고함을 치면서 창문을 열었다. 창밖의 어둠에 형 근배의 얼굴이 우울한 달무리처럼 떠 있었다. 그 얼굴은 웃으면서 빈정댔다.

"짜아식, 남의 물건 싹뚝 자를 것처럼 겁주고 있네. 임마, 아무리 그래봤댔자 겁 안 나. 네가 허구한 날 날을 가는 가위는 그림의 가위거든."

근배는 낄낄대며 유유히 물건을 털었다.

근수는 속이 짜릿하도록 간절히 잘라버리고 싶다고 생각했다. 그러나 그게 결코 형의 물건은 아니었다.

그와 형과의 끈, 부모와의 끈, 서울대학과의 끈을 끊어버리고 탯줄 끊긴 영아처럼 새롭고 고독하고 자유롭고 싶었다. 고고의 소리처럼 싱싱한 자기 목소리를 갖고 싶었다.

그러나 가위가 없었다. 형의 말이 옳았다. 그의 가위는 그림의 가위였다.

완성된 그림

십 년 전만 해도 영동 지구는 허허벌판이었다. 한강을 굽어볼 수 있는 언덕엔 배밭이 남아 있었다.

그러나 제3한강교의 개통과 시市의 신시가지 개발 계획의 발표로 땅들은 조금씩 바람이 나기 시작하고 있었다. 씨 뿌리는 손보다는 불도저의 차바퀴에 연연하며 한낮의 창녀처럼 게으르고 무료하게 누워 있었다.

문규文奎는 그때 오십만 원을 싸들고 영동 땅을 밟았다. 그것은 결혼한 지 오 년 된 아내가 그동안 알뜰살뜰 모았노라고 자랑스럽게 내놓은 돈이었다.

문규는 그 돈으로 우선 땅을 사놓으리라 마음먹

었다. 아직은 사람이 발붙이고 살 아무런 여건도 마련돼 있지 않았지만 곧 아름다운 주택가로 발전하리라고 그는 믿었던 것이다.

천막을 친 움막 같은 집에 복덕방의 때묻은 깃발이 나부끼고 있었고, 문규를 맞은 주인 영감은 손이 솥두껑처럼 크고 실팍한 농부였다. 문규는 더도 말고 덜도 말고 백 평의 땅을 원했다. 그러나 백만 원은 있어야 백 평을 살 수 있으리라고 했고, 딴 복덕방에서도 같은 소리를 했다. 문규는 허탕치고 집으로 돌아와 아내하고 의논한 끝에 다시 오십만 원을 모아 기어코 백만 원을 만들기로 합의했다.

최초의 오십만 원을 만드는 데는 오 년이 걸렸지만 문규의 월급도 오르고 돈 가치도 떨어졌기 때문에, 다시 오십만 원을 모으는 데는 이 년밖에 안 걸렸다.

문규는 백만 원을 가지고 다시 영동 땅을 밟았다. 초입에 아파트가 들어서고 상가가 생기고 곳곳에서 불도저가 땅의 모습을 변모시키고 있었다. 문규는 새삼스럽게 자신의 선견지명에 자신을 가졌다.

"틀림없지, 내 눈이 틀림없다니까. 이 고장이야말로 앞으로 누구나 살고 싶어 할 아름다운 시가지가 될 것을 나는 미리 알고 있었거든."

때 묻은 헝겊 대신 말쑥한 아크릴 간판이 붙은 부동산 소개소 속엔 한눈에 도시의 브로커 출신인 듯싶은 빤들빤들한 노신사가 벽에 붙은 홑이불만 한 지도를 막대기로 가리키며 귀부인 차림의 뚱뚱한 여자들에게 몇백 몇천 평의 땅 흥정을 붙이고 있었다.

문규는 이유가 분명치 않은 열등감 때문에 쭈뼛쭈뼛하면서 소개업자가 자기에게도 주의를 기울여 줄 것을 끈질기게 기다렸다. 그러나 기다리고 기다린 끝에 상담에 응한 소개업자는 그의 백만 원에 가벼운 코방귀를 뀌면서 최소한도 이백만 원은 있어야 백 평의 땅을 꿈이라도 꿀 수 있다고 했다.

다른 소개업소도 귀부인들로 성시를 이루고 있었고 그는 따돌림을 당했고, 겨우 빌붙어서 얻어낸 대답은 한가지였다. 그는 다시 허탕치고 집으로 돌아왔다. 아내는 실망한 그를 위로하며 다시 백만 원을 더 모으자고 했다.

"이 백만 원을 모으는 데 칠 년이 걸렸소. 또 어떻게 칠 년을 고생하겠소."

"어머머, 당신도 참 고지식하긴. 당신 월급 오른

생각은 안 해요? 백만 원에서 이자 나오는 생각은 안 하구요? 앞으로 이 년이면 문제없어요."

아닌 게 아니라 이 년 만에 아내는 문규에게 이백만 원을 내놓았고 그는 다시 영동 땅을 찾았다. 여기저기 그가 꿈에도 그리던 아름다운 집들이 모여서 생긴 이국적인 마을이 눈에 띄고 대로변에 우뚝우뚝 솟은 빌딩의 아래층은 거의 다 부동산 소개소가 차지하고 있었다. 일류 기업체의 신입 사원처럼 총기 있고 민첩하고 이악스럽고 아첨에 능해 뵈는 젊은 소개업자가 양귀비꽃처럼 화장 짙은 귀부인들을 극진히 모시고 있었다. 그들의 대화에서 가볍게 오고 가는 몇천만 원, 몇억 원이란 액수 때문에 이백만 원을 간직한 문규의 가슴은 멍이 든 것처럼 아렸다.

문규가 이백만 원으로 백 평의 땅을 사고 싶다고 말하자 소개업자는 흰 이를 드러내고 웃었다. 매우 동정적인 웃음이었다.

"글쎄요. 이삼 년 전이라면 또 모를까. 지금은 오륙백 덜 가지고 백 평의 땅이라니, 어림도 없습니다."

그는 도망치듯 소개소를 물러났다. 경멸과 배신을 한꺼번에 당한 것처럼 분하고 억울했다.

앞으로 다시는, 다시는 배신과 경멸을 당할 수는 없다고 생각했다. 그렇다. 요다음에 이곳을 찾을 때는 적어도 천만 원은 가지고 찾아오자. 이백만 원을 모으기 위해 십 년 가까이나 걸린 문규에게 천만 원은 얼토당토않은 거액이었지만, 그는 그렇게 결심하고 아내와도 그걸 약속했다.

그들은 그 후 오 년 만에 천만 원을 모을 수가 있었다. 그동안 아내는 덜 먹고 덜 입기에 힘썼고 그는 그동안 약간 더 높아진 그의 지위를 이용해 걸리지만 않을 공돈이면 옳고 그름을 가릴 것 없이 많이 먹기에 힘썼다.

그동안에 영동도 몰라보게 발전해 넓고 기름진 도로가 사면팔방으로 뻗었고 으리으리한 호화 주택이 들어선 새로운 마을은 매우 배타적으로 보여 그가 빌붙고 들어설 틈이 남아 있을 것 같지 않았다. 그는 미리 주눅이 들었고 품속에 간직한 거액 천만 원이 아무런 도움도 되지 못했다.

억지로 용기를 내 들어선 부동산 사무실은 예나 이제나 다름없이 부티와 귀티가 질질 흐르는 귀부인들 차지였다. 그는 절망을 느꼈다. 영동 땅과 그 사이를 귀부인들이 가로막고 있는 한 그는 결코 영동 땅과 인연을 맺을 수 없으리란 절망감이었다. 그는 뒤늦게 영동 땅을 포기하고 잠실로, 수유리로, 불광동으로, 화곡동으로 쏘다녀봤지만 어디든지 살 만한 땅은 귀부인들이 한 발 앞서 차지하고 '용용 죽겠지' 하는 식으로 그와 그의 천만 원을 얕잡는 것이었다.

이제 그에겐 더 돈을 모을 기력이 남아 있지 않았다. 아직도 집 한 칸 없는 채 아이들은 중고등학생이 돼가고 있었다. 그는 눈물을 머금고 백 평의 땅에 그림 같은 집을 단념하고 연탄 때는 작은 아파트를 하나 샀다.

그렇게 해서 구차하게나마 안정을 한 문규는 어느 날 신문 문화면에서 고등학교 때의 단짝이던 친구의 개인전 소식을 보았다.

대학에선 비록 미대와 상대로 갈렸지만 워낙 마음으로부터 좋아하던 친구라, 대학 시절에도 졸업한 후에도 결혼을 한 후에도 자주 만나던 친구였다. 그러나 이백만 원을 천만 원으로 만들기 위한 그 고된 오 년간은 그가 먼저였는지 친구가 먼저였는지 서로 연락을 끊고 지냈었다.

문규는 걷잡을 수 없이 그림 그리는 친구가 보고 싶었다. 그의 살벌하고 옹색한 아파트 방에 친구가 그린 작은 풍경화를 하나 걸 수 있었으면 한결 숨통이 트일 것 같았다.

서로 친하게 왕래할 적에 그는 친구의 화실에서 종종 친구의 그림을 탐냈었다. 그럴 때마다 친구는 부끄러운 듯한 순진한 얼굴을 붉히며 말했었다.

"완성하면 가져가게. 그건 아직 미완성의 작품이니까."

친구는 자기의 모든 그림을 미완성이라고 말했다. 그렇다고 그림을 주기가 아까워서 그런 거짓말을 시킬 인색한 친구는 아니었다. 친구가 자기의 그림을 미완성이라고 말할 때처럼 진실해 뵈는 적도 없었다.

"짜아식, 이제야 개인전을 갖는 걸 보니 그 많은 미완성의 작품들을 이제야 완성시켰나 보지."

문규는 흐뭇한 마음으로 오프닝 리셉션의 시간에 맞추어 전시회장을 찾아갔다.

그러나 그가 전시회장에서 만난 건 뜻밖에도 영동에서, 잠실에서, 화곡동에서 늘 그를 앞질렀던 한 떼의 귀부인들이었다. 그리고 그림 그리는 그의 친구는 부동산 소개업자처럼 총기 있고 이악하고 아첨꾸러기 같은 얼굴로 그 귀부인들을 접대하고 있었고, 은빛 금빛으로 빛나는 액자 속에 들어앉은 친구의 그림은 과연 완성돼 있었다. 영동의 신축 주택처럼 팔리기 위해 빈틈없이 완성돼 있었다.

문규는 그제서야 친구의 지난날의 그림의 미완성이 얼마나 소중했던가, 그 참뜻을 알 것 같았다. 그는 지난날의 친구와, 지난날의 친구의 그림이 가슴이 저리도록 그리웠다. 그러나 미완성을 완성시킬 수는 있어도 완성을 미완성시킬 수는 없는 일이었다. 생명 있는 걸 생명 없이 할 순 있어도 이미 생명이 없어진 것에 생명을 줄 순 없는 것처럼. 문규는 친구의 완성된 그림을 갖고 싶지 않았고 친구를 만나보고 싶지도 않았기 때문에 애써 그와 친구 사이를 가로막고 있는 귀부인의 장막을 뚫을 필요도 없었다. 그는 쓸쓸하게 친구의 첫 개인전이 열리고 있는 화랑을 나왔다.

땅집에서 살아요

아파트 광장엔 한낮의 햇볕이 쨍쨍했다. 13층에서 내려다본 광장은 꼭 백화점 진열장 속 같았다. 오고 가는 차들도, 놀이터의 아이들도, 풀장으로 뛰어드는 빨갛고 파란 수영복 차림의 젊은이들도 온통 진열장 속에서 전자 장치로 조종되는 장난감처럼 보였다.

토요일이라 일찍 퇴근해서 샤워를 하고 난 후 냉장고에서 캔 맥주를 따서 한 모금 마시고 난 경수의 기분은 더할 나위 없이 좋았다. 그는 특히 13층에서 세상을 굽어보기를 즐겼다. 그가 매일매일 싸우고 허덕이고 죽자구나 헤쳐나가던 망망한 도시가 진열장 속처럼 오므라들어 보인다는 건 유쾌한 일이었다. 거의 복수의 쾌감과도 닮은 짜릿한 즐거움을 느꼈다.

왜냐하면 그가 매일매일 뛰어들지 않으면 안 되는 도시는 뛰어들 때마다 그를 좁쌀알처럼 보잘것없는 것으로 위축시켜놓았기 때문이다. 세상에서의 그의 위치는 실로 좁쌀알만밖에 안 됐다. 만약 출근하다 그가 차에 치여 죽는다 해도 끼익하는 차바퀴 소리조차 도시의 소음에 묻혀버릴 테고 회사에서의 그의 과장 자리는 늘 자리를 호시탐탐 노리고 있던 몇 명의 계장 중의 한 사람이 냉큼 차지하리라. 달라진 건 아무것도 없으리라. 그가 이 세상에서 없어지는 것으로 이 세상에다 낼 수 있는 빈자리는 좁쌀알이 없어진 빈자리와 별로 다를 게 없었다.

도시로 나와서 성공한 축에 끼는 경수가 이 도시에서 차지하는 위치가 고작 그 정도였다. 그러나 13층에서 내려다본 도시는 달랐다. 그가 임의로 조종할 수 있을 것처럼 앙증맞고 인공적인 진열장 속이었다. 그는 13층에서 도시를 내려다볼 때마다 13층의 높이를 그의 키처럼 착각했다. 그는 키가 아파트 13층만 한 거인이 되어 도시를 깔볼 수가 있었다.

마음만 먹으면 한 발로 깔아뭉갤 수도 있었고 손

끝 하나로 그 부산스러운 움직임을 정지시킬 수도 있었다. 13층 베란다에서 도시를 굽어볼 때처럼 그가 이 도시에 와서 성공한 걸 실감할 때도 없었다.

강원도 두메 산골인 학마을에서뿐 아니라 그 인근 면을 통틀어도 경수는 유일하게 도시에 나가서 성공한 시범 케이스였다.

해마다 그 고랑골을 등지는 청소년들의 부푼 가슴엔 경수가 우상처럼 새겨져 있었다. 자식을 떠나보낸 부모의 가슴에도 경수는 새겨져 있었다. 오냐 언제고 경수만큼만 성공해서 돌아오렴, 하고.

그러나 도시에서 그가 실제로 거둔 성공이라는 게 얼마나 보잘것없다는 건 누구보다도 경수 자신이 더 잘 알고 있었다.

사람 잘 만나 고학으로 야간 대학이라도 나온 덕으로, 작지만 실속 있는 회사의 과장 자리와, 남들이 더러운 구두쇠라고 손가락질할 정도의 근검절약의 총결산인 아파트 13층에 위치한 십팔 평짜리 집이 그가 가진 것의 전부였다.

참, 그 밖에 그의 아내 분이가 있었다. 그는 아직 신혼이었다. 그는 서른세 살의 늙은 신랑답게 그의 아내를 애지중지했다. 그의 아내는 갓 스물의 앳된 나이였다. 가느다란 목고개에도, 입언저리에도, 여릿여릿한 소녀티가 그대로 남아 있었다. 그러나 볼의 홍조와 하늘이 담긴 것처럼 맑고 푸른 눈빛은 하루하루 퇴색해가고 있었다. 그는 분이를 볼 때마다 그게 안타까웠다. 분이는 그가 고향에서 맞아들인 시골 색시였다. 처음부터 시골 색시한테 장가들 계획을 세우고 있었던 것은 아니었다. 시골 색시한테 장가들 작정이었으면 그 나이까지 장가 못 들지 않았을 것이다.

그는 케이크처럼 달콤하고 정교해 보이는 도시 여자를 동경했고 그런 도시 여자를 아내로 맞기 위해선 아파트 하나쯤은 장만해놓아야 한다는 걸 알고 있었기 때문에 개미처럼 일했고 한푼에 치를 떠는 구두쇠 노릇도 했다.

그런 그의 속도 모르고 일 년에 두 번씩 내려가면 시골 집에서 내려갈 때마다 선 뵐 색시를 서너 명은 대령해놓고 있었다. 그는 건성으로 선을 보고 늘 똑같은 말로 거절했다.

"서울 가서 좀 생각해보고 편지할게요."

마치 면접 시험 보고 합격 여부를 추후 서신으로

통지하겠다는 유명 회사 인사부장처럼. 물론 그는 합격 여부를 편지로 알린 적은 한 번도 없었다.

그렇게 콧대 높은 일등 신랑감인 경수가 어떻게 분이한테는 첫눈에 반했는지 모를 일이다. 오랜 숙원이던 아파트 장만이 마침내 이루어졌다는 성취감 때문에 그 어느 해의 귀향보다도 들뜨고 만족스러운 귀향을 한, 작년 추석 때의 일이었다. 시골 집에선 연례행사처럼 맞선 볼 색시를 대기시켜놓고 있었다. 그러나 이번엔 색시가 한 명밖에 없다는 것이었고 부모님의 말씀도 딴 때하곤 달랐다.

"이번이 마지막이니까 그런 줄 알아라. 손주 새끼 한번 안아볼 욕심으로 동네방네 헛소리하고 다니는 것도 한도가 있지, 이제 더는 실없는 사람 노릇 안 할란다."

이렇게 해서 선을 본 게 분이였다. 분이는 면 소재지의 신설 여고를 졸업하였고 그 고장에선 행세깨나 하는 면장의 막내딸이었다.

이번이 마지막이라는 늙으신 부모님의 은근한 협박 때문이었을까, 아니면 도시 생활 십여 년 만에 천신만고 그의 것이 된 십팔 평의 빈 자리 때문이었을까. 경수도 이번 맞선만은 건성으로 넘기지를 않았다. 아니 그런저런 다급한 사정을 제쳐놓고 봐도 분이는 아름답고 건강한 처녀였다. 그녀의 볼은 고향의 흙처럼 생명감이 넘쳐 있었고 그녀의 눈엔 풍광명미한 고향의 산천이 송두리째 담겨져 있었다.

아파트의 13층 창으로 거대한 도시가 진열장 속처럼 오므라들어 보이는 것과는 딴판으로 그녀의 작은 두 개의 눈동자 속엔 고향 산천이 있는 그대로의 끝없는 넓이로 담겨져 있었다.

경수는 분이한테 한눈에 반했다. 추석에 본 맞선이 그해가 저물기 전에 혼례를 치르는 데까지 급속도로 발전했다.

시골은 겨울이 농한기이자 곳간이 푸짐할 때라 혼례를 치르기에 적기였지만 경수에게도 적기였다. 그는 한겨울에도 후끈후끈한, 추위를 느낄 수 없는 아파트로 분이를 놀라게도 기쁘게도 할 생각으로 잔뜩 부풀어 있었다. 신혼의 아내에게 아파트 이상 가는 선물이 또 있을까?

그 선물을 장만하기 위해 그는 이 거대한 도시에서 부대끼면서 좁쌀알처럼 마멸되었던 것이다.

그러나 아파트에 처음 들어서자마자 분이가 한 소리는 경수에게 너무도 뜻밖의 소리였다.

"아이, 난 땅집에서 살고 싶은데……."

그녀는 끔찍한 것을 본 것처럼 놀라면서 경수에게 안기더니 이렇게 중얼댔다. 그녀의 땅집에의 소망은 그 후에도 줄기차게 계속됐다. 단독주택을 그녀는 땅집이라고 했다.

"여보, 당신 옷 한 벌 해 입지 그래. 이번에 보너스도 타고 했으니……."

"여보, 전 땅집에서 살고 싶어요."

이런 식이었다. 줄창 그런 건 아니더라도 자주 있는 이런 식의 동문서답은 그를 맥빠지게 했다. 그리고 자신의 결혼에 새삼스러운 회의를 품게 했다. 분이는 그에게 있어서 아내이기 전에 한 줌의 고향 흙이었던 것이다. 아름다운 고향 산천이었던 것이다. 그가 아파트의 방으로 떠온 한 줌의 고향 흙은 하루하루 그 생명력이 고갈되어 시멘트 가루처럼 돼가고, 고향 산천은 저속한 풍경화처럼 감동 없는 게 돼버렸다는 걸 그는 뼈저리게 깨닫고 있었다.

그 후 그는 분이가 땅집 타령을 할 때마다 '촌것

이 호강을 하니까 복에 겨워서……' 하는 모욕적인 언사를 퍼붓게 되었다. 분이는 땅집 소리를 안 하기 위해 점점 더 말없고 여위어갔다. 그녀의 볼은 이미 생명력 넘치는 고향의 흙이 아니었고, 풍광명미한 고향 산천이 있는 그대로의 넓이로 펼쳐져 있던 그녀의 맑은 눈 속엔 어느 틈에 도시의 빌딩 숲이 오므라든 채 우울하게 남겨져 있었다.

그럴 때마다 그는 촌것이 호강을 하니까……라는 소리와는 딴판으로 속으론 되레 그녀에게 크게 못할 노릇을 하고 있는 것처럼 느끼곤 했다.

그들의 우울한 신혼살림에 드디어 기쁜 소식이 왔다. 분이가 임신을 한 것이다. 임신이라는 게 알려지자마자 분이의 땅집 타령이 도지기 시작했다.

"여보, 땅집에서 살고 싶어요."

"여보, 나 애기를 땅집에서 낳고 싶어요."

그럴 때마다 그는 그래그래 길바닥에서 해산을 하렴, 하고 구박했으나 애기 아빠가 될 생각으로 싱글벙글하는 걸 감추진 못했다.

오늘도 일찍 퇴근했겠다, 맥주 한잔 걸쳤겠다, 기분이 썩 좋은 김에 경수는 분이에게 한껏 잘해주고 싶어서 이렇게 말을 시켰다.

"오늘은 우리 외식을 합시다. 맛있고 영양 있는 걸로. 만날 푸성귀만 좋아하다간 튼튼한 놈 못 낳아. 우리 애기를 위해서 싫어도 잘 먹어야 돼."

그랬더니 분이의 대답은 또 그 동문서답이었다.

"여보, 땅집에서 살고 싶어요. 우리 애긴 흙냄새를 맡아야 돼요. 우리 애긴 시골 피를 받았거든요."

애기를 서는 탓만도 아니게 그동안 분이의 얼굴은 못쓰게 돼 있었다. 분이의 여윈 볼 위로 번들거리는 게 흘러내리는 걸 보면서 경수는 분노가 걷잡을 수 없이 거른거른 끓어오르는 걸 느꼈다. 그는 거칠게 분이의 팔을 낚아채면서 밖으로 끌어냈다.

"여보, 왜 그래요? 제가 뭘 잘못했나요?"

분이가 울상을 했다.

"잘못하긴, 당장 땅집에 살게는 못 해주더라도 땅냄새야 못 맡게 해줄까. 자아, 가자구. 땅바닥에 당신 코를 처박아줄 테니까 배 속에 든 촌것하고 둘이서 실컷 땅 냄새든 흙 냄새든 맡으라구!"

엘리베이터를 타고 아래로 내려온 그는 분이를 잡은 채 씩씩거리면서 달음질쳤다.

아스팔트가 삼지사방으로 곧게 뻗어 있을 뿐 어디에도 드러난 흙은 보이지 않았다. 군데군데 잔디밭이 있긴 있었다. 그러나 잘 가꾸어진 잔디는 아스팔트보다 더 두텁고 단단하게 흙을 포장하고 있었다. 분이가 맨발로 밟고 손으로 주무르고 코로 냄새 맡을 수 있는 부드럽고 기름진 흙은 아무데도 보이지 않았다.

경수는 무턱대고 달렸다. 무한히 뻗은 아스팔트가 그의 마음속의 절망처럼 끝 간 데가 없었다.

"쉬었다 가요, 잠깐만 쉬었다 가요, 급한 일이 있단 말예요."

분이가 울상으로 애걸했지만 경수는 들은 척도 안 하고 분이를 붙들고 끝없이 달렸다. 드디어 아스팔트 한가운데를 파헤쳐 흙이 드러난 데가 눈에 띄었다. 그는 한가운데다 분이를 내동댕이치듯 했다. 분이는 거기 엉거주춤 앉더니 오줌을 누기 시작했다.

분이의 몸에서 흘러나온 액체가 메마른 흙을 검게 적시며 번지는 걸 보면서 경수는 창피한 것도 잊고 이상한 감동에 몸을 떨었다.

아파트 부부

서울서 처음으로 장만한 내 집이다. 취득세도 물었고 등기 비용도 적지않이 들었고 재산세 고지서도 나왔다.

처음 받아보는 재산세 고지서가 그렇게 신통할 수가 없다. 아내한테 당장 갖다 내라고 했더니 아내는 굳이 마감날인 그믐날 갖다 내겠단다.

"아무 때 내도 낼 걸 며칠 더 갖고 있으면 뭘 하겠다구."

"그믐날 가져가야 오래 기다린단 말예요. 은행 창구에서 재산세 내려고 줄 서 있는 것처럼 부러운 건 없었거든요."

이만하면 나나 아내가 얼마나 오랫동안 그 재산세라는 게 내고 싶어 몸이 달았었나 짐작할 만할 게다.

그런데 관리비라는 걸 낼 때만은 어쩐지 내 집이 내 집 같지 않고 셋집 같아진다. 관리비라는 게 꼭 월세 같기 때문이다. 약간 불편하더라도 처음 장만하는 내 집인데 단독주택으로 할 걸 그랬나 하고 후회가 되기도 한다.

그러니까 내 집은 아파트다. 그리고 우리 부부는 맞벌이 부부다. 나는 꼭 집 장만할 때까지만이라는 조건으로 아내를 직장에 내보냈다. 그래서 살림은 내가 번 돈으로 하고 아내가 번 돈은 꼬박꼬박 저축을 해서 드디어 삼백이 넘는 큰돈을 마련한 것이다.

마침 그만한 액수로 분양하는 아파트가 있길래 신청을 했더니 15 대 1이라는 어마어마한 경합에서 우리는 행운을 잡았다. 중학교 대학교 입시, 입사 시험 등 수많은 경쟁을 거치는 동안 이겨도 보고 져도 봤지만 15 대 1이라는 경쟁률은 처음이었다. 정말로 꿈과 같은 행운이었다.

아내는 이런 뜻하지 않은 행운을 전날 밤에 꾼 돼지꿈 덕이라고 생색을 냈다.

나는 속으로 자기가 돼지꿈 꾼 거 본 사람 있나, 나는 용꿈 꿨다고 한술 더 뜨면 어쩔 거야? 하는 배짱이 없지 않아 있었지만 너무 좋은 김에 아내 등을 토닥거려주면서 다 당신 덕이야, 당신 덕이고말고 하면서 알랑을 떨었다.

행운은 그뿐이 아니었다. 우리 몫으로 된 아파트는 끝전도 안 치르고 그 자리에서 당장 넘겨도 오십만 원이 남는다는 거였다. 생전 공돈이라곤 단돈 백 원도 못 먹어본 우리다. 아무리 돈 놓고 돈 먹는 세상이라지만 계약금 삼십만 원 치르고 오십만 원을 먹다니. 그 오십만 원은 얼마나 맛있을까. 얼마나 고소하고도 산뜻할까. 저절로 침이 꼴깍 넘어가게 그 오십만 원이 탐이 났다. 그러나 아내가 내 헛된 꿈을 깨워줬다.

"아니, 당신 정신이 있어요 없어요. 우리 집은 어떡하고. 내 돼지꿈이 장만해준 우리 집은 어떡하고 오십만 원을 먹겠다는 거예요?"

참, 그랬다. 하마터면 오십만 원에 눈이 어두워 내 집을 놓칠 뻔했다. 제정신이 돌아온 나는 오십만 원 아니라 백만 원을 얹어준대도 내 집을 넘기지는 않기로 했다.

그 대신 삼백오십만 원짜리 아파트라고, 육십만 원을 얹어서 생각하기로 했다. 그러니까 내 집은 내 집대로 갖게 되고 오십만 원은 오십만 원대로 얻게 되고 그야말로 일거양득이었다.

시골서 작은아들이 장만한 집을 보러 올라오신 어머니는 아파트를 이상해하실 새도 없이 사자마자 오십만 원을 번 집이란 소리를 들으시고는 복가福家집, 복가집 하시면서 우리를 축수해주셨다. 처음에 어머니는 이 신기하고 편리한 복가집에서 우리하고 같이 사시고 싶은 눈치였다. 농사일과 다섯이나 되는 손자들 뒷바라지는 칠순이 다 된 노인에겐 너무 고된 신역이었으리라.

나도 평소부터 부모는 꼭 장남이 모셔야 한다는 법은 없다고 생각했기 때문에 어머니가 계시고 싶으신 대로 계시게 하고 싶었다. 아내도 반대하지 않았다. 반대하지 않았을 뿐더러 어머니를 핑계로 직장을 계속해 다니고 있었다.

"어머니가 계시는 동안 한푼이라도 더 법시다."

"부엌에 주부가 둘이면 되는 일이 없다구요."

등등이 아내의 핑계의 내용이었다.

그러나 어머니는 불과 한 달도 못 사시고 시골로 내려가셨다. 나나 아내는 어머니를 조금도 구박한 일이 없다. 극진히 모셨는데도 어머니는 뿌리치고 내려가셨다. 어머니가 우리하고 같이 사시기 싫은 이유는 좀 우스웠다.

"아무리 살펴봐도 늙은이 있는 집은 없더라구. 편하면 뭘 하냐, 꼭 군더더기 같은걸."

그러면서 내려가셨다. 남은 없는 게 우리에게만 있어서 우리에게 군더더기가 될 것 같아 내려가신 것이다.

사람만이 아니라 물건도 남이 없는 물건이 있으면 군더더기처럼 눈에 거슬려서 어떡하든 없애버리고 싶고 남이 있는 물건이 없으면 괜히 열등감이 느껴져 어떡하든 장만하고 싶곤 했다. 그래서 어머니가 가시자마자 어머니가 새집 장만한 아들을 위해 시골서 가져오신 대소쿠리, 맷방석, 키 같은 걸 다 없애버렸다. 그런 것들이 베란다에 걸려 있는 건 아무리 봐도 꼴불견이었다. 양장하고 짚세기 신은 것만큼이나 꼴불견이었다. 어머니도 참 주책이었다. 요새는 시골에서도 잘 안 쓰는 물건들을 무슨 귀물처럼 가지고 오시다니.

그런데 아내는 어머니가 내려가신 후에도 직장을 그만둘 척을 안했다. 허울 좋게 집만 장만했다고 다가 아니라는 거였다. 집 속에 갖출 걸 남과 같이 갖출 때까지 계속 직장에 나갈 수밖에 없다는 거였다. 그러나 아마 더 큰 이유는 이 아파트의 부부가 거의 맞벌이 부부라는 데 있을지도 몰랐다. 아파트는 맞벌이 부부에게 여간 편한 게 아니었다. 집 볼 사람 걱정할 필요도 연탄 갈 걱정할 필요도 없거니와 아내보다 먼저 돌아온 내가 식사 장만하기에도 편했다.

거실의 북창을 통해 북쪽 아파트의 거실이 보인다. 처음에 나는 부엌에서 뭘 할 때 뒤쪽 아파트 거실에서 텔레비전을 보고 있는 여자한테 내 모습을 들키는 게 여간 싫지 않았다.

그러나 아내는 내 그런 모습을 뒤쪽 아파트 거실의 여자에게 보여주기 위해 일부러 나에게 부엌 일을 시켰다. 자기가 일찍 온 날도 나에게 부엌 일을 시키면서 자기는 거실 소파에 다리를 꼬고 앉아 앞쪽 아파트의 부엌 구경을 즐겼다.

우리 아파트 거실에선 양쪽 아파트의 부엌이 곧바로 보였고 거기 부엌에서도 웬 머저리같이 생긴 남자가 가스불에서 맨손으로 냄비를 내려놓다가 따 따 따 하면서 여자처럼 오도방정을 떨며 손을 휘두르다가, 귓불을 만지다가, 마지막으로 수돗물에 담그는 게 보였기 때문이다.

나도 어느 틈에 부엌 일을 하는 게 아무렇지도 않아졌다. 그게 맞벌이 부부가 많은 우리 아파트의 풍속이었고 이곳 주민이 된 이상 이곳 풍속을 지키지 않을 수가 없었다.

아내가 즐기는 것으로는 또 남의 집 부부 싸움을 엿듣는 게 있다. 날림 아파트라 옆집, 아니 옆방의 부부 싸움이 아주 잘 들린다. 옆집에 부부 싸움이 있는 날은 아내는 그 좋아하는 텔레비전 연속극까지 꺼버리고 내가 숨만 크게 쉬어도 눈을 흘기면서 그것을 엿들었다.

"뭐라구요? 이 집을 당신 명의로 등기를 냈다구요? 이 집은 엄연히 내가 장만한 내 집이에요. 내가 번 돈 한푼도 안 쓰고 적금 부어서 장만한 내 아파트란 말예요. 그걸 자기 마음대로 자기 명의로 하다니. 아이고 분해. 그건 말도 안 돼요. 당신은 도둑이야. 아이고 분해. 그건 말도 안 돼요. 당신은 도둑이야, 도둑. 고소할 테야. 당장 고소해버릴 거야."

"좋아, 정 그렇다면 우리 공동 명의로 하자구. 그러면 될 거 아냐?"

"공동 명의 좋아하시네. 내가 번 돈 내 명의로 적금해서 목돈 만들어 산 아파트를 누구 마음대로 공동 명의로 해. 어림도 없어요. 어림도 없어."

"어째 그게 당신 혼자서 번 돈이야? 그동안 내가 먹여살린 건 어떡하구. 먹이기만 했으면 또 몰라. 입히진 않았나. 철 따라 유행 따라 그 비싼 옷을 해달라는 대로 해 입혔잖아. 옷뿐이면 또 몰라. 구경은 얼마나 시켜줬다구. 연극이네 영화네 새로운 건 다 보고 싶어 했잖아. 병원비는 또 어떻게 하고. 툭하면 임신중절이다 뭐다 하고 말야."

"어머머, 이 남자 치사하게 구는 것 좀 봐. 내가 아무려면 당신 아니면 그동안 밥 굶었을 것 같아요. 그리고 또 당신 아니면 벌거벗고 살았을 것 같아요. 아이 기가 막혀. 그리고 그까짓 영화 구경 당신 아니라도 같이 가줄 남자는 얼마든지 있다구요. 우리 회사에만도 퇴근 후 혹시나 해서 내 눈치 보는 남자가 죽으로 있다구요. 그리고 병원? 아이 기가 막혀. 아이고 분해. 그게 다 누구 때문인데, 이 파렴치한 이 치한. 누가 당신하고 같이 자주나 봐."

"여봐. 잘못했어. 나중 말은 전적으로 내 실수야. 취소야, 취소. 그러니 제발 울지 말아요."

암만해도 남자의 수세守勢다. 저런 머저리 새끼. 저럴 땐 말보다는 주먹이 즉효데. 나는 몸이 달아 벽 너머 머저리를 응원한다. 그러나 내 응원과는 상관없이 결과는 여자 쪽의 압승이다.

"몰라요 몰라. 내 몸에 손대지 말아요. 내 이름으로 명의 변경해올 때까진 내 몸에 털끝 하나 못 다칠 줄 알아요."

이런 부부 싸움은 엿듣기가 잘못이다. 곧 우리 집으로 옮아 붙는다. 옮아 붙은 싸움은 옆집과 똑같은 경위를 밟는다.

이 아파트에 사는 남자란 남자는 어쩌면 그렇게 하나같이 머저리인지. 태어나길 그렇게 머저리로 태어났을 리도 없고 암만해도 이 아파트의 터가 센가 보다.

열쇠 소년

"아빠 수수께끼 하나 낼게 알아맞힐래? 에, 또, 지붕에서 병아리하고 북하고 같이 떨어졌는데 무슨 소리가 났지?"

"글쎄다. 아, 알았다. 쿵자라작작 삐약삐약."

"아, 그건 요전에 한 거로구나. 아빤 엉터리야. 한 번 한 걸 갖고 아빠 실력으로 알아맞힌 것처럼 시침 딱 떼고."

"그랬던가? 난 내 실력인 줄 알았는데."

"아빠 캉닌구했으니까 하나 더 낼게. 이번엔 아주 어려운 거야. 음, 이 세상에서 제일 더럽게 죽은 사람이 누구게?"

"글쎄 누굴까? 히틀러? 아니지, 스탈린? 그것도 아니야? 그럼 모택동? 그것도 아니면 그럼…… 아, 알았다. 똥통에 빠져 죽은 사람? 그것도 아냐? 그럼 모르겠는데."

"쓰레기차 피하다가 똥차에 치여 죽은 사람, 아하하……."

철이는 유쾌하게 웃는다. 나도, 옆에서 듣기만 하던 아내도 따라 웃는다. 누가 보나 즐거운 저녁 한때의 일가 단란의 모습이다.

그러나 나는 이런 대화 끝에 일말의 서글픔을 금할 수가 없다. 철이와의 대화는 늘 이런 식이다. 철이는 이제 국민학교 이 학년인데 말장난으로 익살 떨기를 제일 즐긴다. 철이의 가장 큰 소원은 어서 고등학생이 되어 <우리들의 세계>라는 프로에 나가 전국의 시청자에게 마음껏 말재간을 부려보는 거다.

다시 숙제를 시작한 철이는 구구셈을 하면서 입으로 구구셈이 아닌 노래를 부르고 있다. 몸까지 흔들며.

"주고 싶은 마음, 먹고 싶은 마음……."

"티 없는 마음, 티 없는 얼굴……."

모조리 CM송이다. 여간 즐거워 뵈는 게 아니다.

"저 너석이 뭐 되려고 저럴까?"

나는 아내에게 슬쩍 내 근심을 내비친다.

"뭐 되다니요?"

"혹시 코미디언, 개그맨 그런 게 되려는 게 아닌지 모르겠어."

"당신도 참, 걱정도 팔자유. 요새 애들 저렇지 않은 애 있는 줄 아세요. 우리 철이는 요새 애들 수준으로 지극히 정상이라구요. 그리고 또 그런 게 되면 어때요. 그저 뭐가 되든지 일류로만 되라고 그래요."

하긴 그럴지도 모른다. 나는 말문이 막힌다. 그래서 한참 만에야 혼잣말처럼 말한다.

"그래도 아이들이란 좀 순진해야 하는데. 어수룩한 구석도 있고."

"아유, 촌스러워. 시골뜨기는 별수 없다니까. 그렇지만 요새는 시골 아이들도 약을 대로 약아졌다는 걸 알아두세요."

아내는 순 서울산産이고 나는 강원도 두메 산골 출신이다. 우리는 부부 교사다. 그리고 철이는 비교적 늦게 둔 외아들이다. 아내는 부부가 열심히 벌어서 아파트라도 장만하고 나서 아이를 갖자는 주장을 내 온갖 감언이설에도 굴하지 않고 관철시켰다.

그러니까 내가 순 시골뜨기, 아내가 순 서울 깍쟁이라면 우리 철이는 순 서울 아파트산이다. 우리가 처음 장만한 아파트로 이사 온 지 열 달째 되는 달에 철이는 태어났으니까.

철이가 태어나고도 여지껏 우리는 부부 교사이기 때문에 철이가 젖먹이 때는 외할머니가 길렀고 유치원 갈 때까지는 가정부가 길렀고 유치원부터 지금까지는 외할머니도 가정부도 없이 우리 세 식구가 오붓하게 산다.

철이는 아파트 열쇠만 있으면 그만이다. 학교 갔다 와서 열쇠로 열고 들어와서 점심도 혼자서 차려 먹고 그게 귀찮으면 전화로 중국집에서 자장면을 시켜서 먹는다. 아내는 철이를 위해 늘 풍부한 과일, 우유, 과자 등을 준비해놓고 있기 때문에 친구들을 불러다 그런 것을 먹으면서 놀기도 한다. 철이에게 부족한 건 아무것도 없다. 집에서 노는 것에 싫증이 나면 아파트를 잠그고 나가면 아파트 단지 곳곳엔 별의별 놀이틀들이 다 갖추어진 놀이터가 있다. 거기서 얼마든지 놀 수가 있다. 집에 빨리 돌아가야 한다고 조바심할 필요가 없다. 나도 아내도 제가끔의 열쇠를 가지고 있기 때문이다.

순 아파트산답게 아파트 단지에서 철이는 무럭무럭 자랐다. 영양에 특별히 관심이 많은 아내의 각별한 보살핌으로 철이는 몸도 튼튼하다. 아내 말짝으로 철이는 지극히 정상적이다.

그런데도 나는 시골뜨기답게 이런 철이가 뭔가 비정상적인 것처럼 느낀다. 투실투실한 양호한 영양 상태조차 비정상적인 것처럼 느낄 때가 있다. 마치 시골에서 아무렇게나 자유롭게 자라는 토종닭을 보다가 서울 근교 양계장에서 배합 사료로 자라는 토실토실한 육계肉鷄를 보았을 때 느끼는 막연한 연민과 저항감을 닮은 심리였다.

아내 말짝으로 지극히 시골뜨기다운 촌스러움인지도 모르겠다.

철이는 온종일 부모에 굶주렸던 아이답게 저녁에 우리를 만나면 말이 많다. 그러나 철이하고 말을 나누고 나면 나는 번번이 어떤 허전함을 맛보는 것이다. 가족끼리 대화를 나누었다기보다는 코미디 연습의 상대역을 당한 기분이기 때문이다.

대화를 가족과의 의사소통에서 배운 게 아니라 텔레비전의 오락 프로에서 배운 때문인지도 모른다는 내 나름의 진단은 늘 나를 괴롭힌다. 아내를 집에 들어앉히고 싶지만 그 말을 꺼냈다가 아내한테 당할 공박은 뻔하기 때문이다.

"여보, 당신 이까짓 아파트 하나 샀다고 우리가 무슨 갑부라도 된 줄 알아요. 내가 집에서 살림이나 하게. 아직 멀었어요. 철이 사립 국민학교 치다꺼리도 치다꺼리지만, 철이라고 만날 국민학교만 다니우? 중학교, 고등학교, 대학교……. 아유 말도 말아요. 그뿐이면 또 좋게요. 과외 공부 안 시키우? 아이를 낳아 놓기만 하면 뭘 해요. 사람 노릇을 시켜야지. 사람 노릇 시키려면 돈이 무진장 드는 거라구요."

사람을 사람 노릇 할 만큼 키우기 위해 돈이 많이 든다는 걸 누가 모르나. 시골서 무작정 상경해서 고학으로 학비가 제일 적게 드는 교육대학을 겨우 나올 수 있었던 내가 왜 모르겠나. 나도 돈 있는 집 자식으로 태어났으면 좀 더 찬란한 출셋길에 들어섰을 것을, 하는 생각에 나는 거의 피가 맺혀 있다.

그러면서도 전적으로 돈이 사람을 만든다는 아내의 생각에 동조할 수가 없다. 그렇다고 식물에 필요한 삼대 영양소는 질소, 인산, 칼리 하고 아이들에게 가르치는 식으로 사람을 사람답게 키우기 위해선 돈 하고 또 무엇 무엇이라는 확신 있는 대답을 나는 갖고 있지 못하다. 그저 막연히 철이를 잘못 키우고 있는 것 같은 불안을 문득문득 느낄 뿐이다.

철이를 볼 때마다 그게 아닌데, 그게 아닌데…… 하고 철이가 아이다운 아이에서 빗나간 것처럼 느낄 뿐이다.

내가 내 자식을 앞에 놓고 어떤 묘한 느낌에 빠져들게 되는 것은 어쩌면 내가 시골뜨기이기 때문인지도 모르겠다.

서울내기인 아내는 양계장 우리 속에 밀집하여 배합사료로 토실토실 살이 찌는 육계를 보고도 아무것도 느끼지 않는다. 그러나 나는 그게 아닌데, 닭다운 삶은 결코 그게 아닌데 하고 연민을 느낀다. 그것은 내가 닭다운 닭의 삶이 무엇인가를 알고 있기 때문일 것이다. 들판을 헤매며 구박받으며 아무렇게나 자라는 토종닭의 삶을 알고 있기 때문일 것이다.

그와 비슷한 마음으로 철이가 건강한 표준형의 아이인데도 내 눈에 어딘지 불건강하고 허전해 보이는 건 자연에의 사랑을 모르고 자란 아이이기 때문이라고 진단할 때가 있다.

그래서 나는 토요일이면 철이를 데리고 자주 고궁이나 공원, 야외를 찾았다. 다행히 철이는 자연을 좋아하는 것 같았다. 그러나 곧 나는 철이가 좋아하는 자연이 자연 그대로의 자연이 아니라 인공의 질서 속의 자연이라는 걸 알게 됐다.

철이는 어린이대공원과 창경원의 패밀리 랜드는 좋아했지만 도봉산 등산은 싫어했고 기차를 타고 가 내린 이름없는 시골의 들길은 싫어했다.

나는 선생님답지 않게 아이가 싫어하는 것을 좋아하게 하는 데 속수무책이었던 것이다.

숙제를 끝낸 철이가 즈이 엄마를 싱글싱글 곁눈질하며 노래를 부르기 시작했다. 몸을 유연하게 흔들며…….

"하늘에서 별을 따다 하늘에서 달을 따다 두 손에 담아 들어요오…… 아름다운 날들이여, 사랑스런 눈동자여……."

"저 녀석이 유행가를 부르잖아."

"당신도 참, 이것 달라는 소리예요."

아내가 냉장고에서 노리끼리한 주스를 꺼내 철이에게 주며 나한테는 눈을 흘겼다.

나는 소외감 같기도 낭패감 같기도 한 찝찔한 기분에 사로잡혔다.

열쇠 가장

열쇠를 꿰는 조그만 굴렁쇠에는 아파트의 열쇠와 학교 교무실의 내 책상 열쇠와 구두 주걱과 손톱깎이가 함께 꿰어져 있다.

나는 하오의 권태가 늪처럼 고여 있는 수위실 앞을 지날 때부터 미리 열쇠 꾸러미를 꺼내어 굴렁쇠를 집게손가락에 끼고 빙글빙글 돌리는 장난을 치며 4층까지 올라간다.

이 아파트 속의 우리 집은 분명히 4층에 위치해 있는데도 5층으로 돼 있다. 3층의 다음 층인데도 5층이란다. 그래서 403호가 아닌 503호라는 우리 집의 호수는 번번이 나를 혼란시킨다. 그러나 나는 4층이 없는 5층, 3층과 5층 사이의 그 오리무중이 주는 혼란에 대해 아무에게도 불평한 적이 없다. 5층의 주민 중 아무도 거기에 불편을 느끼는 사람이 있는 것 같지 않았기 때문이다.

아파트에 관한 불평이 불평으로 성립되려면 적어도 주민 공통의 불평이 아니면 안 된다.

나는 503호의 열쇠 구멍에다 내 열쇠를 밀어넣기 전에 헛수고인 줄 알면서도 차임벨의 버튼을 누른다. 그러고는 빈집을 울리는 차임벨 소리를 듣는다. 누가 꼭 문을 열어주러 나올 것 같아 기다린다. 열쇠를 꿴 굴렁쇠를 집게손가락에 끼고 뱅글뱅글 돌리는 무의미한 장난을 계속하면서 기다린다. 아무리 기다려도 안에선 인기척이 없다.

"빌어먹을. 오늘도 내가 첫찌로군."

나는 내가 첫째로 집에 돌아왔다는 걸로 가장의 위신이 손상된 것처럼 느낀다. 그러나 어쩔 것인가. 열쇠 꾸러미 속에서 길고 반짝이는 열쇠를 깜깜한 열쇠 구멍에 밀어 넣는다. 짧고 녹슨 것은 교무실의 내 책상 열쇠다. 나는 교무실의 내 책상 열쇠를 잠그지 않기 때문에 그 열쇠는 쓸모가 없다.

'찰칵' 하는 경쾌한 소리를 듣고 무릎으로 문을 가볍게 민다. 문은 저항 없이 열린다.

나는 현관에 첫발을 들여놓으며 썰렁한 집 안 공기에 오싹 공포감을 느낀다. 마치 찬 물수건이 목에 감겨오는 것처럼 그 공포감은 생생하고 피부적이다.

그러나 나는 가장답게 어디까지나 용감하게 큰기침을 하고 넓지 않은 십팔 평의 안방과 부엌과 옷장과 캐비닛과 다용도실의 빈 독 속까지 뒤진다.

다행히 아침과 달라진 것은 아무것도 없다. 물론 목을 졸린 아들이나 칼을 맞은 아내의 시체가 감춰졌을 리도 없다.

나는 오늘도 내가 제일 먼저 돌아오길 참 잘했다고 생각한다.

비워뒀던 집을 열쇠로 열고 들어올 때의 공포감, 혹은 도둑이나 맞지 않았을까, 가족 중 누가 끔찍한 변을 당하지나 않았을까 하는 황당한 공포감은 가장인 나나 감당할 수 있는 것이지 아녀자인 아내나 아직 어린 아들이 감당하기는 어려운 것이리라.

어쩌면 그들이 나보다 단 삼십 분이라도 늦게 돌아오려고 애쓰는 것도 바로 이런 공포감을 나에게 미를 속셈 때문인지도 모르겠다. 옷을 갈아입고 나는 냉장고 문을 연다. 냉장고 속 맥주병에 꼬리표가 달려 있다. 보나 마나 아내의 메모다.

"오늘은 좀 늦을 것 같아요. 동창계가 있거든요. 직업을 가진 동창끼리의 계라 저녁 회식을 하는 것은 당신도 아시죠. 진지는 전자자 속에 있고 반찬은 냉장고 속의 것을 데워 잡수시면 돼요. 철이도 오늘 과외가 있는 날이니까 저녁은 먹고 올 테니 당신 혼자서 잡수세요."

나는 메모를 단 채 맥주병을 도로 넣어놓는다. 메모를 못 본 척 손끝 하나 까딱 안 하고 아내를 기다리기로 작정한다. 철이나 내가 집에 오면 으레 냉장고부터 먼저 여는 걸로 알고 있는 아내의 속셈을 골탕먹여주고 싶다.

내가 이렇게 아내에게 심술을 부리고 싶은 것은 아내가 늦는 것도 늦는 거지만 아내의 편지가 너무 사무적인 게 섭섭해서이다.

좀 유치하더라도 '여보 사랑해요'라든가, 빠안한 사탕발림이라도 '이따 맛있는 거 많이 사가지고 갈 테니 집 잘 보고 기다려줘요'라든지 하는 추신쯤 달아주면 어떻단 말인가.

그러나 그런 심술조차 오래 유지되지 못한다. 골탕을 먹고 있는 건 아내가 아니라 나라는 걸 깨닫는다. 목도 마르고 배도 고프다.

별수 없이 맥주 한 병과 이백 원짜리 소시지로 급한 시장기를 달랜다.

허겁지겁 다 먹고 나서 생각하니 소시지의 탁한 분홍빛도 기분 나쁘고 맛도 너무 없어서 그걸 다만 편하다는 이유로 떨어뜨리지 않고 사다 넣어놓는 아내와 다만 시장하다는 이유로 그걸 꾸역꾸역 처먹은 나 자신에 심한 혐오감을 느낀다.

텔레비전을 켠다. 하필 맥주와 소시지 선전이다. 나는 그것을 끄고 석간신문을 가지러 우편함이 있는 곳으로 간다. 우편함 속엔 석간신문과 편지가 한 통 들어 있다.

철이의 편지다. 나는 가슴이 두방망이질하는 걸 느낀다. 객지에 가 있지도 않은 철이가 집에 편지를 하다니. 어젯밤에도 들어와서 잠 잘 자고 아침에 책가방 들고 학교에 간 철이가 집에 편지를 하다니. 그럼 오늘 학교에 간 게 아니라 가출을 한 거란 말인가. 나는 명색이 교사로 아이들을 지도하고 있으면서도 나의 하나밖에 없는 아들에 대해 이렇게 모른다.

가출이란 천부당만부당한 것 같으면서도 가출할 이유가 충분히 있었던 것도 같다. 나는 그 녀석이 평소에 무슨 생각을 하고 있는지 전혀 모르고 있다. 내가 방금 먹은 분홍빛 소시지에 대해 다만 맛없다는 것 외에는 토끼 고긴지 말 고긴지 고래 고긴지 그 성분에 대해 전혀 모르는 것처럼 내 아들이 다만 말 없는 사춘기라는 것 외에 그 내면세계에 대해 전혀 모른다.

나는 손을 부들부들 떨면서 편지 봉투를 뜯는다. 아들의 가출도 두렵지만, 그 속에 열린 아들의 내면세계의 일단을 접하는 것 또한 두렵다.

'부모님께 드립니다. 어버이날 국어 시간에 부모님께 드리는 감사의 편지를 쓰라고 해서 이것을 씁니다. 부모님께 감사합니다.'

사연보다 여백이 많은 간단명료한 편지다.

나는 안도의 숨을 쉰다. 그러나 곧 아들의 편지 여백만큼이나 텅 빈 공허감이 밀려온다.

나도 어버이날 우리 반 아이들에게 부모님께 보내는 편지를 쓰게 했었다. 부모님 옷깃에 카네이션의 조화를 달아드리는 일만큼이나 생명 없고 형식에 치우친 이런 일을 나는 싫어했지만 학교에서 해마다 하는 행사니 어쩔 수 없었다.

바다보다 깊고 하늘보다 높은 어버이 은혜…… 어쩌구 하는 식의 상투적인 문구를 순식간에 힘 안 들이고 나열하는 아이도 있었고 시간이 끝나도록 백지를 못 메꾼 아이도 있었다. 그중엔 아마 내 아들 같은 편지를 쓴 아이도 있었으리라.

나는 커튼을 민다. 앞동 503호실 부엌이 곧바로 바라다보인다. 그곳에선 또 하나의 고독한 가장이 담배를 피워 문 채 가스불에 찬밥을 볶고 있었다.

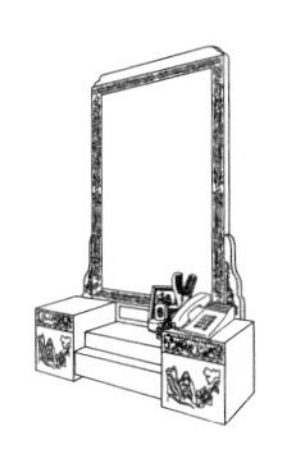

아파트 열쇠

오늘은 곗날이다. 직장을 가진 직업여성끼리의 계 모임이라 점심에 모이지 않고 저녁에 모여 회식을 하기로 돼 있다.

사십 가까운 나이까지 여자가 직업을 가질 만한 세속적인 이유—남편이 없다든가 있어도 경제적으로 무능하다든가—없이도 직업을 가진 여자들이란 대개 좀 별나다.

자신만만하고 생기발랄하고 나이보다 젊고 건강하고 말 잘하고 잘난 척하기 좋아한다. 그 나이에 헬스클럽 신세 안 지고도 배 안 나오고 도리깃고땡 안 하고도 자기 힘으로 번 돈 만지고 사니 그만큼은 당당할 만도 하다.

그렇다고 우리 계원이 다 사회적으로 존경받을 만한 전문직을 가지고 있는 건 아니다. 우리는 다만 여학교 동창끼리이기 때문에 여학교만 졸업하고 만 친구가 있는가 하면 대학으로 진학하고 또 외국 유학까지 갔다 온 친구도 있어 직업도 교수나 신문기자 등 전문직으로부터 '요구르트' 아줌마까지 다양하다.

그러니까 우리의 공통점은 같은 여학교를 나왔다는 것과 능력껏 돈을 벌고 있다는 것뿐 그 밖에는 제멋대로고 우리는 째째하지 않기 때문에 제각기의 제멋대로의 신분에 상관없이 평등하다.

곗돈을 거스름돈 없이 딱 맞춰 내려고 잔돈을 찾느라 나는 핸드백 밑바닥까지 뒤지다가 무심히 열쇠 꾸러미를 상 위에 꺼내놓게 되었다.

"너도 열쇠 주부로구나."

김 교수가 자기 핸드백에서도 열쇠 뭉치를 꺼내 보이며 말했다.

"나도……."

보험회사의 서 주임도 부랴부랴 자기의 열쇠 꾸러미를 치켜들고 설렁질링 흔들었다.

"왜 넌 시어머니 모시고 있으면서?"

"요새 우리도 아파트로 이사했잖니. 좀 편하게 해드리려고 한 일인데 답답해 못 견뎌 하시더니 시골 큰시누이한테로 내려가셨어."

"그래도 다행이다, 얘."

"뭐가?"

"베란다에서 투신자살을 안 하셨으니 말이야."

"당장은 아쉬운 것 같아도 지내봐라 너. 그저 이게 제일 속 편하다."

'요구르트' 아줌마 맹 여사가 자기 열쇠 꾸러미를 꺼내 보이면서 말했다.

"그러구 보니 개인 주택은 하나도 없이 모두 열쇠 주부 아냐?"

유치원 보모 차 선생이 자기 열쇠 꾸러미를 높이 쳐들어 보이며 말했다. 그러자 너도나도 핸드백을 뒤져서 열쇠 꾸러미를 꺼냈다. 그리고 마치 건배라도 하듯이 높이 쳐들었다. 적어도 세 개 이상, 많으면 여남은 개나 되는 쇠붙이들이 갓난아이 팔찌만 한 동그란 굴렁쇠에 대롱대롱 매달려서 싸늘하게 반짝이고 있었다.

우리들은 필요 이상 오래도록 열쇠 꾸러미를 쳐들고 마주 보고 있는 사이에 내쫓긴 여편네들처럼, 아니

도망친 여편네들처럼 약간 비참하고 약간 막막해졌다.

김 교수가 먼저 힘없이 열쇠 꾸러미를 무릎으로 떨구면서 말했다.

"문득 이상한 생각이 드네."

"뭔 생각인데?"

"내가 고생고생 외국 가서 학위 따고, 지방대학 강사로부터 시작해서 모교에서 강의하기까지에 이른 게 내가 잘나서도, 꼭 그래야만 할 어떤 필요에 의해서도 아니고 바로 요놈 덕분이란 생각이 들어."

"어머머, 쟤 배은망덕한 것 좀 봐. 즈이 신랑이 저 유학 보내느라고 갓난애 우유까지 먹여가며 길러주고, 그 뒤에도 얼마나 헌신적으로 뒷바라지를 잘해줬는데 지금 와서 기껏 그까짓 열쇠 덕분이래."

"하여튼 쟤 배은망덕은 알아줘야 한다. 너, 쟤가 저 나이에 교수 자리까지 딴 건 즈네 신랑 빽 덕일 텐데 쟤가 어디 한 번이라도 그런 척하디?"

"아냐, 얘 그거야말로 오해야. 너 몰라서 그렇지 쟤가 비교문학계에선 알아주는 학자다, 너."

"알아주긴 뭐."

김 교수가 아직도 쓸쓸한 빛을 못 고치고 그답지

않게 겸손의 말을 다 하려 들었다.

"너 정말 왜 이러니? 별안간, 세상이 다 알아주는 당당한 김 박사님이."

"여자란 여자로 길러지는 걸까? 아니면 여자로 태어나는 걸까?"

김 교수가 점점 엉뚱한 소리만 했다.

"야 그따위 시시한 고민은 보부아르 여사한테 맡기는 거야. 그 불란서 여자는 그걸 일생 동안 탐구하면 되는 거고 너는 죽도록 비교문학인지 뭔지 하면 되는 거고 둘 다 쓸데없는 재미없는 거긴 마찬가지지만 말야."

웃기기 잘 하는 서 주임의 말인데도 아무도 웃지 않았다.

"우리 신랑 머리가 허얘가지고 열쇠로 문 열고 들어가서 빈방에서 혼자 딱딱한 빵조각으로 저녁 먹고 커피나 한잔 마실 생각을 하니까 어쩨 기분이 안 좋아. 여편네 노릇도 제대로 못 하면서 몸바친 그 문학이란 것도 말짱 헛거 같고……"

김 교수가 점점 형편없이 굴었다.

"너 정말 이렇게 못나게 나올래? 너 빨리 제정신

차리지 않으면 대학 선생이 유치원 선생한테 따귀 맞는 꼴 보여줄 거야, 알간?"

차 선생이 무서운 얼굴로 눈을 부라렸다. 정말이지 우린 모두 김 교수가 그렇게 형편없이 여편네 티를 내려는 걸 참을 수가 없었다. 우리 곗군의 공통적인 긍지는 '요구르트' 장수로부터 대학교수까지 적어도 여편네 티만은 극복한 떳떳한 직업의식이 있다는 거였는데 말이다. 김 교수는 우리들 공통의 긍지를 배신했을 뿐 아니라 우리들 공통의 열등감을 건드리고 있었다. 그렇다. 실상 우린 모두 열등감을 숨기고 있었다. 여편네 노릇을 제대로 못 하고 있다는 열등감을.

여편네 티를 극복했다는 긍지와 여편네 노릇도 못 하고 있다는 열등감은 백지장의 표리처럼 결국 같은 거였고 우린 '열심히' 한 면만을 강조하고 한 면은 무시하려는데 김 교수는 우리가 무시하고 있는 쪽을 팔라당 뒤집어 여봐란 듯이 보여주고 있었다. 화가 안 날 수가 없었다.

"얘, 느이 딸내민 어디 가고 느이 신랑이 혼자 저녁을 먹겠니?"

"얘 좀 봐. 우리 딸내미 올해 고3 아냐, 과외 갔다 오면 열한 시야, 우린 초저녁잠이 많아 그때가 한밤 중이거든. 딸내민 딸내미 열쇠로 문 따고 들어와 냉장고 속에 차려놓은 저녁 먹고 자는 거지 뭐."

"그 집안 꼴 한번 잘돼가는 집안이다."

누군가가 씹어뱉듯이 말했지만 그런 형편 또한 우리들 공통의 형편이었다. 사십의 문턱에 선 우리들은 대개 중3에서 고3까지의 아들딸을 가지고 있었고 그 애들을 딴 여편네들처럼 살뜰히 돌보지 못하는 죄책감을 오로지 극성스러운 과외 공부로 메우고 있었다.

"안 되겠어."

혼자서 아랫입술만 질겅질겅 씹고 있던 김 교수가 단호하게 자리를 박차고 일어섰다.

"왜 너 먼저 가려고?"

서 주임이 천부당만부당하다는 듯이 김 교수의 치마꼬리를 붙들고 늘어졌다.

"아냐. 전화 한 통 걸고 올 거야. 못 믿겠으면 이 열쇠 꾸러미 맡길까."

김 교수가 정말 열쇠 꾸러미를 맡기고 빠져나가더니 곧 돌아왔다. 딴사람처럼 수심을 씻고 희색이 만면해져 있었다.

"언다 전화 걸고 왔길래 그렇게 싱글벙글이니?"

"우리 신랑한테."

"아이 징그러워. 제 입으로 머리가 허옇다고 해놓고서 만날 신랑, 신랑, 그래 신랑한테 무슨 급한 볼일이 생겨서 전화질을 했니?"

"보고 싶다고 그러고, 곧 들어간다고 그러고, 사랑한다고 그랬어. 그리고 쪽 하고 텔레폰 키스도 하고……."

"어머머, 재 좀 봐. 누가 미국 갔다 왔다지 않을까봐 더럽게 티내고 있네, 요걸 그냥."

누군가가 넓적다리를 꼬집는지 김 교수가 비명을 질렀다. 그러나 곧 정색하고 말했다.

"생활 양식은 서구화의 첨단을 가고 있는데 의식은 아직도 고전적인 걸 미덕으로 치는 걸 너희들은 조금도 부자연스럽게 생각하지 않니? 과거의 생활양식 속에서도 부부란 끊임없이 서로의 존재와 애정을 확인하면서 살아야 했어. 아내는 옷 수발, 음식 장만 등으로 자기 존재와 애정 표현을 했고 남편은 돈벌이와 바깥세상의 온갖 거친 일로부터 아내를 보호하는 걸로 그 일을 했지만 지금 그런 분업의 한계가 모호해진 이상 어쩌겠니? 입으로라도 해야지 입 뒀다 뭐 하니? 너희들도 열쇠 부부의 비극이 더 심각해지기 전에 내 방법 써먹어라."

우린 입을 모아 교성을 지르며 우린 미국 못 가봐 그런 간사스러운 짓은 죽어도 못 한다고 앙탈을 했지만 실은 오늘 저녁부터라도 빨리 써먹고 싶어 엉덩이가 들썩들썩했다.

어머니

나는 올해 팔십이 되는 노모를 모시고 있다. 어머니는 딸자식에게 얹혀사시는 걸 미안해하고 거북해하시느라 가뜩이나 조그만 몸집이 더욱 조그맣게 위축되고 걸음걸이마저 마치 살얼음을 밟듯이 조심스러워 꼭 그림자 같았다. 나는 이런 어머니가 측은했지만 어쩔 수가 없었다.

"어머니 제발 좀 기를 펴고 사세요. 어머니가 그러시니까 전 더 속이 상한단 말예요."

가끔 나는 이런 말로 투정을 했지만 어머니의 대답은 늘 똑같았다.

"속상해할 것 없다. 난 이렇게 사는 게 제일 속 편

한걸."

이런 어머니의 유일한 낙은 한 달에 몇 번 절에 가시는 일이었고, 나는 절에 가시는 어머니에게 창경원이나 극장에 보내드리는 셈치고 약간의 용돈을 드리는 걸 내 의무로 알았을 뿐 그 이상의 관심은 전연 없었다. 부처님을 모신 절에서 할 수 있는 일이란 사자死者에 대한 불공과 노년을 위해 내세의 극락을 비는 것밖에 더 있겠느냐는 게 내가 불교에 대해 알고 있는 지식의 전부였다. 이런 알량한 나였으니 우리 어머니같이 청상과부로 온갖 정성을 다해 기른 두 아들을 장가도 한번 못 들여본 채 앞세우고, 겨우 하나 남은 딸자식을 의지하고 쓸쓸한 노년을 보내는 분이 불도에 귀의한다는 건 그럴 수밖에 없는 당연한 일로 여겼을 뿐, 절이나 불교라는 것에 대해 그 이상의 관심은 가진 척도 안 했다.

십 년을 넘게 지성껏 절에 다니시던 어머니도 연세가 연세인지라 차츰 기력이 쇠약해지시더니 신경통까지 겹쳐 작년부터는 법회가 있는 날도 그냥 집에서 넘기시는 일이 잦아졌다. 나는 이런 어머니가 너무 안돼 보여 금년 음력 정초 큰 효도를 하는 셈치고 어머니를 부축해서 절에 모시고 갔다.

어머니가 다니시던 S사는 빽빽한 민가의 한가운데 자리 잡고 있었다. 나는 구경이나 관광을 목적으로 하지 않고 절에 가보기는 그때가 처음이었다. 정초라 많은 신도들이 불공을 드리고 있었다. 사원 경내엔 부처님이 모셔진 법당 외에도 산신당이니 신중당이니 칠성당이니 하는 당집이 신축된 지 얼마 안 된 듯 단청도 화려하게 여기저기 자리 잡고 있고 신도들이 이런 곳에 모셔진 화상을 부처님보다 더 열심히 예배하는 걸 나는 이상하고 신기하게 여기며 바라보았다.

신중당에는 수없이 많은 흰 사기그릇에서 참기름에 담긴 심지가 그을음 하나 없이 곱게 타고 있었고 그릇마다 대학교 이름과 사람 이름이 적힌 기다란 한지를 꼬리표처럼 리본처럼 늘이고 있었다.

나는 어머니에게 그게 뭐냐고 물었다. 어머니는 왠지 나에게 아무 대답도 해주지 않았다. 옆에 있던 어떤 신도가 우리 모녀를 경멸하듯 바라보면서,

"그것도 몰라요? 대학 합격을 비는 인등불 올리는 거예요. 백일 인등서부터 한이레 인등까지 형편 따라 올리는 거랍니다."

때마침 대학 입시를 이 주일쯤 앞둔 겨울날이었다.

칠성당에는 초석과 기둥과 보꾹에까지 수없이 많은 사람의 이름이 새겨져 있었다. 칠성당을 신축할 때 일정액 이상을 시주한 신도들의 이름이라고 했다. 칠성당에 이름이 새겨지면 화를 면하고 복을 받을 수 있다고 믿어져 다투어 많은 사람들이 돈 아까운 줄 모르고 많은 시주를 했다는 것이었다. 아무리 찾아도 어머니나 우리 식구의 이름은 없었다. 있을 리가 없었다. 나는 그동안 어머니가 이 절의 얼마나 초라한 신도였던가를 알 것 같아 가슴이 찡했다.

칠성당 속 제단에는 '명다리'라 불리는 무명필이 사람의 키보다도 높이 몇 줄이 쌓여 있었고 숨이 막히도록 만수향과 촛불이 타고, 여신도들의 낭랑하나 무질서한 염불 소리가 특이한 주술적인 분위기를 만들고 있었다.

꽤 넓은 칠성당 속에 서로 몸이 닿을 만큼 빽빽이 들어선 신도들은 하나같이 나로서는 이해할 수 없는 열정적인 무아의 경에 빠져 있었는데 나는 그걸 도저히 종교적인 법열로 이해하고 봐줄 수가 없었다. 가장 천박한 탐닉과 집착의 상태로밖에 안 보였다.

나는 속으로 '이게 아닌데, 이게 아닌데, 이럴 수는

없어, 이럴 리는 없어' 하는 깊은 회의와 반발을 수없이 되풀이했다.

S사 경내에서도 이곳 칠성당이 제일 붐비고 있었다. 아까 신중당에서 인등불을 설명해준 신도가 칠성당이야말로 이 절의 노른자위다, 왜냐하면 칠성당은 수명 장수와 재수, 관운 등 오복을 비는 곳이고 더군다나 이 S사의 칠성당은 영험이 대단해서 신도가 자꾸 불어난다고 설명을 했다. 나는 뭐가 뭔지 잘 이해가 안 가는 채로 심한 불쾌감을 느꼈다.

칠성당에서 열정적으로 예배하고, 신들린 것처럼 격정적으로 염불하고 하는 여신도들처럼 물욕적이고 세속적이고 뻔뻔스럽고 파렴치한 얼굴을 나는 버스간에서도 시장 바닥에서도 노름판에서도 본 적이 없는 것 같았다. 그런 밉고 탁한 얼굴을 설마 절에서 보리라고는 어찌 상상이나 했을까.

사람의 온갖 불행과 번민의 근원이 되는 탐욕과 재욕財慾을 극복하고 마침내 참 자유를 얻으시고, 영혼의 최고선最高善인 열반에 도달하신 분—부처님을 모신 곳인 절이 어떻게 해서 가장 세속적인 욕망의 충족을 기구하는 기복의 장이 될 수 있단 말인가. 나는 곤혹과 분노를 동시에 느꼈다.

나의 이런 혼란과는 상관없이 어머니는 여러 신도들 사이에 끼어서 어떤 신도와도 닮지 않은 담담하고 평화롭고 행복한 얼굴을 하고 예배도 하고 염불도 외우시는 것이었다. 어머니는 딴 신도들과 너무도 달라 보였다.

나는 진흙탕 속에서 홀연히 피어난 연꽃을 지켜보듯이 이런 어머니를 맑은 기쁨과 감동으로 지켜봤다.

그러나 불공이 끝난 후에도 나에겐 불쾌한 일만 일어났다. 시주를 많이 한 신도들에 대한 스님들의 우대는 지나쳐 아첨과 아부로밖에 안 보였고 점심 공양이 있은 후 불공드린 음식을 나누어주는데 시주한 액수에 따라 너무도 뚜렷한 차별을 두는 것도 모욕적이었다. 나누어주는 순서까지가 시주한 액수의 많고 적은 순서와 일치했다. 나는 속이 뒤집히는 것처럼 부글댔으나 어머니는 참을성 있게 기다렸다가 겸손하게 그러나 기품과 긍지를 조금도 잃지 않은 당당한 모습으로 꼭 주먹만 한 음식 뭉치를 받아 가지시는 것이었다.

나는 집에 와서도 좀처럼 토라진 마음이 풀리지 않았다. 나는 어머니 앞에서 S사를 헐뜯음으로써 어머니 마음을 상하게 하려 들었다. 그렇게라도 해야지 내가 S사에서 받은 불쾌감과 모욕감이 다소나마 풀릴 것 같았다. 그만큼 나는 소갈머리가 없었다. 그래서 나는 S사가 절은 무슨 절이냐, 무당집이지 하면서 S사 경내에서 내가 본 칠성당이니 신중당이니 명다리니 하는 미신적인 걸 예로 들어가며 S사를 비방했다. 어머니는 다 들으시곤 고즈넉이 웃으시더니, “넌 잠깐 동안에 별의별 걸 다 봤구나. 나는 십 년을 넘어 다녔어도 부처님 한 분 우러르기도 벅찼는데” 하시는 것이었다. 나는 이 말씀에 홀연 부끄러움을 느꼈다. 내 눈엔 미신만 보인 건 내 속에 미신하는 마음이, 잡스러운 상념만이 차 있었기 때문이 아니었던가 하고. 같은 장소에 같은 동안 있었으면서도 어머니는 그동안을 부처님 마음을 생각하고 부처님 마음을 가지는 지복의 동안으로 만드셨는데 나는 그동안 추한 것만 골라 보고 그걸 미워하고 헐뜯는 시간으로 삼았던 것이다. 어찌 부끄럽지 않으랴.

어머니는 요새 신경통이 더욱 나빠지셔서 절에 아주 못 가신다. 그러나 어머니는 그걸로 괴로워하거나 조바심하지를 않으신다. 부처님처럼 곱고 자비롭고 천진한 얼굴로 늙어가신다. 마당의 꽃도 보시고 낡은 장롱에 기름걸레질도 하시며 그런 것들을 사랑하시며, 그러나 집착하지는 않으시며 행복하게 쇠진해가신다. 그분은 언제 어디서고 부처님을 보실 분이다. 마음속에 부처님을 모시고 있으니까.

외적 조건으로 보아선 조금도 행복할 게 없는데도 누구보다도 행복하게, 누구보다도 화려하게 그리고 누구보다도 아름답게, 거의 황홀하리만치 아름답게 늙으신 어머니를 볼 때마다 '중생의 마음이 바로 보살의 정토'라는 불경 말씀이 생각나면서 숙연해진다.

여자가 좋아

나는 셋째 딸이다. 아버지는 내 이름을 후남後男이라 짓고 사내 동생 하나만 봐달라고 극진히 위해 길렀지만 나는 동생을 보지 않아 막내딸이 되고 말았다.

사내 동생이고 계집애 동생이고 어머니가 낳아줘야 보지 내가 무슨 수로 본담. 아버지도 주책이었다. 그래도 나는 철이 들면서부터 그것 때문에 적잖이 부모님께 미안해하기 시작했다. 마치 사내 동생을 못 본 게 순전히 내 죄인 것처럼. 실상 내 죄라곤 어려서 어른들이 '엄마 배 속에서 나올 때 거적문 닫고 나왔니? 돌문 닫고 나왔니?'하고 물을 때 돌문 닫고 나왔다고 대답한 죄밖에 없는데도 말이다.

그래도 난 부모님을 조금이라도 덜 섭섭하게 해드렸으면 하는 효성스러운 고민 끝에 생각해낸 게 될 수 있는 대로 머슴애처럼 구는 거였다. 머슴애 그까짓 게 별건가. 장난감은 닥치는 대로 망가뜨리고 집에 있는 허술한 라디오나 시계는 산산이 분해해 못 쓰게 만들어놓고, 레슬링 장난이나 하다가 비실비실한 놈 만나면 한 대 멕여 울려놓고…… 그게 머슴애지.

나는 이렇게 머슴애 노릇을 제법 했고 부모님은 이런 나를 나무라기는커녕 좋아하면서 은근히 부추기기까지 했다. 머리도 남자처럼 깎아주고 국민학교 육 학년 때까지 남복인지 여복인지 모를 알쏭달쏭한 옷을 입혔다.

그러나 여학교에 들어가자 별수 없이 여학생복을 맞춰 입어야 했고 나는 그런 옷도 나쁘지 않다고 생각했지만 부모님은 여간 분해하고 억울해하는 게 아니었다. 나는 이런 부모님의 상심을 위로코자 한층 머슴애처럼 굴 밖에 없었다. 나는 점점 머슴애 폼이 잡혀갔다.

그런 내가 올핸 대학생이 되었다. 남녀공학인 세일대학 상과에 입학했다. 과목 선택할 때도 뭐가 내 적성에 맞나보다도 아버지의 친구의 아들들이 대개 상과 지망인 것을 아버지가 부러워하는 눈치길래 여자라고 상과 못 가줄 게 있느냐는 배짱으로 그렇게 했다.

마침 여학생들 사이엔 청바지가 대유행이라 나는 옳다구나 하고 청바지로만 뽑고 다녔다. 그래도 웃도리만은 언니들 블라우스 중에서도 야한 걸 골라 살짝 입고 다니기를 주저치 않았다. 실상 나는 그 무렵부터 조금씩 여성스러워지고 싶어지기 시작하고 있었다.

그렇지만 머슴애 폼이 꽉 잡혀 아무리 여자답게 굴려도 도무지 어색했다. 이런 지독한 소리도 들은 적도 있다.

"어머머, 저 새끼 좀 봐. 아이 징그러워. 무슨 남자가 꼭 계집애같이 차리고—어머머 꼴에 샌들까지 신었잖아. 후후후."

이건 물론 철없는 여고생들이 한 소리지만 지나놓고 생각하니 지독한 소리였다. 차라리 '저 계집애 꼭 머슴애 같다'고 했더라면 적어도 이쪽이 여자인 것만은 인정받은 셈인데 어엿한 여자보고 저 새끼 계집애 같다니, 에서 더 지독한 모욕이 있을까. 정말 싸가지 없는 계집애들이었다.

그래도 같은 과 머슴애들은 내가 홍일점이라 그런지 깍듯이 여자 대우를 해주었지만 정말 미팅 신청 같은 건 한 번도 못 받아봤다. 이렇게 허송세월을 하기 두어 달, 세일대학 캠퍼스엔 느닷없이 선거 열풍이 불어닥쳤다. 총학생회장 선거였다. 어떤 후보자에게 투표를 해야 할지 아직 햇병아리 주제에 잘 알 수는 없어도 아무튼 선거란 신나는 일이었다.

학교 근처의 '그건 너' 다방과 '또 만났군요' 다방은 유력한 두 후보에 의해 점령되어 있어 세일대학 배지만 달았으면 누구나 그 두 다방에서 융숭한 대접을 받으며 무슨 차라도 거저 먹을 수가 있었다. 재수가 좋으면 일류 기업체의 신입 사원처럼 머리끝부터 발끝까지 빈틈없이 정장을 한 입후보자의 비굴한 눈웃음과 90도 각도의 정중한 절을 받을 수도 있었다. 때로는 화려한 실크 넥타이에 체크무늬 신사복을 입은 양아치같이 생긴 선거 참모가 앞자리에 와 앉아서 갖은 아양을 떨기도 했다.

나는 살판 난 듯이 '그건 너'와 '또 만났군요'를 공평하게 출랑거리며 컴프리차니 두향차니 구기자차니 쌍화차니 이름만 듣고 먹어보지는 못한 차들을 다

한 번씩 시식해봤다. 양심에 꺼릴 건 조금도 없었다. 난 그까짓 이름만 이상하고 맛도 없는 차에 내 귀중한 한 표를 팔 생각은 조금도 없었으니까. 설사 비프스틱을 얻어먹었대도 표를 팔 내가 아니었다. 그렇다고 내가 누굴 지지해야겠다고 따로 지지하고 있는 입후보자가 있는 것도 아니었다. 그건 아직 미정이었다. 다만 내가 알고 있는 건 '그건 너'와 '또 만났군요'를 거점으로 돈을 물 쓰듯 하는 두 입후보자에겐 내 표를 주지 않겠다는 것뿐이었다.

어느 날 우리 과대표가 우리 과 전원을 구내 다방으로 초대했다. 커피도 공짜면 고마운데 아이스콘까지 덤으로 하나씩 주더니만 한다는 소리가 요새 '그건 너' 다방을 기점으로 설치는 김광대 후보에게 우리 과 표를 몽땅 주자는 게 아닌가. 그리고 아주 큰일이나 한듯이 으스대면서,

"제가 흥정 하나는 여러분 기대에 어긋나지 않게 잘 붙였다고 자부합니다. 우리 과 표를 몽땅 김광대 후보에게 주는 대신 김광대 후보는 우리 과의 학기말 종강 파티를 와장창 살롱에서 할 수 있도록 자금을 전액 부담하기로 했습니다."

'와장창 살롱'이란 소리에 머슴애들은 와아 하고 환성을 질러댔다. 어떤 머슴애는 춤까지 덩실덩실 추면서 종강 파티는 쌍쌍 파티로 하자고 설쳤다. '와장창 살롱'이라면 이 근처에서 알아주는 좀 비싸게 먹히는 고급 살롱이었다. 머슴애들 좋아하는 꼴이라니. 몇십 년 전 우리나라에 부정선거라는 게 있었을 때 막걸리에 한 표를 팔고 '니나노'를 부르며 비틀대던 시골 여편네들 꼬락서니도 설마 이보다 더 추했을까?

나는 분연히 일어나서 도대체 종강 파티를 그런 고급 살롱에서 할 필요가 어디 있으며 그런 비열한 흥정을 붙여오는 입후보자는 철저히 배척해야 한다고 열변을 토했다. 다 듣고 난 과대표는 씽긋 웃으며 김광대 후보를 지지하고 안 하고는 그럼 다수결로 정하자고 했다. 나는 그러자고 했다. 그러나 결과는 의외였다. 나를 빼놓은 29명의 머슴애들이 김광대 편이었다. 아니 '와장창 살롱'편이었다. 이미 '와장창 살롱'에 헬렐레가 돼 있었다. 과대표는 회심의 미소를 지으며 우리 과가 전원 김광대 후보를 지지했나 안 했나는 개표 결과 다 나타나기로 돼 있다는 알쏭달쏭한 공갈까지 쳤다. 나는 머슴애들에게 완전히 환멸을 느꼈다.

나는 적어도 남자란 그런 게 아닌 줄 알고 있었다.

치사한 자식들 퉤퉤. 보나마나 김광대도 치사한 자식일 테지 퉤퉤.

그러나 침만 퉤퉤 뱉고 있을 내가 아니었다. 우리 과에선 내가 홍일점이지만 세일대학엔 여학생이 많았다. 특히 우리 세화여고 출신이 많았다. 나는 닥치는 대로 여학생들을 붙들고 부정선거 얘기를 퍼뜨렸다. 선배 언니들한테도 모조리 퍼뜨렸다. 시시한 자식들 퉤퉤. 여학생들은 하나같이 분개했다. 김광대 퉤퉤.

우리는 또 선배 언니들을 통해 정말 바람직한 세일대학 총학생회장감이 누군가도 알아낼 수 있었다. 그 입후보자는 점거한 다방도 없고 따라서 우리들에게 쓴 차 한잔 산 적도 없었지만 우리는 그를 지지하기로 했다. 여학생들은 완전한 단결을 보았다. 그러나 역시 여학생의 총수는 남학생 수에 미치질 못했다. 우린 암만해도 불안했다. 그래서 한 꾀를 생각해냈다.

세일대학교엔 금녀禁女의 대학은 없는데 금남의 대학은 있다. 가정대학과 간호대학이 그거였다. 그리고 가정대학과 간호대학 학생들은 미인만 모였기로 서울 장안에서도 정평이 나 있었다. 그래서 딴 대학에서도 미팅 신청이 쇄도하고 세일대학 남학생들은 그들대로 어떻게든 이 여학생들을 딴 대학에 미팅 상대로 빼앗기지 않으려고 안달을 했었다. 기회만 있으면 미팅에는 저희가 우선권이 있는 것으로 협정이라도 맺어두지 못해 안달을 했다.

우리는 이 기회에 그런 남학생들 심리를 이용하기로 하고 만일 김광대 후보가 총학생회장으로 당선이 되면 세일대학 여학생은 세일대학 남학생을 모조리 시시한 자식으로 치부하고 절대로 미팅에 응할 수 없다는 말을 퍼뜨렸다. 이런 소문이란 빨리 퍼지는 법이다.

그 결과 김광대 후보는 떨어졌다. 떨어져도 꼴찌로. 그렇게 되기까지의 내 활약은 실로 눈부셨고 어느 머슴애 못지않게 극성스러웠다고 자부한다.

그런데 이상하게도 선거를 치르고 나서 보니 나는 몰라보게 여자다워져 있었다. 처음으로 미팅 신청까지 받았다.

'시시한 자식들 퉤퉤' 하며 나는 여자다워졌던 것이다.

어떤 유린

차가 움직이기도 전에 벌써 속이 거북한 것 같아 나는 손수건을 꺼내 코를 막았다.

"쯧쯧, 궁상맞게스리…… 이런 고급 차에서도 멀미를 하다니……."

남편은 운전수의 반드르한 뒤통수에 신경을 쓰느라 입 속에서 우물댔으나 일그러진 표정에는 나에 대한 충분한 모멸이 담겨져 있었다.

아닌 게 아니라 고급 차는 고급 찬가 보다. 시동이나 주행은 진동 없이 매끄럽고 온통 요란한 꽃무늬의 밍크 이불로 뒤덮인 시트는 안락하고 뒤 창가에는 35센트짜리 미제 화장지통과 플라스틱 조화 바구니가 놓여 있고 바닥에까지 비닐 방석이 깔렸다.

그러나 바로 그런 것들이, 더군다나 그런 낯간지러운 것들을 오늘 하루 빌렸다는 사실이, 나에게 차멀미 비슷한 생리적인 불쾌감을 일으키고 있었다.

우리 부부는 지금 남의 자가용을 세내어가지고 어떤 돈 많은 재일 교포와 중요한 상담을—남편의 말에 의하면 남편의 사업의 성패를 건 일생일대의 중요한— 나누러 가는 중이었다.

약속 시간보다 삼십 분이나 지나 재일 교포 X씨는 나타났다.

나는 남편에게 강요당하다시피 입은, 내 나이에 어울리지 않는 알록달록한 색동 회장저고리 때문에 미리부터 위축되어 있는 데다가 X씨 측도 부부 동반이려니 했는데 X씨 혼자여서 가뜩이나 사교에 서툰 나는 도무지 눈 둘 바를 몰랐다.

X씨는 한국말을 조금도 못 하는지 상담은 처음부터 일본말로 진행되었다. X씨는 말수가 적고 오만했고 남편은 말이 많고 자주 더듬댔다.

일본말을 모르는 나는 상담의 내용은 짐작도 못 하면서도 남편이 고개를 조아리며 '핫' '핫' 할 때마다 내 육신이 찔리듯이 따끔거려 안절부절해야 했다.

저만치 검은 맥시를 서툴지 않게 입은 아가씨와 중년의 신사가 유잣빛 도는 투명한 액체가 든 글라스를 앞에 놓고 앉아 있었다.

여자는 거의 입을 벌리지 않고 아주 조금씩 그 고운 액체를 마셨다.

추상적인 도형이 부조된 검은 벽을 배경으로 여자가 그 고운 액체를 입술에 잠깐 잠깐씩 묻혔다 떼었다 하는 모습은 식욕이나 갈증 따위와는 전혀 상관없는 포즈 그 자체만으로도 충분한 의의가 있음 직했다.

그녀의 포즈는 그렇게 우아했고 그 우아함으로 자신과 상대방을 충족시키고 있는 듯했다. 남편은 X씨를 좀 더 즐겁게 모시기 위해 좀 더 환락적인 곳으로 가기로 했다. 다행히도 나는 제외될 수밖에 없었다.

빌려온 차의 운전수가 재빠르게 뛰어내려 자못 정중하게 차 문을 열고 두 남자에게 90도 각도로 허리까지 굽혀줬다. 이것만으로도 차를 빌린 보람은 충분하다 싶었는지 남편의 얼굴에 회심의 미소가 떠올랐다.

마침내 자유로워진 나는 색동 회장저고리를 입은 채 동대문시장으로 저녁 찬거리를 사러 들어갔다.

꽁치와 꼴뚜기젓과 산나물을 샀다. 그러곤 또 한 번 그 우아한 여자를 만난 것이다.

그 여자는 김이 무럭무럭 나는 순대를 소금 고춧가루에 꾹꾹 찍어서 탐스럽게 먹고 있었다. 입이 컸다.

포즈를 위한 시간은 지나고 바야흐로 식욕을 위한 시간인 모양이다.

아직 이른 봄이지만 장바닥의 오후는 몹시 질척댔다.

미처 맥시 자락을 휩싸지 못한 채 웅크리고 앉은 그녀의 엉덩이 뒤에는 옷자락이 넓게 땅을 덮고 있었다.

나는 짓궂게 그것을 밟고 지나갔다. 다행히 내 그런 행위가 그녀의 식욕에 아무런 영향도 주지 않았다. 그녀는 순대 맛을 계속해 즐기고 있었다.

나는 몇 번이고, 맥시 자락이 완전히 진창에 잠길 만큼 그녀의 뒤를 왕복했다.

내가 밟고 있는 것은 이미 맥시 자락 따위가 아니었다.

나는 아주 징그러운 것을 마음껏 유린하고 있는 것이다.

사람들의―나나, 내 남편이나, X씨나, 이 여자도 포함한―기만적인 삶의 일단을 유린하고 있다고 여기고 있었다.

이 기만적인 삶은 자못 두텁고 견고한 듯하여 사

람들은 호락호락 그 속에 자기의 맨살을 숨기지만 실은 얇은 유리그릇처럼 맥없이 여려서 내 발밑에서 지금 아삭아삭 조각나고 있는 것이다.

아삭아삭, 유리그릇을 부수는 감촉이 발바닥에 쾌적하다.

아삭아삭…… 쾌감인지 노여움인지 모를 것이 발바닥에서 전신으로 퍼진다.

그러나 그것은 어디까지나 내 심상일 뿐, 어쩌면 또 하나의 기막힌 자기기만일 뿐, 나는 결국 한 여자의 맥시 자락을 망쳐놓은 데 불과했는지도 모른다.

식구와 인구

방학을 해서 집에 있는 동안 아이들은 잘도 먹어댔다. 어쩌다 아이들이 하나도 외출 안 하고 집에 모여 있게 되는 날은 엄마는 온종일 그 입치다꺼리하기에만 눈코 뜰 새가 없다.

여름을 타나, 왜 이렇게 입맛이 없느냐고 투정을 하면서도 아이들은 왕성하게 먹어댄다.

더워 죽겠다고 금방 찬 것을 먹고 나서 더위는 뭐니 뭐니 해도 이열치열로 다스리는 우리의 전통적인 방법이 제일인 것 같다고 더운 것을 찾는다.

아침밥 먹고 나서 디저트라고 싱싱하고 탐스러운 복숭아를 두 개씩이나 먹었는데도 새참으로 감자를 삶아 달란다. 감자를 삶아 배불리 먹었으니 점심 생각이 뜨악한 건 당연한데도 그걸 가지고 저희끼리 고민을 한다.

"엄마, 한 시가 넘었는데도 점심 생각이 없는 걸 보니 나 여름 타나 봐."

"나두 엄마, 선생님이 방학 동안에 잘 먹고 잘 놀아 키도 크고 체중도 늘려가지고 개학하거든 만나자고 그러셨는데 나는 체중도 키도 줄어가지고 개학하게 생겼어."

"여름철 입맛 없을 땐 뭐가 좋다더라? 아까 라디오에서 들었는데……."

"콩국에 만 쫄깃쫄깃한 칼국수 아니었니?"

"그래그래, 그게 좋겠다. 오늘 점심은 칼국수다."

아이들끼리 찧고 까불다가 오늘 점심은 콩국에 만 칼국수로 낙착을 본다. 그러나 아이들의 입방아만으로 콩국이나 칼국수가 저절로 되는 게 아니다. 엄마의 손이 가야 한다.

엄마는 이렇게 왕성하게 먹어대는 아이들을 볼 때마다 대견하면서도 참 예전엔 미련도 했지, 어쩌다가 이렇게 많은 아이를 낳았을까 싶으면서 혼자서 속으로 아연해진다.

그도 그럴 것이 엄마 눈에만 아이이지 실은 엄마보다 덩치가 큰 아이들이 대학 졸업반인 맏이로부터 중학생인 막내까지 자그마치 오 남매나 된다.

엄마가 젊었을 때만 해도 가족계획이란 말이 생소했고 그게 국가적인 과업이 아니었다. 그래서 엄마는 아빠가 외아들이니까 자손을 많이 가질수록 좋다는 문중의 과업에만 순종하다 보니 어느 틈에 오 남매의 엄마가 되어 있었고 시대의 변천에 따라 야만인 이하의 취급을 받는 신세가 되어 있었다.

"참 오늘 점심의 식구食口는 몇이나 되더라?"

엄마는 땀을 뻘뻘 흘리며 안반을 놓고 홍두깨로 칼국수를 밀다 말고 아이들 방마다를 기웃대며 식구의 수효를 센다.

이럴 때 엄마는 가족이란 말보다는 식구라는 말에 더 깊은 공감을 갖는다. 엄마의 눈엔 가족 하나하나가 먹는 입[食口]의 의미 이상으로도 이하로도 안 보일 때이기 때문이다.

아이들 방은 외출 중이라 비어 있는 방도 있지만 친구를 불러들여 가득 차 있는 방도 있다.

끼니때가 지났는데도 늘어붙어 있는 아이들의 친구들이란 대개 언젠가 한 번쯤은 엄마의 음식 솜씨에 입맛을 들인 친구들이다.

오늘도 염치불구, 늘어붙었다가 그 잊을 수 없는 음식 솜씨를 맛볼 수 있기를 은근히 소망하는 사뭇 식욕적이고도 천진한 얼굴들이다.

엄마는 이런 손님들까지를 기꺼이 식구로 포함시킨다. 그래서 넉넉한 칼국수를 밀고 넉넉한 콩을 간다.

엄마는 가족으로서의 아이들도 사랑하지만 식구로서의 아이들 역시 사랑한다.

식구끼리 식탁에 둘러앉아 맛있는 걸 먹을 때처럼 식구 각자가 단순하면서도 완벽하게 행복해 보일 적도 없기 때문이다.

그러나 엄마는 가끔 이런 심각한 생각을 할 때도 있다. 한 집안의 주부 노릇도 이렇게 고되거늘 만일 나라 살림 하는 자리에 있는 양반들이 국민이란 걸 고루 나누어 먹여야 하고 지껄이고 싶을 땐 지껄여야 하는 사람의 입, 인구人口로 인식한다면 그 자리가 얼마나 고된 자리가 될 것인가 하는.

노파

오늘은 시내에 나갔다가 두 차례나 비를 만났다. 대단치 않은 비였고 빌딩 꼭대기에서 내려다보거나 지하도 입구에서 바라보았을 뿐 한 방울도 맞지는 않았는데도 온종일 몸이 시렸다. 나는 가을비가 싫다. 봄엔 비 한 방울 뿌리고 나면 산천에 한결 생기가 돌고 햇살도 도탑고 길어지건만 가을비엔 쓸쓸한 소멸의 예감이 스며 있다.

오늘도 비 몇 방울 뿌리고 나더니 기온이 내려가 화학 섬유로 된 긴 블라우스가 조금도 보온이 안 되고 살갗에 소름이 끼치도록 추웠다. 뭘 하나 더 걸치고 나올걸 싶었으나 행인들의 옷도 나와 별로 다르지 않았다.

요새 나는 아침마다 아이들한테 뭘 좀 두둑하게 입고 나가라고 성화를 해서 아이들한테 핀잔도 받고 벌써 엄마의 겨울이 시작됐다고 놀림도 받지만 막상 내가 외출할 때는 아이들이 요새 입는 옷차림 흉내를 내기가 일쑤다. 나는 나의 계절 감각을 믿지 못한다. 그렇다고 나의 주관적인 계절 감각대로 살 배짱도 없다. 그러자니 남의 계절과 나의 계절을 적당히 얼버무리면서 살 수밖에 없다.

나의 주관적 계절 감각으론 올해엔 여름도 없었다. 더위를 타기는커녕 복중에도 더위에 감질이 났다. 단물이 덜 오른 과일처럼.

그러고는 마치 계절이 곤두박질을 치는 것처럼 곧장 가을이 됐다. 나는 아이들이 벌써 엄마의 겨울이 시작됐다고 놀릴 정도로 미리 추위를 타고 있다.

시내에서 일을 보다 좀 늦었더니 돌아오는 길엔 정말 털스웨터 생각이 간절할 만큼 추웠다. 화학 섬유란 도무지 믿을 게 못 된다. 더울 땐 체온과 땀을 꼭꼭 가두다가도 찬바람이 불었다 하면 사람을 벌거벗은 것처럼 무방비 상태로 만든다.

나는 지독하게 헐벗은 것처럼 초라한 마음으로 종종걸음을 쳤다. 집 근처 시장거리까지 왔을 때였다. 나를 부르는 소리가 있었다.

"아주머이, 아주머이, 마음 좋은 아주머이, 버섯 떨이해요. 오백 원에 한 보따리야."

나를 그렇게 부를 사람은 그 노파밖에 없었다. '마음 좋은 아주머이'란 공칭에 나는 번번이 모욕감을 느꼈다. 또 무슨 골탕을 먹이려고…… 나는 이렇게 중얼거리면서 발길을 멈추었다. 늦은 시간이어서 노점상은 다 들어간 뒤건만 그 노파는 전봇대 밑에 혼자 남아 있었다.

우리 동네 시장은 정면은 근대적인 슈퍼마켓이고 뒤편은 생선이나 채소를 파는 재래식 시장으로 돼 있는데 이 허가 맡은 시장은 둘 다 별로 번창하는 편이 못 되고 시장으로 통하는 길가의 노점은 극성스러운 단속에도 불구하고 날로 번창해서 조용한 주택가 쪽까지 번지고 있었다.

내가 그 노파를 알게 된 것은 몇 해 전 겨울이었다. 그때는 노점상들이 지금처럼 번창하지 않을 때였는데도 그 노파는 거기서 채소를 팔고 있었다. 추위가 몰아치자 노점상은 철시를 하고 그 노파 혼자 남았다. 꽁꽁 얼어붙은 거리에서 젊은 사람도 아니고 머리가 허연 노인이 몇 푼 벌이를 위해서 온종일 떨고 섰다는 건 동정을 자아내기 전에 어떤 참사처럼 우선 외면 먼저 하고 싶게 했다.

그 겨울에 그 노파가 팔고 있던 것은 무였다. 그 노파는 무를 참으로 위했다. 무 가마니를 담요로 싸고 그 위에다 다시 시뻘건 캐시밀론 이불을 덮었다. 그러고도 부족해 점퍼나 털스웨터, 해진 넝마 나부랑이를 주섬주섬 덮어놓은 무 가마니는 가관이었다. 무 가마니에 비해 노파의 옷은 얇고 허술해 보였다. 모자도 쓰고 장갑도 끼고 털신도 신고 있었지만 털스웨터는 털이 다 해진 낡은 거였다. 앞가슴이 헐렁해서 변변치 못한 내복이 드러나 보였다.

노파는 무 가마니가 무슨 난로나 되는 것처럼 얼싸안다시피 하고 앉았다 갑자기 목쉰 소리로 '무 들여가요 무, 얼었거나 바람들었으면 돈 안 받아요. 속이 배[梨] 속 같은 진흙밭 무 들여가요, 무' 하고 구성지게 외쳐댔다.

그런 소리는 보통 때도 듣기 싫었지만 어쩌다 무

가 필요해서 시장 속에 있는 채소 가게에서 산 무를 시장바구니에 넣고 그 앞을 지날 때는 형벌처럼 괴롭게 들렸다. 그래서 숫제 무는 그 노파에게 사기로 작정을 했다. 하도 여러 겹으로 싸고 싼 무라 노파의 굼뜬 손으로 한번 꺼내려면 상당한 시간이 걸렸다. 그리고 그렇게 어렵게 꺼낸 무는 순간적으로 나에게 무 이상 가는 어떤 귀중품 같은 착각을 일으키게 했다. 노파는 천신만고 무를 꺼낸 것만 가지고도 성이 차지 않아 누더기 갈피에서 뾰족한 칼을 찾아내서 무를 잘라 그 속을 보여주지 못해 안달했다.

'속이 꼭 배 속 같다니까' 하면서. 그러나 나는 번번이 노파가 그렇게 하지 못하도록 말리고 허둥지둥 달라는 대로의 돈을 치르고 무를 내 바구니 속에 챙겼다. 잘라봐서 속이 배 속 같으면 어떻고 아니면 어쩔 것인가. 그건 어차피 귀중품인 것을.

어쩌면 나는 노파의 상행위에서 어렸을 적 시궁창에 떨어진 한 톨의 쌀을 보고 노발대발하시던 우리 할머니를, 자연이 우리에게 준 양식에 대한 숭배의 원초적인 모습을 재현시키려 했는지도 모르겠다.

그러나 그 노파의 단골들은 대개 노파보다 한층

이악스러웠다. 나보다 먼저 무를 사려는 사람이 있어 기다리면서 보면 무 하나 사는 절차가 그렇게 복잡할 수가 없다. 노파가 그렇게 오래 걸려 꺼낸 무를 일일이 잘라보고 어떤 여자는 맛까지 봤다. 겨울 무라 노파의 말처럼 속이 배 속 같을 수만은 없어서 꺼멓게 병이 든 무도 간혹 있고 더러는 바람이 들어 있기도 했다. 그러면 노파하고 손님하곤 옥신각신 입씨름이 오갔다. "할머니 이게 어디가 배 속 같아요. 바람이 들었는데……." 그러면 노파는 기절초풍을 할 듯이 허풍스럽게 놀라면서 "어머 이 아주머이, 사람 잡겠네. 이 배 속 같은 무를 백죄 바람이 들었다고 우기네" 하고 악을 썼다. 그럴 땐 쉰 듯한 목청이 탁 트이면서 높고 날카로운 소리를 냈다. 승부는 좀처럼 날 것 같지 않다가도 어느 순간 노파가 큰 선심 쓰듯 무 값을 반절로 깎으면서 대개는 흥정이 원만히 이루어졌다. 이렇게 해서 무를 싸게 사는 여자가 값비싼 밍크 목도리라도 두르고 있으면 나는 속으로 주체할 수 없는 혐오감을 느꼈다.

이렇게 이악스럽지 못한 나를 노파는 언제 적부턴지 '마음 좋은 아주머이'라는 별명으로 불렀다. 그러나 그런 호칭이 결코 그 노파의 호의에서 우러난 것이 아니란 걸 나는 곧 알게 되었다. 그 노파는 나를 좋아하는 게 아니라 경멸하고 있었다. 내가 무를 잘라 달래지 않을 것을 알고부턴 슬쩍슬쩍 썩은 걸 섞어주기 시작했고 값도 남보다 비싸게 받았다. 여름에 채소가 흔할 때도 마찬가지였다. 항상 나에겐 바가지를 씌우려고만 했다. 어쩌다 내가 불평을 하면 마음 좋은 아주머이답지 않다고 핀잔이나 주기 일쑤였다. 그러나 나는 어쩐지 노파로부터는 놓여날 수가 없었다. 마치 자신의 약점을 쥐고 있는 사람을 함부로 못하듯이 나는 노파를 함부로 하지 못했다.

노파는 나의 소위 착한 마음의 허실虛實을 빛과 그늘처럼 명백히 들여다보고 있을 것 같았다. 그리고 나의 자선을 베풀고 싶어 하는 마음을 비웃고 있는지도 모르겠다. 어쩌다 노파가 혼자서 고목처럼 서 있는 모습을 보면서 자존심이 후광처럼 서려 있다고 느낄 때가 있다. 그런 자존심으로 당당하게 장사를 해서 사는 노파가 고객에게 바라는 건 결코 자선이 아니라 평등이란 생각이 든다.

노파는 벌써 꾸깃꾸깃한 양회 봉지 조각에다 팔

다 남은 버섯 부스러기를 싹싹 쓸어 담고 있었다.

"어디 봐요 할머니, 무슨 버섯인지 알기나 해야 살 게 아녜요?"

나는 소용없다는 걸 알면서도 겨우 그 정도의 투정은 부려봤다.

"어매, 이 아주머이 좀 봐. 누가 못 먹을 거 팔까 봐. 버섯 잘못 먹으면 죽거나 미치는데 남 죽으면 낸들 성할라구 못 먹을 거 팔까? 염려 말구 갖다가 애들 볶아줘. 그까짓 괴기 내놓고 먹을 테니까."

언제나 그랬던 것처럼 나는 노파의 강매 행위를 거절하길 단념하고 그걸 받아들고 돈을 지불했다. 마음속으론 또 언제나처럼 별렀다.

이번이 마지막이다. 이 노파한테 바가지 쓰는 건 결단코 이번이 마지막이다.

그러나 결코 그렇게 되지는 않으리라는 것 또한 알고 있었다. 노파에게 자선을 베풀고 있다는 우월감이 나에게 남아 있는 이상 아마 나는 노파로부터의 그 정도의 보복은 피할 수 없으리라.

이민 가는 맷돌

이민 수속이 거의 끝나갈 무렵에 마침 집이 팔렸다. 부동산 경기가 밑바닥이라고 아우성치는 때 급하게 팔려고 내놓은 집이란 거저 버리는 것보다는 낫다 싶을 만큼 밑지고 팔아도 감지덕지할 판에 받을 금 받고 팔았으니 실로 만사형통이라고 석재 부부는 좋아했다. 그들은 앞으로 닥칠 일이 아무것도 예측할 수 없이 불안했음으로 해서 더더욱 사사건건 만사형통의 꿈을 걸려고 했는지도 모른다.

그러나 이민을 떠날 때까지 거처할 데를 어디로 정하느냐로 석재와 혜란은 며칠씩 옥신각신했다.

"우리 집으로 들어가요. 안 하던 시집살이를 지금

와서 시켜서 어쩌겠다는 거예요?"

"안 돼. 우리 집으로 들어가야 돼. 그분들이 어디 당신 시집살이 시키실 분들이야? 세상에 고양이도 낯짝이 있지 생각 좀 해봐? 당신 시집와서 이날 이때 친정 근처로만 쫓아다니면서 한 솥에 밥만 안 끓였다 뿐이지 꼭 한집안처럼 지내면서 시집엔 한 달에 한 번 문안도 요 핑계 조 핑계 빼먹기가 일쑤였었잖아? 그분들이 손자들을 얼마나 그리면서 사셨겠어. 떠나기 전 한두 달이라도 그분들이 실컷 손자 손녀 좀 안아보게 해드려야겠어."

"어머머, 그럼 우리 엄마 아빠는 외손자 외손녀 안 안아보고 싶단 말예요, 뭐예요? 우리 애들은 외가하고 더 정이 들었단 말예요."

"그래. 그러니까 떠나기 전에 친가하고도 정 좀 들게 해야겠다는데 왜 말이 많아?"

석재의 태도는 의외로 강경했다.

"좋아요, 이번엔 제가 져드리죠. 왠줄 알아요? 이게 당신의 그 촌스러운 한국적인 남편 노릇의 마지막 기회이기 때문이에요."

이렇게 해서 혜란은 시집으로 들어갔다. 들어가

기 전에 살림살이도 배편으로 부칠 만한 것은 부치고 나머지는 거의 정리했기 때문에 홀가분했다. 절간처럼 쓸쓸한 고가古家에서 외롭게 살던 노老부부는 별안간 식구가 불어나서 좋아서 어쩔 줄을 모르면서도, 곧 영영 떠나보낼 생각으로 손자 손녀의 재롱을 볼 때마다 입가엔 웃음이, 눈엔 눈물이 가득했다.

혜란도 별로 정을 못 느꼈던 시집이건만 들어와 살면서 곧 떠나리라는 감상으로 바라보니 새삼스럽게 뭉클하니 정이 가는 게 한두 가지가 아니었다.

"어머님, 부엌에 있는 기름 항아리 있잖아요. 흰 바탕에 파란 꽃무늬 있는 항아리, 그게 마음에 드는데 즈이 주시지 않겠어요?"

"얘 좀 봐. 남의 떡은 커 보인다더니…… 느인 그것보다 더 좋은게 있잖냐. 본디 그게 한쌍이었드랬는데 느이 새살림 차릴 때 하나 갖다 주고 저건 이 빠진 거야."

"그래요?"

혜란은 금시초문이란 듯이 눈을 동그랗게 뜬다.

"그래. 이삿짐 쌀 땐 사람마다 정신이 헷갈려 뭐가 어디 들었는지 생각이 안 나는 법이란다. 그게 그래 뵈도 백 년은 넘은 그릇이니까 타국의 그릇이 아무리 좋고 편리해도 귀물처럼 애껴야 한다."

"네, 어머니."

혜란은 그제서야 얼렁뚱땅 그 항아리가 배편으로 부친 이삿짐 속에 들어 있는 것처럼 꾸며댔지만 그게 아니었다. 시어머니가 그들의 신접살림에 갖다 준 그 촌스러운 항아리는 처음부터 천덕꾸러기 노릇을 했다. 그러다가 아파트를 장만해서 떠나면서 구질구질한 건 모조리 내버릴 때 내버린 생각이 나서 혜란은 얼굴을 붉혔다.

혜란은 또 기름독에서 방금 꺼낸 것처럼 자르르 윤기가 흐르는 작은 깨 뒤주가 탐이 났다. 작은 주제에 큼직하게 매달린 무쇠 자물쇠가 조금도 어색하지 않게 의젓하게 어울리는 것도 마음에 들었다.

"어머님은 아직도 쌀통이 없으시군요. 그게 참 편리한데, 제가 쌀통 하나 사드릴 테니까 저 뒤주 저희 주세요. 짐 덜 부친 게 아직도 좀 남아 있는데 같이 부치게요."

"재 좀 봐, 죽을 수에 이사한다더니. 이사도 이만저만 이산가, 만리 타국으로 떠나간다고 정신이 다 나갔잖나뵈. 느이도 그런 뒤주 있어야아, 그것도 한

쌍이 있어서 내가 느이 신접살림 보러 갈 때 그 속에 다 올망졸망 깨랑, 팥이랑, 녹두, 콩, 가진 잡곡을 다 넣어다 줬잖아?"

"아, 네 생각나요 어머님. 집이 좁아서 다락에다 뒀다가 이번 이삿짐에 끼여 들어갔을 거예요."

그러나 그게 아니었다. 잡곡을 다 먹고 걸치적대서 뒤꼍에 빈병 나부랑이하고 같이 내굴렸더니 비를 맞아 그만 사개가 물러나서, 그 해 겨울 연탄불 꺼졌을 때 쏘시개로 써버렸던 것이다.

혜란은 그 밖에도 찬마루 구석에 있는 목이 긴 초병도, 시아버지 머리맡의 투박한 책궤도 탐이 났지만 차마 말을 못 했다. 그러다가 어느 날 뒤란 처마 밑에 아무렇게나 버려진 맷돌을 보자 혜란은 무작정 또 그게 탐이 났다.

"어머님, 이 맷돌 즈이 주세요."

"맷돌을? 그걸 뭣에 쓰게. 나도 이젠 맷돌 대신 믹사를 쓰는데."

"어머님이 그러셨잖아요? 녹두는 맷돌에 갈아야 빈자떡 맛이 제 맛이 나지 믹서에 간 것은 틀렸다고……."

"그건 그렇다만 이루 어떻게 옛 맛을 찾고 사냐? 더구나 만리 타국에서. 운임 생각도 해야지. 그게 오죽 무거우냐."

"그건 걱정 마시고 주기만 하세요. 그게 꼭 필요할 것 같아서 그래요. 우린 미국서 빈자떡 장사를 하게 될지도 모르거든요. 이왕이면 맷돌에 간 진짜 빈자떡 장사를 해야 잘될 거 아녜요?"

"빈자떡 장수를? 대학까지 나온 느이 부부가?"

"네 문제없어요. 학벌 같은 거 생각 안 하고 개같이 벌어 정승같이 살 테니까요. 어머님도 대강은 눈치채셨죠? 학원 강사 노릇이 그전처럼 경기 좋은 직업이 아니어서 아범이 고민하고 있던 거. 실력 좋은 고등학교 선생 노릇을 그만두고 좋은 수입을 따라 학원 강사가 될 때부터 뭔가 잘못하고 있는 게 아닌가 싶어 위태위태하더니만 기어코 이민을 가게 되는 지경까지 이르고 만 거여요. 그렇지만 이민 가서는 허황하지 않게 열심히 살겠어요. 아무리 밑바닥부터 새롭게 시작해도 곧 잘살 자신 있어요, 어머님. 그땐 꼭 어머님 아버님 미국 구경시켜 드릴게요."

혜란은 자기도 모르게 울먹였다.

"미국 구경보다는 느이들이 여기서 새롭게 시작해서 잘사는 걸 구경시켜줬으면 좀 좋을고."

노부인도 울먹였다.

삼박 사일간의 외출

서울까지 새마을호로 네 시간 십 분 걸린다고 했다. 유나는 그동안을 줄창 창밖만 내다보고 있었다. 부산역까지 태워다준 올케가 그날 신문과 두어 종류의 주간지를 사주었지만 앞자리 등받이에 달린 주머니에 꽂아놓은 채 한 번도 펴보지 않았다.

창가였지만 하필 서쪽이라 줄창 해가 들었다. 옆자리에 앉은 남자는 느긋하게 한잠 잘 준비부터 했다. 좌석을 뒤로 젖히고, 구두 벗고 다리 뻗더니 커튼 좀 치라고 유나에게 요구했다. 당연한 요구였다. 서쪽 창에 커튼을 안 친 건 유나의 좌석 창밖에 없었다. 9월달이라지만 유리창을 통한 햇빛은 복중의 폭양

못지않게 강렬하고 지글지글했다.

그러나 유나는 남자의 요구를 묵살했다. '커튼 좀 쳐요' 끝에 가까스로 희미하게 붙은 '요' 소리만 빼면 남편의 무뚝뚝한 명령조와 너무도 닮은 억양 때문이었다. 남자는 목소리보다 유순한 데가 있어서 유나가 못 들은 척하자 일어서서 손수 커튼을 치고 다시 편안한 자세로 돌아갔다.

그러나 유나는 느닷없이 아늑해진 분위기가 참을 수 없이 숨이 막혀, 다시 커튼을 반만 열었다. 유나에겐 볕이 안 들고 바깥만 보였지만 눈 감은 남자의 얼굴엔 볼록렌즈로 모은 것처럼 강렬한 햇빛이 곧바로 내리꽂혔다. 유나는 흘긋 남자가 이마를 찡그리는 걸 보았다. 그러나 알 게 뭐냐는 심정으로 창밖으로 눈길을 돌렸다.

"외국에서 오래 살다 왔나 보죠?"

얼마 동안 그렇게 있었는지 유나가 하도 골똘하게 바깥 풍경에 정신이 팔려 있자 남자는 그렇게 혼잣말처럼 중얼대고는 비어 있는 딴 자리를 찾아 옮겨가버렸다. 평일이라 그런지 드문드문 꽤 많은 좌석이 비어 있었다. 유나는 남자의 기발한 것 같으면서도 통속적인 상상력에 쓴웃음을 지었다.

올케 생각이 났다. 친정에서 사흘 밤을 잤으나 부모님이 돌아가신 후의 친정은 이미 친정이 아니었다. 뿌르르 친정으로 달려갔다곤 하나 워낙 기가 센 유나는 신세 한탄 같은 거 할 생각은 처음부터 없었다. 단지 마음을 편안하게 가라앉히고 정신없이 살아온 결혼 생활이란 걸 한번 돌이켜 생각하고 싶었고, 그러기 위해선 친정처럼 만만한 휴식처가 없을 것 같았다.

그러나 그건 오산이었다. 올케가 꼬치꼬치 묻지 않는 건 고마웠지만 유나가 둘러댄 '며칠 바람 쐬러 왔어'란 말을 곧이곧대로 믿는 척하는 태도가 더욱 견디기 힘들었다.

삼박 사일이니까 가고 오는 날 빼고도 온전히 이틀을 친정에서 보내야 했는데, 그 이틀 동안 올케는 유나를 아침부터 저녁까지 끌고 다녔다. 마침 올케는 오빠와 따로 차를 한 대 장만해 운전 솜씨에 한창 재미가 붙기 시작할 때였으니까 끌고 다닌 게 아니라 태우고 다녔다. 하루는 해운대 송정해수욕장을 거쳐 포항까지 갔다 오고, 그다음 날은 동래산성으로 해서 근방에 산재한 암자와 절을 돌아보았다.

아닌 게 아니라 바람은 실컷 쐤다. 에어콘 바람을 싫어하는 유나는 줄창 창문을 열고 바깥만 내다보았으니까. 상쾌한 바닷바람에 문득 서릿발처럼 차갑고 섬세한 가을 기운이 스며 있는 걸 느낄 때마다 마음속까지 시려서 으스스 옷깃을 여민 것 말고는 그렇게 열심히 내다본 창밖에서 무엇을 보았는지 아무것도 생각나는 게 없었다.

보기만 한 게 아니라 유명하다는 횟집, 갈비집, 멋스럽게 생긴 커피숍에도 들렀지만 올케가 손이 커졌다는 것밖엔 맛으로 생각나는 것도 없었다. 여북해야 포항의 어느 바닷가에 올케가 차를 세우고 여기가 그 유명한 토끼 꼬리라고 했을 때 유나는 반쯤 넋 나간 얼굴로 어디에 정말 토끼 꼬리가 떨어졌다는 줄 알고 땅바닥을 두리번거렸겠는가.

'며칠 바람 쐬러 왔어요'가 첫 번째 인사였듯이 개찰구를 나오면서 한 마지막 인사는 당연히 '그동안 정말 바람 잘 쐤어요'였다. 올케는 시누이한테 바람을 실컷 쐐주는 동안 끊임없이 뭐라고 지껄였지만 초보운전을 면한 운전자가 흔히 그렇듯이 남의 차의 운전 매너에 대한 비방 분개 아니면, 그 지방의 문화적 빈

곤에 대한 경멸이 대부분이었다.

올케는 오빠의 직장을 따라 그곳에 정착했을 뿐 서울 토박이였다. 올케는 어쩌면 실수로라도 시누이의 돌연한 친정 방문의 진상을 묻지 않았다. 아마 지금쯤 그런 실수를 한 번도 안 하고 시누이를 돌려보낼 수 있었다는 걸 만족스러워하며 마음껏 온갖 추측을 다 하고 즐거워하고 있으리라.

해가 설핏해졌다는 걸 느낄 새도 없이 63빌딩이 보였다. 기지개를 켜며 짐을 챙기는 사람들이 여기저기 보였다. 옆의 남자도 돌아와 벗어 걸었던 웃도리를 입고 선반의 짐을 내리고 있었다. 유나는 줄창 창밖만 보고 있었음에도 불구하고 63빌딩을 볼 때까지 기차가 어느 만큼 왔는지 어디를 통과하고 있는지 전혀 의식하지 않고 있었다. 시간 관념도 없었다. 무한히 오랜 무의식 상태에서 깨어난 것도 같았고 아니 벌써 서울인가 하는 기분도 들었다. 그러니까 장장네 시간을 넘어 유나의 눈길을 스친 풍경 중에서 63빌딩이 처음으로 그녀의 의식을 건드린 것이었다.

서울을 떠날 때의 같은 빌딩의 강렬한 인상 때문에 더욱 그랬다. 그때가 정확하게 몇 시였는지는 생각나지 않지만 그때처럼 그 빌딩이 찬란한 금빛으로 빛나는 걸 유나는 본 적이 없었다. 마치 이 도시가 온몸으로 신봉하는 황금의 가치의 상징처럼 그 금빛은 눈부시고 교만했고, 맵시는 날카롭고도 요요했다. 그때 유나는 남편에 대한 적의에다 그 빌딩에 대한 적의를 상승시키려고 했던 것 같다.

'내 다시는 돌아오나 봐라. 이놈의 고장에도 그놈의 집에도…….'

그런 앙심과 노여움으로 가슴속이 불같이 뜨거워졌고 눈에선 핑그르르 눈물이 그렁였었다. 그렇게 강렬한 인상으로 남아 있던 빌딩이 지금은 무슨 요술을 부린 것처럼 전혀 딴 모습을 하고 있었다. 전체적으로 부드러운 황톳빛으로 가라앉아 겸손하게 조금씩 짙어지는 주위의 황혼빛을 받아들이고 있었다.

다만 군데군데 불 켜진 창문에서 발하는 빛이 왕년의 황금빛을 연상했지만 조금도 현란하거나 거만하지 않았다. 마치 몇천 년 땅속에 묻혔다가 비로소 빛을 보는 금붙이가 흙을 닦아내기 전에도 어쩔 수 없이 순금임을 못 감추는 것처럼 신비하고 수줍게 반짝였다.

유나의 의식 속에서 지난 삼박 사일은 첨단의 고

층 건물이 풍상에 마모되어 마침내 금비녀만 해지고, 땅속 깊이 묻혀 잠자다 깨어나 어쩔 수 없이 속살을 드러내기까지의 긴긴 영겁과 헷갈렸다.

"구경 잘 하셨습니까? 뭐니 뭐니 해도 우리나라만치 아기자기하고 싫증 안 나는 금수강산도 없을걸요."

남자가 이렇게 마지막 인사말을 하고 먼저 통로로 나갔다. 남자는 그렇게 말해놓고 나서 유나가 우리말을 못 알아들을지도 모른다고 생각한 것 같았다. 다시 한번 뒤돌아보면서 서양 사람들이 흔히 하듯 어깨를 으쓱하면서 두 팔을 펴 보이는 동작을 하곤 씩 웃었다. 유나도 별수 없이 따라 웃었다. 꽤 괜찮게 생긴 남자였다.

그러나 유나가 웃은 건 남자에 대해서가 아니라 자신에 대해서였다. 유나는 남편에 대해 불평이 많았고, 실망을 수없이 했고, 절망도 몇 번 한 푼수로는 딴 남자에 대한 관심이 전혀 없었다. 지난 네 시간 동안만 해도 그 남자가 꽤 괜찮은 남자라는 걸 처음부터 알았더라면 네 시간의 내용이 확 달라졌을 수도 있으련만.

그러나 그녀는 남자로부터 등을 돌리고 바깥만 바라보았다. 금수강산 같은 것에 관심이 있어서가 아니었다. 네 시간 동안을 지루한 줄도 심심한 줄도 모르고 보낼 수 있었던 건 남편에 대한 분노와, 전혀 예기치 못한 가운데 깨닫게 된 자신의 처지에 대한 비애였다. 유나가 삼박 사일 동안 집 떠나 있었던 것은 자발적인 것이 아니었다. 그녀는 내쫓겼던 것이다. 지난 일요일날 유나가 친구의 농장이 있는 양평까지 갔다가 돌아온 건 자정이 가까운 시간이었다. 그 친구는 유나 말고도 다섯 명의 친구를 더 초대했었다. 오전 열 시에 기차로 청량리역을 출발해서 양평역에 내려 친구의 농장까지 십 킬로미터 길을 택시 두 대에 나누어 타고 갔다.

취미로 하는 농장이라 천 평 남짓했지만 심은 밭작물의 종류는 열 가지도 넘었다. 고추, 들깨, 참깨, 가지, 무, 배추, 옥수수, 포도, 감자, 파, 상추 등등. 옥수수 따서 쪄 먹고 점심 해 먹고, 고추 따주고, 배추 무 솎아주고 수다 떨고 나니 해가 설핏했다. 서로 마음이 통하는 친구들이었고 농촌에 대한 막연한 동경 또한 공통으로 가지고 있었기 때문에 마음껏 즐거운 날이었다. 시간 가는 줄 모르다가 막상 해 떨어진 후에 귀가를 서두르다 보니 그렇게 되고 말았다.

읍내까지 전화를 해서 택시를 불러 타고, 기차는 막차가 이미 떠났다고 해서 시외버스로 갈아탄 게 상봉동 터미널까지 줄창 밀려서 열 시가 넘어서야 도착했고, 어렵게 택시를 잡아 수유리까지 왔으니 그렇게 늦을 수밖에.

농장에서 읍내로 택시 부를 때부터 늦을 것 같은 예감이 있었는지라 집에 전화를 걸어두었기 때문에 식구들이 너무 근심할 거란 걱정은 안 하고 있었다. 그래도 남편이 혹시나 골목 밖까지 마중 나와 있지 않을까 하는 기대는 하고 있었다. 골목이 길고 어두웠기 때문이다.

남편은 마중 나와 있지 않았지만 집은 아래 위층에 다 불이 환했다. 그러나 아무리 초인종을 눌러도 안에선 아무런 인기척이 없었다. 나중엔 '여보 나예요' 하고 남편을 불러보았고 '진아야, 진석아' 하고 아이 이름을 부르면서 철문을 쾅쾅 주먹으로 두들겨도 보았다.

그러나 문을 열러 나오는 대신 이 층 창문으로 남편이 왔다 갔다 하는 그림자가 비쳤다. 잠이 들어서 안 열어주는 게 아니니 소란 피우지 말라는 무언의 공갈처럼 보였다.

유나는 그제서야 비로소 자신이 내쫓겼다는 걸 알아차렸다. 세상에 이럴 수가. 아들딸 낳고 십육 년을 살아오는 사이에 어찌 싸운 적이 없었을까. 특히 남편은 전형적인 한국 남자여서 자기중심적이고 강압적이고 아내는 길들이기 나름이란 생각을 갖고 있었고, 유나는 금전적으로 딴 주머니 찰 줄은 몰랐지만, 남편한테도 내줄 수 없는 게 있을 수 있다는 자아의식 같은 것에 투철했는지라 말다툼이 심각해질 적도 있었다.

그럴 땐 일방적인 거긴 하지만 유나는 이혼까지도 생각 안 해본 바 아니었다. 그러나 집은 어디까지나 '우리 집'이었다. '우리' 속엔 아이들도 포함됐지만 마지막까지 남은 우리는 역시 부부였다.

예전엔 국민주택이라 불리던 수유리의 작은 집은 대지가 넓어서 칠십 평이나 되었다. 너도 나도 아파트 선호하던 때 그걸 헐값에 사들여 칠 년을 살다가 지금처럼 아름답고 기능적인 이층집을 신축하기까지 유나는 얼마나 공을 들이고 연구하고 절약하고 또 꿈을 꾸었는지 모른다. 그래서 유나의 집은 인근에서도 잘 지은 걸로 이름나 여성지에 아마추어가 설계한 가장 아름다운 집으로 소개된 적도 있었다. 유나는 '우리 집'이라는 소유 의식은 물론 긍지 또한 만만치가 않았다.

감히 우리 집에서 누가 나를 내쫓을 수가 있단 말인가. 편의상 집 명의가 남편 걸로 돼 있긴 하지만 실질적인 소유주는 남편도 나도 아닌 우리라고 유나는 굳게 믿고 있었고, 그게 사실이기도 했다.

우리 집에서 내가 내쫓긴 사건은 그래서 유나에겐 하늘에서 떨어진 날벼락만큼이나 놀랍고 억울하고 분통 터지는 재앙이었다. 그날 유나는 담을 넘을 수도 있었다. 그들의 집 담장은 낮았고 철조망이 없었고, 발판으로 딱 알맞은 높이의 쓰레기통이 담 밑에 있었다.

그러나 우리 집을 도둑처럼 담을 넘어 들어가는 건 유나의 자존심이 허락하지 않았다. 내쫓긴 유나가 삼박 사일 동안 줄창 생각해온 것도 우리 집이 과연 뉘 집이나였지만 나아가서는 그녀가 거의 신성시하며 종사해온 주부직에 대한 걷잡을 수 없는 환멸이었다.

그녀의 아름다운 집은 오늘도 아래위층을 다 환

히 불 밝히고 있었다. 정원의 수은등이 수목의 그림자를 망사 베일처럼 그녀의 얼굴에 덮어씌웠다. 그녀는 아득하고 그리운 마음을 억제하며 초인종을 눌렀다. 아래층에서 아이들과 남편이 왔다 갔다 하는 게 유리창으로 비쳤다. 그러나 아무도 문을 열러 나오지 않았다. 그녀는 마침내 담을 넘을 작정을 했다. 점령당한 성을 탈환하려는 용사처럼 씩씩하게 쓰레기통으로 올라서려는데 안에서 들창문이 열리더니 딸 진아가 머리를 내밀고 말했다.

"엄마, 대문 안 잠겼어요."

대문은 정말 안 잠겨 있었다. 손을 대자 부드럽게 열렸다. 사흘 전에도 열려 있었던 게 아닐까. 유나는 그날 쾅쾅 두드려도 안 열렸던걸 벌써 잊어버리고 그렇게 눙쳐 생각했다.

거실에선 남매가 다리를 꼬고 앉아 텔레비전을 보고 있고 남편은 부엌에서 분주하게 반찬을 만들고 있었다. 유나가 좋아하는 솎음배춧국 끓는 냄새가 구수했다.

"진아야, 넌 뭘 하고 아빠가 부엌일까지 하시게 하니?"

유나는 앞뒤 생각 없이 뾰족한 목소리로 우선 딸

아이부터 나무랐다.

"엄만 괜히 그래. 오늘 아침까지도 제가 밥 짓고 빨래하고 다 했단 말예요. 부산 외숙모한테서 전화 받으시자마자 아빠가 저한테서 앞치마 먼저 빼앗아 입으시고 저 야단이신 걸 어쩌란 말예요."

어떤 화해

막 드라이어를 꽂고 머리를 말리려는데 전화가 왔다.

"하영이니? 나야, 나. 상호."

하영이 "여보세요" 하자마자 상대방은 대뜸 말부터 놓으며 반색을 했다. 하영 역시 상호의 목소리를 듣자 가슴이 건잡을 수 없이 울렁거렸지만 재빠르게 자기 보호 본능부터 발동되는 걸 어쩔 수가 없었다. 그 여자는 애써 데면데면한 목소리를 꾸몄다.

"아, 상호 씨, 어쩐 일이에요?"

서로 대등하게 하영아, 상호야 하던 사이였음에도 불구하고 하영은 무의식적으로 그렇게 하면서 일부러 드라이어를 껐다, 켰다 했다. 기계의 지이익 하는 소음이, 자신의 목소리를 통해 드러날지도 모를 반가움과 원망 같은 감정을 얼버무려주기를 바랐다.

“하영 씨 맞아요? 내가 좋아한 하영 씨 말요.”

상호도 그들이 엊그저께 헤어진 사이가 아니란 게 비로소 생각난 양 점잖게 탐색하는 목소리로 변했다. 정확하게 일 년 만이었다. 하영은 대답 대신 시큰둥한 코웃음을 쳤다.

“맞군요. 하영 씨 좌우지간 우리 만납시다. 자세한 얘기는 만나서 합시다.”

“만나서 할 얘기가 뭐 있어요.”

“난 아직 한마디도 못 했어요. 말 한마디 못 하고 당하고만 있을 순 없잖소.”

“당했다구요? 누가 누구한테 할 소린지 모르겠네. 참 기가 막혀서.”

하영은 떨리는 목소리를 감추려고 또 드라이어를 켜면서 말했다.

“그럼 하영 씨가 당했단 말요? 내가 뭘 어쨌기에…….”

“암튼, 우린 끝난 거 아네요?”

기어코 하영의 말끝에 울음이 섞였다.

"바보같이, 누구 맘대로."

상호의 부드러운 저음에도 비로소 탐색하는 투가 가시고 왕년의 친밀하고 따뜻한 성품이 드러났다. 하영은 드라이어를 껐다 켰다 하는 대신 자신의 마음이 힘없이 무너져내리는 걸 느꼈다. 그동안 얼마나 힘들게 도사려 먹은 마음인데.

"어디로 나올래요?"

"언제?"

"언제라니. 지금부터 당장 서둘러 나와요."

"어디로?"

"장소도 나더러 정하라구? 그러지. 호암미술관에서 만날까? 마침 놓치고 싶지 않은 전시회가 있는데. 밖에서 서성대지 말고 안에서 그림 보고 있어. 내가 먼저 가더라도 그렇게 하도록 할게."

거기서 열리고 있는 이응로전은 하영도 보러 가야지 벼르고 있던 거였다. 하영이 상고商高를 나와 직장 생활을 한 지 벌써 십 년째지만 어렸을 때부터의 꿈은 화가가 되는 거였다. 홀어머니 모시고 동생들 뒷바라지하느라 미래를 일찌감치 단념했을 때의 아픈 마음을 상호한테 얘기한 적이 있었던가. 오랜만에 재회하는 장소를 미술관으로 정한 것도 우연이 아니라 상호의 따뜻하고 치밀한 계획이라고 여기고 싶은 게 하영의 마음이었다.

"내가 왜 이러지? 참 별꼴이야."

하영은 자신의 처지와 또 서른 살이란 나이까지 한꺼번에 돌이켜보면서 쓴웃음을 지었다. 뒤늦게나마 속 차리자고 모질게 먹은 마음이 전화 한 통으로 무너져버린 게 어처구니없었지만 이미 마음은 들떠 머리도 말리는 둥 마는 둥 외출 준비를 서둘렀다.

상호와 하영이 알게 된 것은 누가 두 사람을 소개해줬다거나, 어려서 한 동네에 살았다든가, 국민학교 동창이라는 게 문득 생각났다든가 하는 등의 사연은 전혀 없었다. 하영이 상호를 처음 만날 무렵에 살던 동네는 버스 종점에서도 한 정거장가량 더 가야 하는 재개발 지역이었는데, 그쪽에 인구가 늘어나면서 버스가 한 대씩 걸러 그 동네까지 연장 운행을 했다. 그러나 하영네 회사는 두세 시간쯤 연장 근무는 보통이어서 귀가 시간은 대개 열한 시가 가까웠고 그 시간엔 연장 노선도 텅 비게 마련이었다. 혼자 남았을 땐 운전기사한테 미안하기도 하고 좀 무섭기도 했기 때문에 동행이 생기면 그렇게 반가울 수가 없었다. 하영과 상호는 그 연장 노선에 단둘이 남게 됨으로써 서로 쓸쓸하고 친밀한 웃음을 교환하다 보니 한두 마디 말도 하게 되고 내려서 집 앞까지 같이 걷게도 된 그런 사이였다. 하영네는 밋밋한 산동네인 재개발 지역 중턱쯤에 있었지만 상호네는 꼭대기라고 했다. 늘 집 앞까지 바래다주고 올라갔다. 곧 서로 통성명하게 되고 서로 뭐 해 먹고 사는 사람들인가 정도는 알고 지내게 되었다. 가끔 상호가 하영네 회사로 점심시간에 전화를 걸어오기도 했다. 점심은 번번이 하영이 샀다. 상호는 대학까지 나왔지만 고시 공부 중이라고 했다. 그동안 세 번 낙방을 했다던가.

불우한 환경의 청소년치고 커서 판·검사나 의사가 되겠다고 악을 써보지 않은 청소년이 있을까. 어린 나이의 그 길은 이 사회에 복수하는 가장 가깝고 확실한 길처럼 보이지만 실은 얼마나 불확실하고도 먼 길일까. 하영은 그걸 알기 때문에 상호의 허황한 꿈이 못내 안쓰러웠고 저절로 꿈 깰 날이 오겠지 싶으면서도 굳이 흔들어 깨우고 싶진 않았다. 오히려 은근히 그의 청운의 꿈을 옹호하고 보듬어 안음으로

써 그를 사랑하기 시작하고 있었다.

하영이 상호를 자기와 한 동네 사람도, 자기네처럼 가난뱅이도 아니란 걸 안 건 시내에서 데이트를 하다가 중학교 동창을 만난 사건에서 비롯됐다. 중학교 때도 별로 친하지 않았던 그 화려한 동창은 하영에게는 '응, 너니?' 하는 정도로 간단하게 턱으로 인사를 하고 나서 주로 상호하고 주거니받거니 한바탕 수다를 떨었는데 그들의 수다를 통해 비로소 하영은 아직 모르고 있던 상호의 정체를 알게 되었다. 그의 아버지는 학문적으로도, 세속적으로도 세상에 잘 알려진 대학교수였고 따라서 그가 거처하고 있는 산동네는 그의 본집이 아니었다.

그는 그 너머의 암자에서 고시 공부를 하고 있을 뿐이란 걸 안 하영은 심한 배반감을 느꼈다. 상호가 자기를 말로 속인 건 한마디도 없었기 때문에 더욱 교묘하게 속은 것처럼 느꼈고, 그 후 얼마 있다 신문 지상에서 알게 된 그의 고시 합격은 하영으로 하여금 어렵고 뼈아픈 결심을 하도록 했다. 하영은 집과 회사를 거의 동시에 옮겼다.

300호는 됨 직한 그림 앞에 하영은 망연히 서 있

었다. 멀리서 보기에 한지에 먹물을 흩뿌려놓은 것 같았지만 가까이에서 보니 먹물들은 수없는 사람들이었다. 사람들이 넓고 넓은 광장으로 뛰어나와 어우러져 환희에 넘치는 춤을 추고 있었다. 저 사람들은 왜 저렇게 좋아할까? 만나서? 그래 단지 만나서 좋아하고 있을 뿐이다. 하영이 그렇게 생각하고 있을 때 상호가 뒤에서 그녀의 어깨에 손을 얹었다. 돌아다본 상호는 여전히 허름하고 따뜻해 보였다.

"하영아 너도 이 그림이 좋냐? 나도 이게 제일 좋더라."

상호는 마치 어제 헤어졌다 만난 것처럼 예사롭게 말했다.

"자기는 나보다 먼저 이 전시회를 봤나 보지? 내가 보기엔 별로네 뭐."

하영은 괜히 심술이 나서 이렇게 타박을 했다.

"아까부터 지켜봤는데 십 분은 넘어 이 그림 앞에서 있던데, 별로인 그림을 왜 그렇게 오래 보냐?"

"사람 수를 세고 있었지, 그림 감상한 줄 알아?"

"남북한을 다 합친 사람들을 어떻게 일일이 세냐?"

"남북한을 다 합친 사람이라구?"

"그래. 조국 분단의 설움을 가장 혹독하게 맛본 노老화백은 말년에 저런 방법으로 화해의 꿈을 꾼 거야. 꿈을 꾸는 것조차 용기에 속했던 그 끔찍한 분단의 벽도 지금 현실적으로 허물어지고 있는 마당에 우리 사이에 그 알량한 학력의 벽, 빈부의 벽을 마냥 고집하기냐? 이 바보야."

그렇게 감미로운 '바보'라는 소리는 생전 처음이었다.

할머니는 우리 편

우리 집은 이사를 참 자주 다닙니다. 내가 이사가 뭐라는 걸 알 만큼 철이 나고 나서도 벌써 세 번이나 이사를 했습니다. 나는 지금 국민학교 삼 학년밖에 안 됐는데 그동안에 전학을 두 번이나 해보았습니다. 그러나 나는 이사가 싫다거나 좋다거나 하는 생각을 따로 해본 적은 없습니다. 이사는 아주 큰일이니까 어른들이 알아서 할 일이지 아이들이 참견할 일은 아니라고 생각합니다. 내가 태어난 집은 셋방이었다고 하는데 물론 나는 그 집이 생각나지 않습니다. 내가 세 살 때 처음 장만했다는 집도 잘 생각나지 않습니다. 내가 생각나는 집은 방이 둘 있고 봄이면 베란다에 피튜

니아꽃이 색색으로 피던 아파트입니다. 그 집으로 이사할 때 생각도 어렴풋이 납니다. 엄마는 연탄불을 안 갈아도 되는 아파트로 간다고 좋아했지만 나는 앞으로도 뒤로도 똑같은 아파트만 보이는 동네가 참 심심할 것 같았습니다. 그러나 그 집에서 나는 유치원도 다니고 국민학교에 입학도 하면서 많은 친구들을 사귀었기 때문에 곧 심심하지 않게 되었습니다. 일 학년이 끝나고 이 학년이 시작될 무렵 우리는 방이 셋 있는 아파트로 이사를 갔습니다. 학교도 전학을 했습니다. 친척들이 우리가 이사 간 아파트에 와보고 이 집은 참 빨리빨리 부자가 된다고 부러워했습니다. 엄마는 "부자는요. 현주가 곧 육 학년이 될 테니까 공부방을 따로 주려고 좀 무리를 해서 장만했답니다"라고 겸사의 말씀을 했지만 속으론 은근히 뽐내고 싶은가 봅니다. 싱글벙글 입을 못 다물고 좋아했습니다.

현주는 우리 누나이고 그때까지 할머니하고 같은 방을 쓰고, 나는 엄마, 아빠하고 같은 방을 썼었는데 누나에게 독방이 생기면서 내가 할머니하고 같은 방을 쓰게 됐습니다. 엄마는 나도 혼자 쓰는 공부방을 가질 수 있도록 한 번만 더 이사를 가야겠다고 했지만 나는 할머니와 같은 방을 쓰는 게 조금도 싫지 않았습니다. 할머니는 삼촌이나 고모들이 할머니 잡수시라고 사온 과자나 과일을 숨겨놓았다가 내가 입이 궁금할 때라든지 기분이 언짢을 때를 영락없이 알아맞히시고 꺼내 주시곤 했습니다. 이렇게 맛있는 걸 얻어먹을 수 있어서 할머니가 좋은 건 아닙니다. 만일 그렇다면 돼지밖에 더 되겠어요? 할머니의 정말 좋은 점은 내가 학교나 밖에서 보고 느낀 걸 할머니도 똑같이 느껴주시는 겁니다. 이를테면 내가 좋아하는 친구를 할머니는 본 적도 없으시면서 좋아해주시고 내가 싫어하는 친구는 할머니도 싫어해주시는 겁니다. 물론 나는 할머니와 많은 이야기를 하기 때문에 우리 반의 누구 누구는 왜 좋다는 얘기를 낱낱이 합니다. 그럼 할머니는 주의 깊게 들어주시고 나서는 얼굴 하나 가득 미소를 띠시고 이렇게 말씀하십니다.

"그 아이 참 귀엽고 될 성부른 녀석이로구나. 할머니 마음에 꼭 드는구나."

그러고는 자주 그 아이 얘기를 하고 싶어 하시고 나보다 더 의리 있게 그 아이를 좋아해주십니다. 또 내가 도무지 좋아할 수 없는 아이에 대해선 더 자세히 알고 싶어 하십니다. 할머니가 하도 꼬치꼬치 싫어하는 까닭을 물으시면 귀찮기도 하지만 싫어하는 까닭이 아무 근거도 없고, 이치에 맞지 않는다는 걸 깨닫게 될 때도 있습니다. 그러면 그 아이를 미워하는 마음이 슬그머니 없어지기도 합니다. 그러나 간혹 싫어하는 까닭이 더욱 분명해질 때도 있습니다. 그럴 때는 영락없이 할머니도 나의 싫어하는 마음에 공감해주실 때입니다. 그럴 때 할머니는 슬픈 듯이 이렇게 말씀하십니다.

"그래그래, 그런 비겁한 아이하곤 상종을 안 하는 게 좋겠다."

"그래그래, 그렇게 거짓말을 잘하는 아이하곤 안 노는 게 좋겠다."

이렇게 할머니는 내 친구들에 대해 뭐든지 다 알고 계시고 나와 똑같은 생각을 하고 계셔서 나는 할머니를 내 친구와 한 사람인 줄 착각할 때도 있습니다. 친구 중에서도 마음이 잘 통하는 친구처럼 공감을 같이 나눌 할머니가 계시다는 건 참으로 행복한 일입니다.

나는 이렇게 할머니하고 같은 방을 쓰는 게 조금

도 싫거나 불편하지 않았는데도 엄마는 나에게도 독방을 갖게 하는 게 소원이었습니다. 엄마의 소원은 내가 삼 학년 때 이루어져서 우리는 또 이사를 하게 되었습니다. 방이 하나 더 늘어나서 방 네 개짜리 아파트로 말입니다. 할머니와 나는 서로 딴 방을 쓰게 된 것을 잠깐 언짢아했을 뿐 곧 새집을 좋아하게 되었습니다. 이번 아파트는 앞으로도 뒤로도 아파트만 보이는 그런 답답한 동네가 아니고 베란다에 나가면 넓은 들판과 작은 집들과 저 멀리 산들이 보였기 때문입니다. 들판에는 밭도 있지만 그냥 잡초가 무성한 빈 땅도 있고, 시뻘건 흙이 드러난 작은 언덕도 있고 오솔길도 있습니다. 할머니와 나는 저녁나절이나 이른 새벽에 손 잡고 그 들판을 산책하기를 즐겼습니다.

"아아 오래간만에 흙 냄새, 풀 냄새를 맡으니 살 것 같구나. 이곳 경치는 할머니가 태어난 시골만은 못하지만 그래도 많이 닮았다. 길수야. 난 이곳이 좋구나. 이곳에 오래오래 살고 싶구나."

그럴 때 할머니는 그 들판에 남아 있는 큰 나무가 너울너울 춤을 추는 것처럼 생기 있고 자유스럽고 행복해 보였습니다. 내가 좋아하는 거라면 뭐든지 같이 좋아해주신 할머니입니다. 할머니가 좋아하시는 게 난들 안 좋을 리가 있겠습니까? 또 그 들판에서 나는 새로운 할머니를 발견했습니다. 할머니가 그렇게 훌륭한 자연 선생님이라는 걸 처음 알았습니다. 내가 자연책에서 그림으로만 알고 있는 풀과 채소의 이름을 할머니는 그 들판의 자연 속에서 찾아내어 보여주셨을 뿐 아니라 자연책에도 없는 온갖 풀이름을 알고 계셨습니다. 토끼풀과 사금파리가 어떻게 다른가는 실제로 봐야지 그림으로는 도저히 나타낼 수 없다는 것도 알게 되었습니다. 할머니는 달개비 이파리로 풀피리를 만드는 법도 가르쳐주셨고 쇠비름 뿌리로 '신랑방에 불 켜라, 각시방에 불 켜라' 하는 놀이를 할 수 있다는 것도 가르쳐주셨습니다. 오이와 호박이 어떻게 덩굴을 뻗고 어떻게 열매를 맺나, 잎과 꽃이 서로 어떻게 다른가도 실제로 보면서 배울 수가 있었습니다. 어른들이 못생기거나 늙은 여자를 보고 호박꽃이라기에 미운 꽃인 줄 알았더니 아주 환하고 예쁜 꽃이었습니다. 어린 호박이 달린 암꽃은 특히 예뻤습니다.

이렇게 한바탕 들판을 헤매고 나면 마음이 상쾌해지면서 몸속 깊은 곳에서 맑은 샘물 같은 기운이

솟는 걸 느낄 수가 있었습니다. 할머니와 나는 들판을 내다볼 수 있는 새 아파트가 마음에 쏙 들어 다시는 이사 가고 싶지가 않았습니다.

그러나 엄마는 이사 오자마자 또 이사 갈 궁리부터 하고 있다는 걸 알게 되었습니다. 어머니는 들판에 있는 작은 집들이 마음에 안 드나 봅니다. 아닌 게 아니라 거기 있는 집들은 작을 뿐 아니라 불결합니다. 하수도도 제대로 되어 있지 않고, 화장실은 몇 집에서 같이 쓰는데도 작고 수세식도 아닙니다. 나도 그런 집 앞을 지날 때면 얼굴이 조금 찡그려집니다. 엄마는 그 집들이 무허가 건물이라 언젠가는 헐릴 테지만 헐릴 때까지도 못 참겠다고 불평을 합니다.

"싼 맛에 이사를 왔더니만 싼 게 비지떡이지, 아유 이 파리 좀 봐. 밤엔 모기가 잉잉대고……."

엄마는 파리도 모기도 그 밖의 못된 것은 다 그 무허가 집들로부터 온다고 생각합니다. 그러니까 그런 집에 사는 아이들과 누나나 내가 같은 학교에 다니는 것도 불만입니다.

"더 작은 아파트로 가서 길수가 또 할머니하고 같은 방을 쓰는 한이 있어도 이사를 가야겠어요. 학군을 봐야 하는 건데, 여긴 학군이 틀렸단 말예요."

엄마가 아빠한테 이렇게 불평하는 걸 들을 수 있었습니다. 엄마와는 달리 나는 새 아파트는 물론 전학한 학교도 여간 마음에 들지 않았습니다. 특히 우리 반 반장은 내 마음에 쏙 들었습니다. 처음엔 건강하고 늠름한 덩치가 참 믿음직스럽다고 생각했습니다. 그리고 속으로 저 믿음직스러운 덩치 때문에 반장으로 뽑혔으리라고 짐작했습니다. 사귀어보니 그게 아니었습니다. 덩치가 큰 만큼 마음도 커서 누구나 그 아이 마음에 들어갈 수가 있었습니다. 내가 싫어하는 비겁한 아이나 거짓말 잘 시키는 아이까지도 받아들일 여유를 그 아이는 가지고 있었습니다. 뿐만 아니라 그 아이는 공부도 잘했습니다. 줄창 일등은 아니었지만 줄창 일등짜리처럼 점수에 안달을 안 하고도 좋은 성적이 나왔기 때문에 더욱 그 아이의 공부가 돋보였습니다. 내가 반장을 좋아하는 마음속에는 존경까지 섞여 있었습니다. 친구를 존경한다면 이상하게 들릴지 모르지만 나는 그게 조금도 이상하지 않았습니다. 존경이 섞이지 않은 우정은 우정도 아니라는 건방진 마음까지 들었으니까요.

어느 날 아침이었습니다. 일요일이라 늦잠을 자고 싶은데 새벽잠이 없으신 할머니가 나를 깨우셨습니다. "길수야 할머니하고 산책 가자. 할머니 호박이 더 컸나 길수 호박이 더 컸나 가서 봐주자꾸나." 요전 일요일날 할머니하고 나는 비슷하게 예쁜 애호박을 각각 하나씩 자기 호박으로 정해놓고 누가 먼저 크나 경쟁을 시키기로 한 것입니다. 나는 아이들과 다름없이 장난꾸러기처럼 반짝이는 할머니의 눈빛에 이끌려 아침잠을 쫓고 들판으로 산책을 나갔습니다. 거기서 반장을 만난 것입니다. 우리들의 호박이 자라고 있는 밭에 반장이 물을 주고 있었습니다. 가뭄이 계속되고 있어 타들어가던 채소밭이 그 아이가 뿌려주는 물을 머금고 싱그럽게 살아나고 있었습니다.

"너도 우리 아파트에 사는구나?"

나는 반가워서 소리질렀습니다.

"아니야, 우리 집은 바로 조오기야."

반장은 호박밭 머리에 있는 조그만 집을 가리켰습니다. 그 아이는 무허가 집에 살고 있었습니다. 무허가 동네는 파리나 모기나 그 밖의 나쁜 것들만 키워내는 줄 알았더니, 그 아이처럼 건강하고 마음씨가 넓고 공부 잘하는 아이도 키워내고 있었습니다. 사람 사는 집은 다 비슷하단 사실이 놀랍고 유쾌했습니다. 그날은 일요일이라 바삐 집에 돌아가지 않아도 되기 때문에 나는 신이 나서 할머니에게 그 아이 얘기를 오래할 수가 있었습니다. 할머니가 그 아이를 좋아하시게 된 것은 말할 것도 없습니다.

엄마는 학군이 나쁘다는 핑계로 또 우리 집을 팔려고 하자 할머니가 아빠와 엄마를 같이 불러놓고 말씀하셨습니다.

"아범아, 그리고 어멈도 듣거라. 여기처럼 좋은 학군은 다시없을 게다. 전번 학교도, 그 전번 학교도 너희들은 부잣집 아이만 반장 시킨다고 얼마나 불평이 많았니? 그게 너희들의 오해든 아니든 듣기 싫었었는데 이 학교는 얼마나 좋으냐? 조오기 들판에 무허가 오두막에 사는 아이가, 글쎄 길수 반 반장이라지 뭐냐? 길수는 그 아이를 깊이 좋아하고 있단다. 나도 그 아이가 좋다. 길수를 그 아이와 오래 사귀게 하고 싶고 그 좋은 학교에서 졸업시키고 싶다. 난 이사에 반대다."

할머니가 그때처럼 권위 있어 보인 적도 없습니

다. 아빠, 엄마가 감히 반대할 엄두도 못 낼 만큼 권위 있어 보이는 할머니가 내 편이라는 건 너무도 든든한 일이었습니다.

마지막 생신

혜경은 사위를 둘이나 보았고 며느릿감도 고르는 중이었으나 아직도 시집살이를 못 면하고 있었다. 네 형제의 맏며느리로 시어머님을 모시고 있는 데다 같은 서울 장안에 살고 있는 둘째, 셋째, 넷째 집하고 형제간 동서간에 우애를 돈독히 하는 일도 소홀히 할 수 없으니 그야말로 상봉하솔上奉下率의 무거운 책임을 지고 있었다. 시어머니 생신을 사흘 앞두고 통김치 속을 버무리면서도 혜경은 먼저 작은 접시에 덜어다가 시어머님께 간을 봐주십사고 아뢰는 걸 잊지 않았다. 음식 솜씨로는 이미 일가 문중에서 소문난 혜경이었지만 매사에 그분의 결재를 거치는 게 뒤탈이 없다는 걸 알고 있었다.

"어머님, 속 버무린 것 간 좀 봐주시겠어요? 빛깔은 어떻습니까? 어머님 보시기에 덜 고우면 고춧가루를 더 넣겠습니다."

팔순이 가까운 시어머니는 눈도 침침하고 기억력이나 미각도 믿을 만하지 못했지만 집안 돌아가는 크고 작은 일 중에서 잘못된 거 꼬집어내는 데는 영락이 없었다. 냠냠 맛을 보시더니,

"왜 이렇게 얕은맛이 없냐? 뭐가 빠진 것 같다."

"뭘까요? 어머님. 화학조미료는 어머님이 싫어하셔서 안 쳤습니다만……."

"그런 요망한 양념은 나 죽거든 실컷 처먹어. 알았냐?"

"돌아가시긴요, 어머님도……."

"굴은 넣었냐?"

"예?"

"생굴 말야. 배춧속 버무리는 데는 굴이 들어가야 제맛이 나느니, 보아하니 안 넣었구나. 그래서 맛이 이렇게 덤덤했던 게야. 내 입맛은 못 속인다. 지금이라도 휘딱 사다 넣도록 해라. 굴 한 근에 얼마나 간다

고 그걸 아끼냐 아끼길."

"아껴서가 아니라 어머님."

"듣기 싫다. 시어머니가 살면 며칠이나 더 살겠다고. 요새는 내가 부쩍 근력이 없고 어질어질한 게 올해가 마지막 생일인 듯싶다."

"어머님, 그럴 리가 있겠습니까. 올가을엔 보약을 지어 올리겠으니 부디 그런 약한 마음 잡숫지 마세요, 어머님."

혜경은 그렇게 간곡하게 말하면서 일어섰다. 돈이 아까워서가 아니라 그 동네 시장엔 아직 굴이 안 나와 못 샀다. 얼른 버스 타고 큰 시장으로 가봐야지 싶었다. 9월 초순이어서 굴이 흔할 때가 아니었다. 버무려놓은 속을 덮어놓고 씻는데 시어머니가 아장아장 걸어나왔다.

"김치 담그다 말고 어딜 가려고?"

"굴을 사러 빨리 다녀올까 하구요."

"칠칠치 못하게 속을 버무리다가 말고 굴을 사러 가? 관둬, 버무려놓은 속에서 김 나가면 김치맛 아주 버린다. 그건 그렇고 둘째 애는 뭘 해온다던?"

"작년이나 마찬가지로 갈비찜하고 잡채를 해오라

고 했습니다."

"셋째 애는?"

"거기도 작년처럼 빈대떡과 전유어를 해오기로 했습니다."

"막내네 고년은 뭘 해온다던?"

시어머님은 형들과 나이 차이가 많은 막내를 제일 애지중지 키워, 늦게 장가를 들여서 그런지 막내며느리를 제일 미워해서 툭하면 년자를 놓았다.

"떡이랑 케이크를 해온다고 했습니다."

"흥, 제깐 년이 떡이나 할 줄 아나. 어디 가서 맞춰오겠지."

"아무려면 어떻습니까. 작년에도 그 동서가 해온 떡이 어머님 친구분들의 칭찬을 제일 많이 들었잖습니까."

"그 할망구들이 정말 맛이 있어서 칭찬한 줄 아냐? 얘는 아무것도 모르고……."

"그러면 어머님?"

"고년이 워낙 손이 작아서 여간 쬐금 해왔어. 뉘 코에 다 붙였는지 모르게 없어졌으니 맛있는 거 같을 수밖에."

"어머님, 그럴 리가 있습니까요. 조금씩이지만 손자들 갖다 주시도록 싸드리기까지 한 생각이 나는데요."

"애 좀 봐. 원체 씨알 꼽재기만치 해온 걸 싸주기까지 했다고 우기는 것 좀 보게나. 오냐 잘 한다. 동서 역성드느라 시에미는 숫제 개천 구덩이에다 처넣는구나."

노인네가 입가에 거품을 물고 흥분했다.

"아, 아닙니다. 어머님 고정하십시오. 제가 뭘 잘못 알았나 봅니다."

"듣기 싫다. 고년한테 당장 전화해서 일러두거라. 남 부끄럽지 않게 좀 푸짐하게 해오라구. 올해가 마지막 생일인데 제년이 그것도 안 하고 배겨. 다 네 할 탓이다. 네가 시에미 생일을 대수롭지 않게 여기니까 아랫동서들도 보고 배우는 게야."

"예, 제가 잘못했어요, 어머님."

혜경은 막내동서가 오늘쯤 떡을 맞추러 나갈 것 같아 시어머니를 달래서 들여보내자마자 전화부터 걸었다. 떡을 작년보다 넉넉히 해오라는 말에 막내는 발끈했다.

"형님, 요새 누가 떡을 그렇게 먹는다고 그러세요. 작년에도 노인정 노인네들 다 청해다 보따리 보따리 싸주고도 남은 거 형님 댁 냉장고에서 추석 때까지 굴러다니던데……."

"그랬던가. 내 생각에도 넉넉히 쓴 것 같은데 어머님이 부득부득 저러시니 어쩌겠나. 우리가 합심해서 어머님 비위를 맞춰드려야지. 아닌 말로 어머님이 사셔야 몇 년이나 더 사시겠나. 당신도 금년이 마지막 생일이라고 자꾸만 그러시는 걸 보아하니 심상치 않네그려."

대답 대신 동서의 날카로운 차가운 웃음소리가 들렸다. 그러고 나서 한다는 소리가,

"형님, 저 더는 안 속겠어요."

"속다니 내가 자네한테 뭘 속였나?"

"올해가 마지막 생신이라고 그러신 지 벌써 몇 년 짼 줄 아세요?"

"몇 년째라니? 자네가 시집온 지 삼 년밖에 더 됐나?"

"네 그래요. 시집오던 해도 그러시더니 작년에도 그러셨어요. 올해가 마지막 생신일 거라고요? 걱정 마세요. 그 노인네 백 살은 더 사실 테니."

막내동서는 그렇게 비웃고는 저쪽에서 먼저 찰칵 전화를 끊었다. 그랬던가? 작년에도 재작년에도 그랬던가? 막내동서는 삼 년을 같은 소리를 듣고 벌써 그 말을 믿지 않는데 나는 몇 년짼가.

시어머니는 진갑 되던 해 담석 수술을 받고 나서 해마다 마지막 생신이라고 엄포를 놓았으니 이십 년 가까이 그 소리를 들어온 셈이다. 그래도 그 소리가 듣기 싫은 줄을 몰랐군. 더군다나 속고 있다는 생각 같은 걸 어찌할 수 있었을까.

혜경은 손에 맥이 빠지면서 며느리 볼 일이 갑자기 두려워졌다.

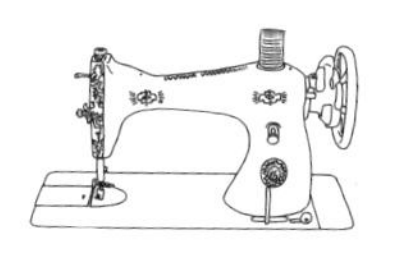

외래어 노이로제

가끔 말귀를 못 알아들을 때가 있다. 아직 귀가 어두워진 건 아니니까 똑똑히 알아듣고도 무슨 뜻인지 모른다는 얘기가 된다.

처음부터 무슨 말인지 모를 때는 그래도 괜찮은데 아주 쉬운 말을 내가 이해한 뜻과 전혀 다른 뜻으로 쓰고 있는 걸 들을 때는 소외감을 느끼게 된다. 중고등학교 정도의 또래들이 저희들끼리 찧고 까불면서 조잘대는 은어 속어 따위를 들을 때가 바로 그런 경우이다.

우리 자랄 때만 해도 어른이 들을까 봐 꺼리는 얘기는 작은 소리로 소곤대거나 어른이 못 듣는 데서 했는데 요새 젊은 애들은 저희들만의 언어를 개발함으로써 어른을 앉은자리에서 감쪽같이 소외시키는 방법을 알고 있다. 참으로 깜찍하고도 괘씸한 젊은이들이라고 아니할 수가 없다.

어찌 젊은이들뿐일까. 내가 엊그제까지도 업어주고 안아주고 이유식을 해 먹이고 걸음마와 말을 배워 준 손자 녀석도 놀이터에 나가 친구만 한두 명 사귀고 나면 벌써 못 알아들을 말을 쓴다. '제다이'니 '간담브이'니 '장고'니 하는 소리가 과자 이름인지 로봇이나 로켓 이름인지 보안관 이름인지, 아니면 이 할미한테 하는 욕인지 도무지 짐작도 할 수 없다. 그래도 젊은 애들보다는 그 어린것들이 만만한지라 창피를 무릅쓰고 그 말뜻을 물어볼 때가 있다.

"꼬마야, 아까부터 너희들 장고가 어쩌구 하는데 장고가 사람이냐 로봇이냐?"

"할머닌 그것도 몰라. 장고는 로봇 보안관이란 말이야."

이렇게 창피를 당하고도 장고의 정체를 이해한 건 아니다. 나의 구닥다리 의식으로는 보안관은 피가 통하는 사람이어야 하니까 로봇과는 대립되는 개념인데 어린이들은 아무런 갈등 없이 그 두 가지를 화합시켜 받아들이고 있다.

젊은이나 어린이들과의 이런 언어의 불통에는 편리하게도 세대차라는 방패막이가 있어 열등감까지는 안 느껴도 된다. 그러나 우리 나이나 우리보다 얼마 젊지 않은 사람들의 말귀를 못 알아들을 때는 같잖은 열등감 때문에 못 알아듣고도 알아들은 척까지 해야 되니 이 아니 서글픈 노릇인가. 그런 못 알아들을 말 중 외국에서 오래 살아온 친구들이 흔히 쓰는, 그쪽의 관용어에다 토씨나 접속사만 우리말로 하는 경우는 대강 넘겨짚어 알아듣기도 하고, 그렇지 못할 때는 그 물 건너온 티 좀 작작 내라고 핀잔을 줄 수도 있다. 그러나 상대방이 상당한 지식인이어서 유창하고 논리적인 우리말 중 못 알아들을 말이 섞이면 적어도 그게 사람 이름인지, 사람이라면 음악간가 문학간가 과학잔가? 또는 실재하는 사람인가 작중 인물인가, 아니면 새로운 주의나 경향, 사조思潮의 이름인가쯤은 짐작할 수 있어야 로미오는 읽었는데 줄리엣은 못 읽었다는 식의 실수를 안 할 수가 있다. 또 상대방을 함부로 높이 평가해 그런 학구적 상상력만 동원

할 것도 아니다. 그가 한참 도취해서 찬양하는 게 내가 모르는 예술가가 아니라 내가 못 가본 술집 이름일 수도 있고 상품의 라벨일 수도 있다.

아무튼 머리에 별로 든 게 없는 사람일수록 무식하단 소리 듣기 싫어하는 건 인지상정인지, 나 또한 그런 경우에서 한 치의 어긋남도 없는 속물 인간인지라 아는 길도 물어 가라는 속담을 무시하고 유식한 사람과의 대화에서도 모르는 걸 묻는 일 없이 눈치껏 장단을 맞춰오긴 했으니 로미오는 읽었는데 줄리엣은 안 읽었다는 실수를 안 했다는 보장은 없다.

한번은 이런 일이 있었다. 원고를 넘겨줄 장소를 피차 교통이 편한 곳으로 정한 게 시내 모 호텔 로비였다. 원고를 주고 나서 지하로 내려갔다. 다음 볼일까지 시간이 좀 있길래 지하상가에 즐비한 유명한 부티크에서 눈요기나 좀 할까 해서였다. 옷 구경보다는 촌스럽게도 옷값 구경에 연거푸 하품만 하고는, 출구를 못 찾아 이리저리 헤매다가 막다른 골목처럼 생긴 데서 미용실 문과 맞닥뜨리게 됐다. 마침 머리를 자를 때가 됐는데도 시간이 없어 차일피일하고 있을 때라 거기서 커트를 쳐볼까 하는 생각이 들었다. 우리 동네 상가에 단골로 다니는 미용실이 있지만 내 딸들의 평에 의하면 내 머리는 한마디로 촌스럽다고 했다. 호텔 미용실이니 동네보다 비싸긴 하겠지만 적어도 촌스럽게는 안 해줄 게 아닌가. 줄창 생머리로 한 달이나 두 달에 한 번 커트 치는 게 미용비의 전부인데 좀 비싸면 어떠랴 싶은 심정으로 그 낯선 미용실의 유리문을 밀었다. 실내가 너무 넓고 분위기가 사치스러워 나는 주눅이 들었었나 보다. 촌닭처럼 어색하게 굴었더니 노란 제복을 입은 소녀가 날렵하게 내 팔짱을 끼고 칸막이가 된 별실로 안내했다. 동네 미용실의 별실은 마사지실인데 그곳 별실은 커다란 옷장과 소파가 있는 탈의실이었다. 소녀는 내 코트를 벗어 옷장 속에 걸고는 스웨터도 벗으라고 했다. 나는 커트만 칠 거니까 스웨터는 입은 채로 하겠다고 말했다. 소녀는 억지로 벗으라고까지는 안 하고 스웨터 위에다 분홍색 가운을 입혀주고 나서 내 귓전에다 대고 어떤 커트로 하겠느냐고 물었다.

어떤 모양으로 커트를 치겠느냐는 건 내 차례가 되어 거울 앞 의자에 앉고 나서 묻는 게 보통 미장원에서의 순서인데 여기선 달랐다. 소녀의 말씨는 감기

듯 나긋나긋하면서도 어딘가 이국적이었다.

"애니 커트로 하시겠어요? 써센느 커트로 하시겠어요?"

소녀가 그렇게 속삭였다고 내 귀는 알아들었다. 그러나 이런 난감할 때가 있나. 그 두 종류의 커트가 도대체 어떤 모양을 의미하는지 알 턱이 없었다. 그렇다고 미장원에서 통용되는 외래어를 못 알아들은 것까지 창피해할 거야 없지 싶어 나는 용기 내어 그 두 가지 요상한 이름의 커트가 어떻게 다른가 물어보았다. 나는 그때 애니 커트와 써센느 커트를, 해방이 되고도 오랫동안 미장원에 남아 있던 우찌마끼니 소도마끼니 하는 일본말처럼 일정한 머리 모양을 가리키는 새로운 외래어인 줄 알고 물어본 거였다. 그러나 소녀의 대답은 전혀 엉뚱했다.

"애니 커트는 팔천 원이고 써센느 커트는 만 삼천 원예요."

그 소리 역시 최초의 질문처럼 매우 낮게 속삭이듯 혀를 굴려 말했다. 우리 동네 미장원에서 삼천 원에 커트 치던 나로서는 그 비싼 값도 놀라웠지만 소녀의 입가에 어린 미소가 너 따위가 팔천 원짜리밖에 더 하겠느냐고 말하는 듯해서 나는 더 물어볼 용기를 잃고 항복하듯이 비참하게 말했다.

"그럼 그 팔천 원짜리로 해주세요."

애니 커트로 해주세요, 라고 말하지 않은 건 소녀처럼 그렇게 부드럽게 혀 꼬부라진 소리를 낼 자신이 없어선지도 몰랐다. 미용실로 나가 순서를 기다리는 동안 나는 눈치껏 그 두 가지 커트가 어떻게 다른가를 알아내려고 남들이 커트 친 머리 모양을 열심히 살폈으나 도무지 어림 짐작도 할 수 없었다. 만일 남들이 치는 커트는 다 만 삼천 원짜리고 팔천 원짜리는 괴상한 머리 모양을 뜻하는 거라면 어쩌나 근심이 되는 채로 나는 긴 의자에 눕혀져서 편안히 머리를 축이고 나서 마침내 거울 앞에 앉았다. 그때 단골인 듯싶은 여자가 원피스 위에 밍크 숄만 두르고 황급히 들어와 선생님을 찾았다. 나처럼 생머리였다.

"선생님 방금 외출하셨어요. 두 시간 후에나 돌아오실 텐데……."

"어머머 두 시간씩이나…… 큰일 났네, 시간 없는데."

"그러시면 예약을 하실 걸 그랬어요."

"할 수 없지 뭐. 언니한테 부탁을 해야지. 김 언니 있지?"

내가 애니 커트, 써센느 커트로 알아들은 건 실은 언니 커트, 선생님 커트였던 것이다.

내 귀에 문제가 있는 게 아니라 내 외래어 노이로제가 문제였던 것이다.

완두콩만 한 아이

"언니 의논할 게 있어. 시간 좀 내줄래요?"

엄마가 미자 아줌마를 급하게 뒤쫓아와서 물었습니다. 열 시가 넘은 늦은 시간입니다. 엄마도 미자 아줌마도 며칠째 야근을 했기 때문에 몹시 피곤해 보입니다. 특히 미자 아줌마는 안색이 여간 안 좋은 게 아닙니다. 스물다섯밖에 안 된 처녀가 눈가는 어둡게 꺼지고 광대뼈 언저리엔 검버섯까지 돋아난 게 공들여 처바른 파운데이션에도 불구하고 여실히 보입니다. 엄마는 자기 근심도 깜박 잊고 이런 미자 아줌마가 안됐다고 생각하면서 시간을 빼앗으려 한 걸 후회합니다. 나도 엄마가 그동안 얼마나 고민해왔다는 걸 알고 있으면서도 왜 하필 미자 아줌마하고 의논하려는 걸까 그게 도무지 싫고 못마땅합니다. 미자 아줌마가 나쁜 사람이어서가 아닙니다. 나쁜 사람이기는커녕 너무 좋아서 탈입니다. 지금도 빨리 집에 가서 자고 싶어 걸으면서도 눈꺼풀이 내리누르는 것만 같아도 엄마의 청을 거절하지 못합니다. 두 사람은 허름한 국숫집 구석 자리에 마주 앉았습니다. 유부국수가 나올 때까지도 엄마는 슬픈 얼굴로 말이 없습니다. 미자 아줌마는 하품하다가 국수가 나오자 아귀아귀 먹기 시작합니다. 그러나 엄마는 헛구역질이 나서 국수 그릇을 아줌마 앞으로 밀어놓습니다. 공장의 오늘 점심 메뉴는 오래간만에 갈비탕이었는데도 엄마는 입덧 때문에 못 먹었습니다. 미자 아줌마의 눈이 반짝 빛납니다. 그러곤 졸음이 싹 가신 얼굴로 자신 있게 말합니다.

"알겠다. 말 안 해도 알겠어. 너 일 저질렀지?"

역시 미자 아줌마는 그 방면의 도사입니다. 엄마는 깜짝 놀라더니 대답 대신 두 손으로 얼굴을 가리고 울기 시작합니다. 나도 엄마 못지않게 놀라서 가뜩이나 작은 몸을 더욱 작게 오므렸고 따라 울고 싶을 정도로 마음도 아픕니다. 아직 태어나지도 않은 쬐그만 게 마음이 어디 있어서 아프냐고요? 그렇습니다. 저는 아직 엄마 배 속 밖의 세상을 모르는 태어나지 않은 아기입니다. 엄마 배 속에서 생겨난 지도 일곱 주일밖에 안 돼서 내 머리는 지금 완두콩만밖에 안 합니다. 그러나 콩나물 꼬리처럼 가냘프게 붙어 있는 몸통에 비하면 엄청나게 큰 머리입니다. 못 믿으시겠지만 내 머리통엔 벌써 두 눈이 또렷하게 생겨났습니다. 머리통이 작기 때문에 눈도 채송화 씨만밖에 안 되지만 그 역시 몸 전체에 비해선 여간 큰 게 아닙니다. 머리가 있다는 건 의식이 있다는 거고 눈이 있다는 건 본다는 뜻입니다. 엄마 배 속은 좁고 어둡기 때문에 볼 게 별로 없습니다. 그 대신 엄마의 마음을 볼 수가 있고, 엄마의 마음에 빛과 그늘, 기쁨과 슬픔, 희망과 절망을 던지고 지나가는 여러 사람들의 마음을 민감하게 느낄 수가 있습니다.

"누구야? 도대체 어떤 녀석이야?"

미자 아줌마는 엄마가 젓가락만 걸쳐놓은 국수 그릇을 자기 앞으로 끌어당기면서 날카롭게 추궁을 합니다. 그러나 엄마는 간간이 흐느낄 뿐 입을 꼭 다

물고 있습니다. 나는 엄마가 아빠 이름을 절대로 입 밖에 내지 않으리라는 것도 알고 있습니다. 미자 아줌마는 입이 험하거든요. 엄마 혼자서 몇 날 며칠 잠을 못 자며 고민하는 동안 아빠를 원망하기도 하고 욕도 많이 했지만 미자 아줌마가 그러는 건 싫은가 봅니다.

"아이구 답답해서 내가 미쳐. 기껏 벙어리 노릇 하려고 잠이 모자라 죽겠는 사람을 붙들고 늘어진 게여?"

미자 아줌마가 화난 시늉을 하면서 자리를 박차고 일어서자 엄마는 어쩔 줄을 모르며 비로소 입을 엽니다.

"언니 미안해. 말할게. 더 늦기 전에 병원에 가야 할 것 같아. 언니한테 아는 병원 좀 소개받으려고."

"내가 뭐 의사 부인이라도 되는 줄 아냐?"

미자 아줌마는 계속해서 화난 시늉을 합니다. 나는 제발 아줌마가 진심으로 화를 내고 엄마를 뿌리치고 가버리길 바랍니다.

"언니 그러지 말구. 언닌 단골 병원이 있을 거 아냐?"

"그래그래. 난 그 짓에 이골이 났으니까."

아줌마는 쓸쓸한 얼굴로 맥없이 다시 자리에 무너져내립니다.

"언니 화내지 말고, 나 좀 도와줘."

"화는 무슨…… 그 녀석하곤 의논해봤겠지?"

"해보나 마나야. 내 잘못인걸 뭘."

"네 잘못 내 잘못이 어딨냐? 둘이서 똑같이 잘못하지 않곤 애 안 생긴다. 그러니까 애 아범인지 그 녀석인지하고 먼저 의논을 해봐."

"자긴 모른대. 알 게 뭐네. 같이 즐기고 나서 덤터기 씌울 생각 말래."

"나쁜 자식!"

아줌마가 표독한 얼굴로 낮게 부르짖습니다. 아줌마가 지금 욕하고 있는 건 우리 아빠가 아니라 아줌마한테 똑같은 못할 노릇을 한 남자들이라는 걸 나는 압니다. 엄마도 그걸 알기 때문에 잠깐 엄마의 처지를 잊곤 아줌마를 불쌍해하는 눈치입니다.

"남들이 눈치채기 전에 해버리고 싶어. 언니, 그거 하는 거 무서워?"

"무섭긴. 깜박 졸고 나면 다 끝나는데 뭘."

"다음날 일 나가는 데 지장 없을까?"

"지장은 무슨…… 그 귀골 같은 소리 작작 해라. 나는 당일도 일 나간 사람이다."

"언닌 몇 번이나 했어?"

"다섯 번…… 그래도 이렇게 씽씽한 거 봐라. 겁낼 거 하나 없어. 정작 겁낼 건 그까짓 고름 짜기보다 쉬운 소파 수술이 아니라 그런 수술을 조금도 겁낼 줄 모르는 내 마음인 것 같아. 너도 첫 번째니까 내가 병원도 소개해주고 같이 가주기도 하겠지만 또 일 저질렀다간 국물도 없다, 알았지?"

엄마가 알았다는 뜻으로 고개를 두어 번 끄덕거립니다. 그러나 아줌마가 지금 옳은 말만 한 건 아닙니다. 다섯 번씩이나 아기를 지운 건 정말이지만 그중에서 나중 두 번은 병원에 가기도 전에 자연유산이 된 거였습니다. 그리고 그 두 번의 자연유산은 아줌마도 그 아이의 아빠도 바라지 않던 거였기 때문에 타격이 컸습니다. 그 아이가 태어날 수만 있었다면 아줌마는 가정을 가질 수도 있었을 겝니다. 먼젓번 남자들은 아줌마가 아이를 가진 걸 알자 아줌마를 버렸지만 나중 남자는 아줌마가 아이를 가지기 어렵다는 걸 알고 아줌마를 버린 겁니다. 나중 남자야말로 아줌마 마음에 쏙 드는 남자였건만 일은 그렇게 어긋나고 말았답니다. '천벌이지 뭐.' 아줌마는 자포자기한 마음으로 그렇게 생각한 적이 있긴 하지만 결코 그런 자책을 입 밖에 내진 않습니다. 지금도 한숨을 한번 푹 쉬고 이렇게 말하는 걸로 내 운명은 간단히 결정되고 맙니다.

"잘 생각했다. 애비 없는 자식 낳아 뭐 하냐? 에미가 잘난 것도 아니고."

난 참 답답합니다. 왜 엄마 아빠가 원하지 않는다는 생각만 하고 내 의사는 전혀 생각을 안 하는지요. 하나의 생명이 비롯됨은 엄마 아빠의 사랑 혹은 실수만으로 되는 게 결코 아닙니다. 생명은 비롯될 때 이미 태어나려는 강력한 의지를 가지고 있습니다. 지금 내 머리통이 완두콩만 하다고 했는데 비롯될 땐 채송화 씨만이나 했을까요. 그 안에 태어나려는 의지가 태산만큼 들어 있었다면 그건 내 의지가 아니라 하느님의 의지가 아니었을까요. 나는 내가 태어나기를 그렇게 갈망한 빛나는 세상에서 해마다 이백오십만 명씩이나 하느님의 의지를 죽이고 있다는 걸 믿을 수가 없습니다. 또 하느님의 의지를 잉태한 엄마가 믿을 게 오로지 아빠 한 사람밖에 없다는 것도 믿기지가 않는군요. 만일 엄마가 아빠 대신 세상 사람의 따뜻한 인심만 믿을 수 있어도 그렇게 간단히 없애려 할 순 없었을 겁니다.

궁합

"자기 쇼크 먹으면 나 싫어."

하고 싶은 말을 단숨에 해버리고 난 여자가 비로소 근심스러운 듯이 남자의 우울한 얼굴을 살피며 말했다. 그 얘기를 시작하기 전에도 여자는 같은 말로 남자에게 주의를 주었었다.

"쇼크 먹었다기보다는 네 진실이 의심스러워. 그뿐이야."

남자는 성난 목소리를 내려고 했지만 입 속에 침이 말라 어눌한 소리를 내고 말았다.

"자기 내 진실을 의심하면 벌 받아. 정말이야, 우리 사랑이 얼마나 굽이굽이 열두 고개도 넘는 난관을 극복하고 다져지고 지켜진 사랑이라고 지금 와서 그런 소리를 해?"

여자의 말씨에 조금도 가식이 없는 게 도리어 기가 차서 남자는 말문이 막힌 채 물끄러미 여자를 쳐다보기만 했다. 화장기 없이도 보오얀 살갗, 혈색과 살집이 알맞은 귀여운 볼, 크지도 작지도 않은 표정이 풍부한 눈…… 남자는 특히 여자의 눈이 다양한 표정의 변함없는 바탕이 되고 있는 정직성을 깊이 아끼고 사랑했었다.

여자가 쇼크를 먹지 말라는 경고를 앞뒤로 붙여가며 한 소리는 사랑하기 때문에 헤어지자는 얘기였다. 배우가 연기로 그런 소리를 해도 그 배우의 연기는 물론 인격까지도 정 떨어지게 느낄 정도로, 남자는 그런 돼먹지 않은 소리에 대한 결벽성이 대단했다. 그런 구역질나는 소리를 그의 여자가 하다니. 그런 가짜 냄새가 코를 찌르는 소리를 하면서도 여자의 눈의 정직성이 조금도 흔들리지 않다니. 아닌 게 아니라 그것도 쇼크라면 크나큰 쇼크였다.

여자의 말짝으로 그들의 사랑엔 고비도 많았다. 하다못해 그들이 너무 어린 나이에 사귀기 시작한 것까지도 어려운 고비가 되었다. 그들의 부모는 자기들 같으면 벌써 결혼을 했을 나이인데도 그들이 고3이라는 걸로 어린것들이 하라는 공부는 안 하고 연애 거는데 먼저 눈을 떴으니 볼장 다 봤다고 노발대발했다. 실상 그들이 서로 알게 된 것은 남자가 담임선생님 댁에 세배 갔다가 역시 전 담임한테 세배 온 여자를 만난 거였고, 두 사람의 총명을 다 같이 촉망하고 있는 선생님이 고3 공부를 서로 돕기를 권장한 데서 거듭 만나는 일이 보장되었다. 서로 담박 호감을 느낀 건 사실이지만 양가의 부모들이 연애 건다고 난리만 치지 않았으면 얼마든지 우정으로 발전할 수도 있는 인간적인 호감일 뿐이었다. 그들은 연애 건다는 어른들의 말에 심한 반발을 느끼면서도 어른들의 걱정대로 돼갔다. 어른들이 쳐놓은 덫에 걸린 셈이었다.

어른들의 걱정대로 대학교 시험에 떨어지지 않고 둘 다 원하는 대학에 합격한 걸로 그들은 '어린것들'이란 불편한 딱지를 떼고 어느 정도 자유로워질 수가 있었다.

그러나 그때부터 양가의 지체가 문제가 되었다. 어린것들이라고 반대할 때만 해도 양가가 같이 적극적인 반대에 나섰었는데, 지체가 다르다는 반대는 주로 지체가 높은 여자 집에서 도맡고 나섰다.

남자가 외아들이라는 거, 홀어머니를 모시고 있다는 거, 형편이 넉넉지 못하다는 거, 출세한 친척이 없다는 거, 전공과목이 끗발 없는 학과라는 거, 심지어는 남자 쪽 가계가 남자들이 단명하다는 것까지 들먹여져 트집 잡힐 것은 많기도 했다. 남자에게 모자라는 이런 것들을 여자 쪽에선 넘치도록 가지고 있었다.

이런 하고많은 트집에 용케 굴하지 않고 믿음직스럽고 꿋꿋한 방패막이 역할을 해준 게 그의 여자였다. 여자는 변함없이 진실했고 그런 고비를 하나하나 넘길 때마다 그들의 사랑은 두터워만졌다. 그렇지만 그가 대학을 졸업하고 앞날이 전혀 불투명한 상태에서 군대에 갈 때만 해도 그는 담임선생 댁에서 최초로 만난 고생 모르고 자란 귀여운 소녀가 그의 일생의 반려자가 될 수 있으리란 가망을 반신반의하고 있었다. 트집 잡는 데 있어서는 아직도 원기왕성한 여자의 부모가 동갑내기라는 걸 트집 안 잡을 리가 없었다. 지체가 걸맞는 집안끼리도 동갑이라는 게 파탄의 시작이 된 예를 그는 얼마든지 알고 있었다. 그리고 동갑내기 사이의 파탄이 오는 시기가 십중팔구 남자의 군 복무 중이라는 것도 알고 있었다.

거듭 말하거니와 여자는 나무랄 데 없이 유복하고 교양 있는 가문의 건강하고 아름다운 규수였다. 게다가 부모의 관심과 사랑을 넘치도록 받고 있었다. 그런 부모가 별 볼일 없는 집안 출신의 앞날이 불확실한 총각을 삼 년씩이나 기다리느라 딸이 금쪽 같은 이십대 초반의 나이를 허송세월하게 내버려둘 것 같지 않다는 걸 그가 어찌 상상하지 않았으랴. 더군다나 여자의 부모한테는 처음부터 눈밖에 난 탐탁지 못한 사위 후보였으니 더욱 자신이 없었다.

그러나 여자는 그 길고도 험난한 최후의 난관까지도 잘 넘겨주었다. 여태껏의 난관은 둘이 같이 극복했지만 그 난관은 순전히 여자 혼자서 감당했다는 걸로 남자는 여자가 더욱 미덥고 사랑스러웠다. 이젠 믿어도 될 것 같았다. 남자도 여자도 그게 그들의 최후의 난관임을 믿어 의심치 않았다. 좋은 일은 한꺼번에 겹치는 것인지 남자는 대학원 공부까지 보장해주는 유망한 기업에 취직이 됐다. 그리고 여자는 올드 미스가 돼 있었다. 그는 비로소 우월감마저 느끼면서 정식 청혼을 했고, 이제 약혼과 결혼이라는 절차만 남겨놓고 있었다.

그런데 이게 웬 청천벽력이란 말인가? 여자는 슬프고 애틋한 얼굴로 헤어지자고, 사랑하기 때문에 헤어질 수밖에 없다고 말했고, 그 이유인즉 궁합이 나쁘다는 거였다.

"궁합이 나빠도 이만저만 나쁜 게 아니라는 거예요. 우리 둘 사이엔 공방살이 끼었기 때문에 자기 아니면 내가 죽는다니 이런 소리를 듣고서야 어떻게 결혼을 해요. 난 못 해요. 사랑하기 때문에 못 한단 말예요."

"안 믿으면 될 게 아냐? 우린 지성인이야. 한낱 점쟁이한테 우리 운명을 좌지우지당할 순 없어."

"한두 사람의 점쟁이가 그런 게 아네요. 엄마가 장안의 용한 점쟁이란 점쟁이는 다 찾아다녔는데 한결같이 공방살이 끼었다고 그러더래요. 사람의 힘으론 어찌할 수 없는 운명이란 걸 부정할 수 없는 바에야 그걸 안 들은 척할 순 없잖아요?"

"여봐, 정신 좀 똑똑히 차려. 여지껏 그 많은 고비를 넘긴 우리 사랑의 진실은 도대체 어떡하려고 그런 헛소리를 대낮에 지껄이는 거야?"

"사랑의 진실보다는 운명이 더 위예요. 사람의 간

계는 거역할 수 있어도 신의 간계는 못 거역해요. 여지껏 쌓아온 게 아깝지만 헤어지는 거예요. 헤어진 후에도 우린 서로의 행복을 지켜볼 수 있어요."

여자는 맑은 눈을 깜박거리지도 않고 단숨에 이렇게 말하며 자리에서 일어났다. 남자도 따라 일어서면서 절망적으로 신음했다.

"내 그것들을 죽여버리고 말 테다. 그 점쟁이란 족속들을. 그것들은 우선 당장 죽게 돼 있는 제 운명도 모른다는 걸 알아야 돼."

"점쟁이는 죽일 수 있어도 운명을 죽일 수는 없어요. 바로 그게 문젠 거예요."

여자가 얄미우리만치 침착하게 말했다. 그리고 마음속에 비수를 품은 것처럼 독한 표정을 짓고 있는 그를 달래려는 듯 친절하게, 영검하고 복채도 그만큼 비싸다는 점쟁이 집까지 가르쳐주는 거였다. 못 믿겠으면 직접 가보면 될 게 아니냐는 투가 역력했고 그럼으로써 벌써 책임을 면한 것처럼 여자는 홀가분해 보였다.

고명한 점쟁이 집답게 호화 저택에 호화스러운 응접실은 대기실과 상담실로 구분돼 있었고 여비서까지 거느리고 있었다.

그는 주눅들지 않기 위해 마음속에 품은 비수를 다시 한번 점검하고 갈면서 잡지를 보고 있는 여비서에게 시비조로 말했다.

"점 좀 치러 왔소."

"다섯 시 이후엔 상담을 안 하시는데요."

"점쟁이는 어디 있소?"

"선생님은 지금 친구분하고 환담 중이신데요."

이때 상담실 문이 열리면서 늙도 젊도 않은 세련된 신사가 친구를 배웅하며 나왔다. 친구 배웅을 끝마친 점쟁이가 친절하게 그에게 용건을 물었다.

"점을 치러 왔습니다. 정확하게 말하면 궁합을 보러요. 시간이 지났다고 거절하지 마십시오."

"들어오시죠."

상담실은 은밀하고 아늑하고 집기는 고급스럽고 점쟁이는 근엄했다. 그가 더듬거리며 두 사람의 생년월 일 시를 대자 점쟁이는 부드럽게 웃으면서 말했다.

"실례가 안 된다면 궁합을 보아드리기 전에 궁합의 유래부터 말씀드리고 싶은데요. 예로부터 궁합이란 원치 않는 청혼을 거절하기 위한 방편으로 생겨났다고 전해지죠. 그건 다 아는 얘기고 오늘날까지 궁합이란 게 소멸하지 않고 날로 발전해온 과정 역시 남녀 간에 있어선 거의 영혼의 문제인 일방적인 사랑의 소멸과, 거기 따른 편리한 거절의 필요성과 불가분의 관계가 있다는 게 나의 현장 체험인데요. 선생께선 어떻게 생각하시는지요?"

남자는 그가 품은 비수가 자신의 심장을 찌르는 것 같은 고통에 신음했다.

늦어도 12월까지는

그 아름다운 여자의 집은 기찻길 옆에 있었다. 옛날엔 제법 예쁘장한 기와집이었지만 요새 하도 좋은 집이 많이 생겨나는 바람에 영락없이 기찻길 옆 오막살이였다. 그러나 그 여자의 집 모양이 초라하게 드러나는 건 겨울철뿐이고 나머지 봄 여름 가을은 철따라 바뀌는 예쁜 꽃들이 그 여자네 집을 예쁘게 울타리 쳤다. 그래서 기차에 탄 어린이들이 내다보고는 어머, 저 예쁜 집 좀 봐! 하고 환성을 지르기도 했고, 수줍은 어린이는 속으로만 저도 커서 저런 집에서 살았으면 하는 작은 꿈을 꾸기도 했다.

그러나 같은 기차에 탄 어른들은 그 집이 아주 작

고 보잘것없다는 걸 담박 알아차렸기 때문에 꽃 울타리 사이로 아장아장 걸어나와 손을 흔드는 예쁜 계집애를 보고도 시끄러운 기찻길 옆에 살아서 참 안됐다고 동정을 하는 게 고작이었다.

그 여자는 그 집에서 태어나 자랐다. 그 여자는 어려선 키 작은 채송화, 팬지 따위를 좋아했고, 조금 더 자라면서 좋아하는 꽃들의 키도 자라 봉숭아, 분꽃, 사루비아 등을 좋아하다가 꿈 많은 소녀 시절엔 코스모스를 좋아하게 됐다. 그 여자의 어머니는 꽃도 딸처럼, 딸도 꽃처럼 욕심 없이 사랑하고 키웠기 때문에 집을 울타리 친 꽃의 종류도 딸의 성장과 함께 이렇게 바뀌어갔다.

그 여자는 고등학교를 졸업하고 집에서 살림을 배우면서 혼기를 맞았다. 그리고 그 여자의 좋아하는 꽃도 코스모스에서 칸나로 바뀌었다. 칸나는 몇 년을 두고 변함없이 그 여자네 집을 지붕까지 가리듯이 높이높이 에워쌌다. 그 여자의 변덕은 칸나에서 더 이상 바뀌지 않고 오래오래 머물렀다. 그것은 그 여자가 서서히 혼기를 놓치고 올드미스가 되어가고 있기 때문이기도 했고, 그 여자가 칸나를 꽃으로보다 울타리로 더 긴요하게 여기고 있기 때문이기도 했다.

칸나를 좋아하게 되고부터 그 여자는 자기 집이 초라하다는 걸 의식하기 시작했던 것이다. 아니 자기 집이 초라하다는 걸 의식하게 되고부터 그걸 조금이라도 눈가림할, 한층 견堅하고 높은 울타리를 원했던 것이다. 칸나는 뿌리를 갈무리하지 않고 겨우내 내버려두어도 다음 해는 건강한 싹이 수없이 나오는 강한 번식력을 가지고 있었고, 잎도 억세고 청청했다. 몇 년 안 가서 그 여자네 집은 늦은 봄부터 늦은 가을까지 짙푸른 울타리에 회색빛 지붕까지 가리고 살 수가 있었다.

그러나 그 여자는 자기 집이 초라하다는 걸 의식했다고 해서 그것을 부끄럽게 여기지는 않았다. 친구들이 몇 평짜리 아파트에 사는 걸 자랑한다거나, 어느 만큼 땅이 비싸고 이웃이 고급인 주택가에 산다는 걸 자랑할 때도 그 여자는 주눅 같은 게 들지 않고 사뭇 자랑스럽게 자기 집의 칸나 울타리 자랑을 늘어놓았고, 기찻길 옆동네라는 걸 숨기지 않았다.

그 여자의 아름다움이 누구하고도 비할 수 없는 순진성으로 빛나는 것도 그런 까닭이었다. 그 여자의 집이 비록 작고 초라하긴 하지만, 그리고 그 속에 비싼 세간살이는 없지만, 얼마나 애정 깊은 추억이 서려 있는지를 그 여자는 알고 있었고 그걸 어떤 호화주택보다도 사랑했다.

그러나 그 여자의 어머니는 딸이 과년해짐에 따라 혼기를 넘길지도 모른다는 조바심과 함께 그 집을 그 전처럼 살뜰히 사랑하는 마음이 엷어져가고 있었다. 더는 손댈 수 없이 퇴락해가는 때문도 있었지만, 어느 틈에 드나들기 시작한 중매쟁이의 말 때문이기도 했다. 중매쟁이는 그 집을 한번 둘러보더니 중얼거렸었다.

"제대로 된 신랑 자리한테 따님을 여의시려면 집부터 개비하셔야겠어."

중매쟁이는 집을 개비하는 걸 마치 신발이나 양말짝 하나 새로 사듯이 가볍게 말했지만 어머니는 가슴이 무너지는 것처럼 큰 충격을 받았다. 국가를 위해 몸 바친 유공자 유족에게 지급되는 연금으로 근근이 살아가는 걸 부끄럽게 여겨본 적이 없는 어머니건만 생긴 거나 마음씨나 어디 한 군데 나무랄 데 없는 딸의 결혼이 될 듯 될 듯하다가 틀어질 때마다 가난

탓을 어찌 안 할 수 있었으랴. 그렇지만 속으로 몰래 하던 생각을 남한테 노골적으로 지적을 당하고부터 어머니의 마음도 달라지기 시작했다.

마침 그 기찻길 옆 마을이 곧 서울시로 편입되리란 소문이 돌면서 땅값이 뛰기 시작했다. 건물값은 쳐받을 수도 없었다 해도, 삼십여 평의 땅값이 제법 큰 돈이 나갈 만큼 오를 때까지 기다렸다가 어머니는 용기를 내어 드디어 그 정든 집을 팔았다. 그리고 생전 처음 만져보는 목돈으로 서울에서 제법 만만한 집을 전세로 얻고, 집에 맞는 세간도 몇 가지 새로 들여놓았다. 그 여자는 처음으로 하늘대는 커튼이 늘어지고 디즈니 옷장과 책장이 있는 밝고 깨끗한 방을 가질 수가 있었다. 다시 중매쟁이가 드나들었다. 그 여자는 비록 아버지는 안 계시지만 유산을 쏠쏠히 물려받은 홀어머니 밑에서 근심 걱정 모르고 유족하게 자란 규수로 중매쟁이가 알아주게 됐다.

그 여자는 과년한 나이에도 불구하고 여전히 아름다웠지만 그 여자의 아름다움을 그토록 빛나게 하던 그 여자만의 순진성을 상실한 지 오래였다. 그건 어머니도 중매쟁이도 모르는 그 여자만의 비밀이었다. 그 여자는 그 비밀로 하여 두려웠고 초조했다.

어머니는 어머니대로 새로 얻은 전셋집의 계약 기간인 일 년 안에 딸의 혼사를 성립시키려고 초조했다. 집값은 계속해서 치솟아서 계약 만료 후 다시 그만한 집을 그 전세금으로 얻기는 불가능했다.

마침내 기찻길 옆 오막살이에 살 때 들어온 혼처보다 훨씬 조건 좋은 혼처가 들어왔고, 맞선 보고 몇 차례의 데이트 끝에 그 여자는 뜨겁고도 달콤한 구혼을 받기에 이르렀다.

신랑은 그 여자와 동갑내기였고, 홀어머니 밑에서 겨우겨우 자란 처지였지만 맏아들이 아니었고, 학벌과 직장이 좋았고 인물이 준수했다.

그 여자가 구혼을 받은 날은 밝은 가을밤이었다. 그들이 잘 다니던 산책로엔 낙엽이 뒹굴고 있었고 멀리 강변 둔덕에 나부끼는 갈대숲이 마치 수많은 혼령들이 모여서, 그들의 흐느적대는 옷자락을 나부끼며 이승의 이야기를 나누는 것처럼 섬뜩하면서도 신비해 보였다. 그 여자는 자연스럽게 남자의 어깨에 고개를 기대면서 조여오는 남자의 팔힘에 자신을 맡겼다.

"승낙해주시는 거죠? 제 청혼을……."

"전 부족한 게 많은 여자예요."

"진주 씨의 부족한 걸 제가 메꾸고 저의 부족한 걸 진주 씨가 메꾸면 되지 않습니까? 전 진주 씨야말로 전생에 헤어진 저의 반쪽이라고 생각합니다. 둘이 서로 부족한 걸 메꾸다 보면 남지도 모자라지도 않는 완벽한 하나가 되리라고 믿습니다."

"저도, 저도 그걸 믿어요."

"그럼 승낙해주시는 거죠."

"성철 씨의 행복을 위해 온 정성을 다하겠어요."

"고맙습니다. 천하를 얻은들 어찌 이보다 더 기쁘겠습니까?"

한동안 두 사람은 서로의 가쁜 숨결과 가슴 뛰는 소리를 확인하는 것만으로 더할 나위 없는 충족감을 맛보았다. 그러나 여자는 곧 실질적인 문제의 압박을 받기 시작했고, 그 때문에 우울해졌다. 오늘쯤 구혼을 받을 걸 눈치챈 어머니는 전세의 계약 기간이 올 12월에 만료된다는 걸 애원처럼 딸에게 경고했었다.

"너만 시집가서 잘살면, 난 한데 나앉아도 좋다. 연금이 있으니 굶어죽진 않을 네고……."

청혼을 받아들인 여자는 언제 결혼하자는 얘기를

남자가 먼저 꺼내주길 초조하게 기다리다 못해 이렇게 말했다.

"우린 어머니가 아주 완고하세요. 약혼하고 오래 끄는 걸 안 좋아하실걸요."

"그래요? 난 될 수 있는 대로 약혼 시절을 오래 갖고 싶은데 야단났군요. 그렇지만 우린 아직 약혼도 안 했으니 결혼 날짜 며칠 남겨놓고 약혼하면 되겠군요. 아주 약혼을 생략해도 되구요."

"우리 어머니는 청혼을 받아들인 걸로 이미 약혼이나 다름없이 생각하실 거예요."

"진주 씨, 우리의 인생을 노인네 마음대로 살 수는 없는 거 아니겠어요?"

"저도 될 수 있는 대로 일찍 결혼하고 싶어요."

"일찍이라면 언제까지 말입니까?"

"늦어도 금년 안에."

그 여자는 차마 안 나오는 말을 하느라 젖 먹을 때의 힘까지 낸 것처럼 맥이 빠졌다.

"12월달에 결혼을 많이 하는 건 순전히 한 살이라도 덜 먹어서 결혼하려는 올드미스들의 초조감 때문이라더니 그 말이 맞는군요.? 난 진주 씨가 올드미스란 생각도 없이 구혼을 했는데 별안간 별로 곱지 않은 올드미스 티를 내서 실망을 시킬 게 뭡니까?"

남자가 구혼할 때와는 딴판인 서먹서먹한 얼굴로 말했다.

서른아홉 살, 가을

딸아이의 방을 치우다가 서예 도구를 챙겨만 놓고 빠뜨리고 간 것을 발견한 영실은 오전 내내 일이 손에 잡히지 않았다. 서예는 특별활동 시간에 하는 거니까 방과 후에 잠깐 집으로 가지러 올 수도 있었다. 딸아이의 학교는 아파트 단지 내에 있었고 영실이 사는 동棟은 학교의 소음 때문에 집값이 덜 나갈 만큼 학교에서 가까웠다. 아이는 어쩌면 책가방이 넘치는 김에 방과 후에 집에 잠깐 들러 주스라도 한잔 마시고 가지고 갈 요량으로 일부러 빠뜨리고 갔을 수도 있었다.

그런데도 영실은 그걸 학교까지 갖다 줘야 할 것

같은 조바심으로, 딴 일이 손에 잡히지 않았다. 그 밖의 딴 볼일이 없기 때문에 그 생각에서 헤어나지 못하는지, 그 생각 때문에 딴 일을 못 하는지도 분명하지 않았다.

엎어지면 코 닿을 학교에 그걸 갖다 주는 일이 어려워서가 아니라 아는 엄마를 만나면 학교 출입이 잦다고 뭐라고 그럴까 봐, 담임선생님이라도 만나면 빈손인 게 어색할까 봐 등등 삼가고 싶은 마음과 이런 기회야말로 모처럼 자상한 엄마 노릇을 할 절호의 기회라는 생각이 그녀를 그렇게 조바심나게 하고 있었다.

단지 남매를 둔 가운데 막내 딸아이가 국민학교 오 학년이니 잔손 갈 나이도 지났고, 두 아이 다 말썽 안 부리고 잘 자라고 있건만 그녀는 요즈음 들어 부쩍 엄마 노릇에 자신을 잃어가고 있었다. 그것도 조바심의 한 원인이었다. 엄마 노릇뿐 아니라 매사에 조바심하는 버릇이 그녀를 피곤하게 했다. 그녀는 마침내 자신의 조바심에 참을 수 없이 넌더리가 나서 서예 도구를 들고 나섰다.

마침 엘리베이터가 12층을 내려가고 있는 중이었다. 그녀의 집은 13층이었으니 촌각을 다투는 때라면 최악의 상태였다. 그러나 그녀는 바쁠 게 조금도 없었다. 아직 오전 중이었고 학교 수업은 네 시나 돼야 끝날 터였다. 그런데도 그녀는 아슬아슬하게 막차라도 놓친 것처럼 발을 구르고 혀를 찼다. 그녀의 조바심을 비웃기라도 하듯이 엘리베이터는 느리게 내려갔다.

그동안에 엘리베이터를 기다리는 여자가 둘이 더 생겼다. 그녀는 그 두 여자와 얼굴이나 아는 사이였지만 두 여자끼리는 서로 친한 듯 곧 수다를 떨기 시작했다.

"어머, 형진 엄마. 그 재킷 처음 보는 거네. 멋있다. 쩨야?"

"쩨는 쩨지만 구닥다리야. 아빠 유학 때 사온 거니까 벌써 칠 년은 된걸."

"쩨 좋다는 게 뭐유. 유행을 안 타는 거지. 근데 이렇게 근사한 옷을 뭣 하러 칠 년씩이나 장 속에 껴두었수?"

"아유 남 속상하는 소리 좀 그만 해요. 그때만 해도 치수가 커서 못 입고 쑤셔박아 두었던 거라우. 요새 몸이 자꾸 불어서 작년에 산 옷도 안 맞길래 혹시

나 하고 꺼내 입어봤더니 이렇게 꼭 맞지 뭐유. 아빠가 이걸 사왔을 때만 해도 아내를 뭘로 보고 이렇게 큰 옷을 사왔느냐고 나는 질겁을 하고, 아빠는 십 년만 있으면 그 정도로 살이 안 찔 줄 아느냐고 놀리고, 그래서 내가 그렇게 뚱뚱해지면 죽어버리지 누가 살아 있을 줄 아느냐고 앙앙대고, 그러던 문제의 옷이 십 년은커녕 칠 년 만에 이렇게 꼭 맞으니 죽기까지는 못해도 살맛 안 나 미치겠다니까."

"그러게 내가 뭐래요. 정구 그만 치고 나처럼 에어로빅을 하라니까. 살 빼는 데는 뭐니 뭐니 해도 그게 제일이더라구, 스트레스 해소를 위해서도 그렇구……."

"어머, 그러는 미정 엄마도 나 보기엔 조금도 살 빠진 것 같지 않네, 뭐."

"아직 겉으로는 잘 나타나지가 않아서 그렇지 한바탕 땀 빼고 달아보면 작년보다 삼 킬로나 줄었다우."

"실컷 먹고 달아보면 또 어떻구?"

"하긴 먹는 게 문제라니까. 난 왜 그렇게 먹나 몰라. 안 먹는다, 맛 없다, 하면서도 난 온종일 뭘 먹는다우. 배도 안 고프고 식욕도 없으면서……."

"미정 엄마도 그러우? 나도 그런데. 딴 낙이 없어 그런가?"

"비참한 소리 좀 그만 해요. 먹는 것 외에 낙이 없다니, 너무 동물적이다."

"요새 얼마나 속이 상한지 정말 살맛이 없어서 그래. 형진이 녀석 성적이 뚝뚝 떨어지는데…… 아이 속상해. 임의로 못 하는 일이지만 아이들이 공부만 잘하면 셋방살이를 해도 재미가 옥시글옥시글 날 것 같다니까."

"형진이도 그렇구려. 우리 미정이도 육 학년 되면서 등수가 형편없이 떨어지는데 말도 말아요. 등수만 떨어지면 또 좋겠는데 요새 애들은 왜 사춘기는 그렇게 빠른지 사내아이들하고 편지를 주고받고, 암튼 내가 환장을 한다니까."

"겉으론 다 행복해 보여도 근심 없는 집이 없구려."

"아아, 돈이나 왕창 많았음 좋겠다."

"그래 돈이 제일이야. 돈만 왕창 많으면 애들이 공부 좀 못하기로서니 까짓 미국 유학 보내버리고 말지. 살맛도 저절로 날 테고."

"아깐 아이들 공부만 잘하면 셋방살이를 해도 행복할 것 같다더니."

"그냥 한번 해본 소리지, 돈만 많으면 만사형통이지 뭐. 우리도 뭐 돈 좀 벌 일 없을까?"

"우리 아파트가 마침내 억대를 돌파했단 소리 들었수?"

"어머 그래요? 며칠 전만 해도 칠천오백에 팔라고 복덕방에서 성화를 하더니."

"며칠 전만 해도 그랬지. 그러니 앉아서 이천오백을 거뜬히 벌었지 뭐유."

"벌면 뭘 해. 딴 아파트도 그만큼 올랐을 테니 그게 그거지."

"기분이지 뭐. 기분으로 버는 걸로 만족 못 하겠으면 직접 아파트 투기를 해보는 것도 나쁘진 않을걸. 절대로 실패할 리가 없는 장사니까."

"정말 그래볼까 봐. 이 바닥에 앉아서 돈 못 버는 것도 병신이지 뭐."

"암 병신이잖구. 돈만 벌어 봐. 세상이 확 달라질걸. 돈만 많으면 도처에 재미가 옥시글옥시글하는 세상이니까."

쉬엄쉬엄 일 층까지 내려갔던 엘리베이터가 다시 쉬엄쉬엄 올라와 세 여자를 싣고 일 층까지 내려갈 동안 두 여자가 지껄이고 한 여자가 들은 얘기는 대강 이러했다.

막내딸의 단지 내 국민학교에 들어섰을 때 수업 중인 듯 운동장엔 아이들의 모습이 하나도 안 보였고, 날씨가 쌀쌀해서 교사校舍의 유리창도 꼭꼭 닫혀 있어 아이들의 소리조차 들리지 않았다. 국민학교답지 않은 적막이 일종의 공포감이 되어 영실을 엄습했다. 그녀는 그녀를 둘러싼 적막의 두터운 부피 같은 걸 느끼며 운동장 한가운데서 오도 가도 못하고 서 있었다.

지은 지 얼마 안 되는 학교라 화단도 빈약하고 나무도 어려 거의 다 낙엽이 져서 쓸쓸한 가운데 다만 양지 쪽의 사루비아만이 불붙는 듯한 선홍색으로 무리 지어 피어 있었다. 그녀는 정말 논둑을 태우는 쥐불 앞에 혼자 서 있는 것처럼 막막하면서 얼굴이 달아올랐다. 그녀가 지금의 막내아이만했을 때 사루비아 꽃을 보고 지은 <늦가을>이란 작문으로 교내 백일장에서 우수작으로 뽑힌 일이 있었다. 그녀는 운동장

한가운데서 몸은 꼼짝 못하면서 마음은 곧장 열두 살 적으로 거슬러 올라갔다.

그녀의 열두 살은 교내 백일장에서 우수작을 딴 나이였으며, 또한 서른아홉까지만 살기를 맹세한 나이이기도 했다. 열두 살 계집애에게 서른아홉이 넘은 여자의 나이란 왜 그리도 추악하고 무의미해 보였는지…….

그녀는 올해 서른아홉이었다. 서른아홉 하고도 늦가을이었다.

그녀는 열두 살 계집애의 해맑은 투시력에 몸서리쳤다. 그러나 그녀는 아직도 살아야 할 까닭이 많이 남아 있었고 인생은 사십부터라고 외치고 싶은 만용조차 지글지글했다. 서른아홉의 헛된 꿈과 헛된 욕망과 함께.

영실은 요즈음의 자신의 조바심에 대해 뭘 좀 알 것 같았다.

거울 속 연인들

여자는 상큼한 눈에 예쁜 과실과 같은 입술을 가지고 있었다. 그러나 아직은 덜 익은 듯 그 입술은 툭하면 뾰로통하길 잘했고, 웃을 때는 대여섯 살도 안 된 계집애처럼 배시시 천진난만해졌다.

남자는 키가 크고 눈썹이 짙고 얼굴이 거무튀튀해서 얼핏 보기엔 무서운 인상이었지만 눈매가 어질었다. 전체적으로 볼품없는 남자였지만 그 어진 눈매 때문에 많은 덕을 봤다.

이를테면 약속 시간을 보통 삼십 분이 넘게 어겨서 잔뜩 약 올랐던 여자도 성큼 다가온 남자의 그 어진 눈만 보면 금세 화가 풀어지고 말았다. 그의 눈은 어질 뿐더러 팥으로 메줄 쑨대도 믿어주고 싶게 성실해 보이기도 했다.

두 사람은 자주 보고 싶고, 그래서 자주 만나고, 만나면 하찮은 일도 즐겁고 하찮은 음식도 맛있어 시간 가는 줄 모르는 사이였다. 사람들은 그들을 연인들이라고 불렀다.

어느 날 문득 여자는 남자의 어진 눈매에 매달려 이 세상의 온갖 풍파를 피하고 싶다고 생각했다. 그때 여자는 왠지 남자가 없는 곳에선, 도처에서 모진 풍파가 일고 있는 것처럼 여기고 있었다.

신문이나 텔레비전, 또는 사람들의 입을 통해 듣는 세상 소식이 흉흉하고 험악할수록 남자의 어진 눈매가 보배로웠다. 여자는 그 보배를 독점하고 싶었다.

같은 무렵 남자도 문득 여자의 설익은 과실 같은 입술을 무르익게 하고 싶단 갈망을 느끼게 됐다. 그런 점잖치 못한 갈망에 사로잡히기가 일쑤였다. 그 예쁘고 앙증맞은 입술이 무르익으면 얼마나 달콤할 것인가?

남자의 속에선 신 포도에 단물을 올리고 새파란 사과를 붉게 물들이는 한여름의 태양 같은 뜨거운 정열이 용솟음쳤다.

남자가 먼저 사랑을 고백했다. 여자는 새침을 떼는 둥 마는 둥 그녀 역시 남자를 사랑하고 있었음을 고백했다.

"고마워, 정말 고마워. 만일 네 사랑을 못 얻었으면 난 이 세상을 다 잃은 거나 마찬가지였을 거야."

남자의 어진 눈엔 먼지만 한 거짓도 없어 보였다.

"나두야. 자기가 날 사랑한다고 했을 때 나는 온 세상이 내 것이 된 것 같은 기분이었어."

그들은 온종일 시내 방방곡곡을 쏘다녔다. 세상을 얻었다는 건 결국 허풍이 아니었다. 무심히 바라보던 세상의 온갖 사물들이 다 아름답고 정겹게 살아났다. 남들이 입을 모아 더럽다고들 하니까 으레 더러우려니 했던 중랑천까지도 아름답게 보였다.

둑에 연한, 울창한 버드나무 길도 좋았고 개천가의 드넓은 녹지대도 좋았고 취로 사업 나온 여자들이 개천가에서 삽질을 하고 있는 모습도 보기가 좋았다.

"천국은 저 사람들의 것일 거야."

여자는 그들의 일하는 모습이 너무 보기 좋아 이렇게 극찬을 했다.

중랑천뿐 아니라 중앙시장 뒷골목도 좋았고, 남산에서 본 서울 장안도 좋았고, 어린이대공원의 청룡열차도 좋았다. 이 세상엔 좋은 게 너무 많아 정신을 못 차리는 사이에 밤이 되었다.

"헤어지기 싫어."

"나두……."

마치 두 사람의 헤어지기 싫은 마음을 들여다본 것처럼 여기저기서 여관의 불빛이 그 음란한 눈을 뜨고 그들에게 추파를 던졌다.

온종일 좋은 것만 본 눈에도 그 불빛만은 결코 좋아 뵈지 않았다. 온종일의 그 황홀하고도 정결한 기분에 구정물이 튀길 것처럼 그게 싫었다.

남자의 어진 눈매가 슬프게 흔들렸다. 여자는 남자보다 훨씬 용기가 있었기 때문에 남자를 그런 곤경으로부터 구하는 방법을 알고 있었다.

"우리 결혼해요."

"결혼?"

"왜 그렇게 놀라요?"

남자는 그의 놀라움을 어떻게 설명할 수가 없었다. 남자라고 사랑하는 여자와 결혼을 안 생각해본 바는 아니었지만 결혼이란 형식을 위해 쌍방의 구색이 노출될 걸 생각하면 우선 골치부터 아팠다.

그건 남자가 남보다 각별히 형식을 싫어하는 성격이라서기보다는 일종의 열등감 때문이었다.

남자가 여자를 사랑하는 마음엔 하늘을 우러러 부끄러움이 없을 만큼 떳떳했건만 구색을 비교하면 떳떳지 못해졌다. 남자는 아무리 사랑하는 여자를 차지하기 위해서라지만 까닭 없이 떳떳지 못한 고비를 넘겨야 한다는 게 울화통이 터졌다.

남자는 보물처럼 온종일 움켜쥐고 있던 여자의 손을 슬그머니 풀면서 맥없이 중얼거렸다.

"그 방법밖에 없겠어?"

"여관으로 가자면 갈 수도 있어."

"그건 안 돼. 너한테 그런 모욕을 주다니 말도 안 돼."

남자는 즉각 분개했다.

"우리가 결합하려면 어차피 우리 둘 중의 하나는 한 번은 모욕을 당해야 돼. 무슨 말인지 알아듣겠어?"

남자가 우울하게 고개를 끄덕였다.

그 두 연인을 아는 사람은 누구나 그들이 어울리

는 한 쌍이라고 생각하고 앞날을 축복해주었지만 여자의 집안은 예외였다. 여자의 가문은 지체로 보나 재력으로 보나 훌륭했고 남자의 집안은 가난하고 보잘것없었다. 정당한 절차를 밟아 결합하기 위한 승낙을 여자 쪽으로부터 얻어내려면 수월찮은 난관이 예상됐다. 그 난관을 돌파하기 위해 겪어야 할 굴욕 때문에 남자는 결혼을 거의 두려워했고 여자는 늘 남자한테 미안해했다. 미안함이 지나쳐 여관으로 가려면 갈 각오까지 돼 있었다. 그런 방법으로라도 남자의 굴욕을 대신 감당해주고 싶었다. 물론 남자가 결코 그럴 수 없으리란 신뢰감을 깔고서의 일종의 몸짓이었지만.

아니나 다를까 남자는 막다른 골목에 몰린 것처럼 비장하게 결혼 신청을 하겠다고 선언했다.

남자가 결혼 신청을 하고 나서 여자네 집에서 승낙이 떨어지기까지의 우여곡절과 남자가 참아내야 했던 온갖 수모는 그들이 당초에 예상했던 것 이상이었다.

하여튼 승낙이 떨어지긴 떨어졌나. 쓰레기통에 딸 하나 내다버리는 셈치고 내준다는 극단적인 모욕과 함께.

"엄마가 그러시는데 결혼식은 OO클럽에서 해야 된대."

"거기가 어딘데?"

"자긴 몰라도 돼. 고급 사교장인가 봐. 별로 마음에 드는 사윗감은 아니지만 남의 이목이라는 게 있고, 지켜야 할 체면이라는 게 있으니까 그 정도는 어쩔 수 없다나 봐. 자기 성미엔 좀 거슬리더라도 그날 하루만 눈 딱 감고 참아줘, 응?"

"흥, 부잣집에선 쓰레기통에 내다버릴 물건도 비단보에 싸서 내다버리나 보지?"

남자가 씹어뱉듯이 격렬하게 말했다.

"자기 화났어?"

"글쎄."

"자기답지 않아. 평생에 한 번 있는 일이야. 좀 화려해도 험 될 거 없어."

여자는 또 이런 얘기도 했다.

"엄마가 결혼반지 없는 결혼식이 어디 있냐시면서 자기 결혼반지를 사왔는데 글쎄 삼부 다이아 박은 거지 뭐야? 그러면서 엄마가 뭐라셨게? 기분이 안 내

켜서 겨우 흉내만 냈다, 이러시는 거야. 엄마는 원래 통이 크거든. 우리 엄마 기분이 내켰더라면 자긴 아마 세 캐럿쯤 되는 다이아 반지 꼈을걸."

"너 그런 형편없는 쓰레기니? 꼭 다이아 반지를 잃어서 내버려야지 누가 주워갈 그런 형편없는 쓰레기냐 말야."

남자가 버럭 화를 냈다.

"자기 요새 마음 변했나 봐. 난 그래도 집에서 일어난 일 중에서 좋은 일만 골라서 말하는데도 자긴 번번이 화만 내니, 어떡하란 말야."

여자의 눈에 눈물이 글썽해졌다.

"내가 그랬나? 미안해, 다신 안 그럴게. 어서 어서 결혼식인지 뭔지나 해버렸으면 좋겠다. 빌어먹을……."

그는 빌어먹을 소리를 입 속에서 중얼거렸기 때문에 여자가 알아듣진 못했다. 마침 상점의 쇼윈도 앞을 지나던 두 연인은 그 거울 속에 비친 상대방의 얼굴을 보고 각각 깜짝 놀라 발걸음을 멈췄다.

여자가 보기에 남자의 눈은 전처럼 어질지 않았다. 지치고 눈치꾸러기처럼 불안해 보였다. 남자 보기에 여자의 입술은 덜 익고 예쁜 과실이 아니었다. 수다의 조짐이 누더기처럼 너불대는 속된 입술이었다. 두 사람은 손을 힘껏 마주 잡았다. 사정 때문이라기보다는 그들을 그렇게 만든 보이지 않는 힘에 대한 분노 때문이었다.

노을과 양떼

강만섭 씨는 비행장에서 곧장 고속버스 터미널로 향했다. 미리 특별한 여행 계획이 있었던 건 아니어서 운전수가 경부선이요? 호남선이요? 하고 물어보는데도 못 들은 척했다.

"다 왔습니다."

운전수가 채근을 하는 데서 내렸더니 호남선, 영동선 쪽이었다. 그제서야 대전으로 갔더라면 오랜만에 아내의 무덤이나 찾아가보는걸 하는 생각이 들었지만 경부선 쪽으로 가기도 귀찮았다.

빈집에 돌아가기가 싫다는 것 말고는 아무것도 확실한 게 없었다.

공항에서 아들이 한 마지막 말이 찬바람처럼 그의 가슴을 썰렁하게 하고 지나갔다.

"아버지 이제부터라도 새 장가드셔서 행복하게 지내세요."

괘씸한 녀석, 그게 홀로된 즈이 아비 버리고 처갓집 연줄로 이민 떠나는 아들 녀석이 겨우 할 소리야.

강만섭 씨는 아들이 공항의 북새통에서 용케도 부자만의 자리를 마련하더니 은근하고도 만감이 서린 얼굴을 그의 귀에 바싹 갖다 대고 속삭일 때 그래도 한마디쯤 이런 말이 나올 줄 알았다.

'아버지 외로우시더라도 조금만 더 참고 기다려 주세요. 곧 모셔갈 테니까요.'

그런데 뭐 새 장가를 들라구? 아들 내외가 이민 수속을 할 때도 난 안 간다, 난 빼거라고 몇 번이나 다짐했지만 막상 아들 입으로 그를 따돌리는 소리를 듣고 보니 외로움이 뼈에 사무쳤다.

그는 매표구 앞을 이리 기웃, 저리 기웃 하다가 강릉 가는 표를 한 장 샀다.

창가에 앉은 그는 버스가 떠나기 전에 벌써 좌석을 뒤로 제치고 눈부터 감았다. 어젯밤 한잠도 못 잤다는 생각이 그를 서글프게 했다.

나 혼자 어찌 살라구! 가려면 진작 가든지, 간다 간다 벼르기만 하더니 손자 손녀 재롱이 한창 깨가 쏟아질 때 떠날 게 뭐람.

아들 내외의 효성과 손자 손녀가 태어나서 고물고물하는 재미도 모르고 지낸 상배喪配한 쓸쓸함이 한꺼번에 뼈에 사무쳤다. 그러고 보니 강릉행 표를 산 것도 우연만은 아닌 것 같았다.

영동고속도로가 개통되고 나서 아내하고 설악산 구경을 간 게 그들 부부끼리만의 처음이자 마지막 여행이 되었다.

요새는 늙은 부부끼리 여행도 잘 다니더구만, 우린 어찌 그리 미련하게 살았던가. 그게 다 층층시하의 맏며느리로 들어와서 어른 모시고 시동생 시누이 치다꺼리 때문이었다고 생각하니 죽은 아내에 대한 연민으로 코끝이 아렸다.

시부모 돌아가시고, 막내 시누이까지 여의고 식구가 단출해지자 아내는 시름시름 앓기 시작했다. 일찌거니 며느리나 보자고 강반섭 씨가 서둘러도 아내는 별로 귀담아 듣지 않았다. 당분간 세 식구만 오붓하게 살고 싶다고 했다. 대가족에 오죽 넌더리가 났으면 며느리 보고 손자 보는 일조차 반가워할 줄 몰랐을까. 생각할수록 죽은 아내가 측은했다.

처음으로 동부인同婦人해서 설악산 관광 갈 때만 해도 이미 병색이 깊을 때건만, 어찌나 좋아하던지 고속버스 속에서 잠시도 입을 안 다물고 소녀처럼 즐겁게 조잘댔었다.

그때도 지금처럼 가을이었던가. 설악산에 닿기도 전에 아내는 대관령 단풍에 미리 황홀해져서 어쩔 줄을 몰랐다. 어느 골짜기의 단풍이던가 유난히 고운 단풍을 보고 아내가 뭐랬더라? 그 표현이 무척 시적이었다는 생각밖에 그게 무슨 말이었는지는 생각날 듯 날 듯하면서 나지 않았다.

자다 깨다 자다 깨다 상당한 시간이 흘렀고, 버스의 흔들림으로 보아 대관령을 지나고 있을 것 같은데도 그는 눈을 뜨지 않았다.

지금도 꼭 그때처럼 단풍의 절정기일 것 같은데 그 아름다운 걸 차마 혼자 보기가 싫어서였다.

'어머머, 저것 봐요. 곱기도 해라, 꼭 저녁노을 같잖아요.'

다시 옅은 잠에 빠져들던 그가 번쩍 눈을 떴다. 옆자리에 그의 아내가 곱게 웃고 있었다. 약간 피곤한 것 같으면서도 고운 티가 많이 남아 있는 초로의 부인이 그가 눈을 뜨자 얼굴을 붉히고 어쩔 줄을 몰랐다.

"실례했습니다. 곤히 주무시는데…… 단풍이 하도 고와서 그만 저도 모르게 소리를 질렀군요. 이를 어쩌죠."

그제서야 강만섭 씨는 그 부인이 그의 아내가 아니란 걸 깨달았다. 그가 여태껏 거들떠도 안 보던 옆자리의 부인을 잠시나마 아내로 착각한 건 잠결인 때문도 있었지만 노부인이 한 말 때문이었다. 그의 아내도 대관령 단풍을 보면서 같은 소리를 했었다.

"어머머, 저것 봐요. 곱기도 해라, 꼭 저녁노을 같잖아요."

그때부터 강만섭 씨는 소년처럼 마음이 부풀기 시작했다. 휴게소에서 커피도 사다가 노부인에게 권하고 불쑥불쑥 말도 시켰다. 갑자기 두 사람 사이의 공기에 감미로운 색깔과 향기가 생긴 것 같았다. 목적지까지 얼마 안 남았다는 게 초조한 나머지 그는 더욱 서툴게 굴었다.

그럴수록 노부인은 냉담했다. 그를 깨운 걸 사과하는 말을 마지막으로 거의 입을 열지 않았다. 그가 권하는 커피도 마지못해 받아서는 입술만 댔다 떼고는 그만이었다. 그렇다고 강만섭 씨의 주책을 귀찮아하거나 못마땅해하는 것 같지도 않았다. 차라리 그 편이 나을지도 몰랐다. 왜냐하면 부인도 옆자리에 누가 있다는 것조차 의식하고 있는 것 같지 않게 혼자만의 시름에 잠겨 있었다.

강만섭 씨가 애가 닳건 말건 그런 부인의 무관심 속에 고속버스는 어김없이 제시간에 강릉에 도착했다. 잊으신 물건 없이 안녕히 가시라는 안내양의 말이 강만섭 씨의 꿈을 깼다. 남의 남자의 그런 일방적인 주책에 장단을 맞춘다는 건 그가 아는 한국의 정숙한 부인의 도가 아니었다. 그는 뭐라고 사과의 말을 하고 싶어 어물쩡대는 사이에 부인은 온데간데없이 없어졌다. 그는 공항에서 아들네 식구를 떠나보냈을 때보다 더 황당한 고독감에 몸을 움츠리고 오래도록 그 자리에 서 있었다. 강릉은 빠르게 어두워지고 있었다. 어둠이 하늘과 땅 사이에 혼잣몸뿐이라는 고독감을 더욱 절절하게 했다.

택시 운전수가 꾀는 대로 그는 바닷가 횟집으로 갔다. 한쪽으로는 바다가, 한쪽으로는 경포호가 바라보이는 이 층 횟집은 자리마다 만원이었다.

"곧 자리가 날 테니 합석하시지요."

주인 남자가 이끄는 대로 바다가 면한 창가로 갔다. 고속버스에서 옆자리에 앉았던 노부인이 회 한 접시와 맥주 한 병을 앞에 놓고 혼자 앉아 있었다.

"실례하겠습니다."

그의 말에 노부인은 가벼운 목례만 하고 눈을 다시 바다로 보냈다. 바다에 머문 노부인의 눈은 눈물 없이도 우는 것처럼 슬퍼 보였다. 강만섭 씨는 노부인이 그를 알아보는지조차 알 수가 없었지만 확인할 길은 없었다.

어둠 속에서 밤바다가 희게 부서지고 있었다.

"양 떼가 한 줄로 서서 밀려오는 것 같군요."

그는 혼잣말처럼 중얼거렸다.

"네? 지금 뭐라고 그러셨죠?"

노부인이 갑자기 의자에서 용수철이 튕겨져 나온 것처럼 화들짝 몸을 일으키며 말했다.

"파도가 꼭 양 떼가 줄을 서서 몰려오는 것 같다고

했습니다. 제 말이 뭐가 잘못됐습니까?"

"아니에요, 잘못되긴요. 그렇지만 이상하네요. 돌아가신 즈이 영감님도 저 파도를 보며 똑같은 말씀을 하신 적이 있거든요."

"그래요? 거 참 기연奇緣이군요. 아까 버스 속에서 부인이 단풍을 보며 하신 말씀은 먼저 간 우리 마누라가 하던 소리였는데……."

"그게 정말이세요? 알겠어요. 그래서 그렇게 놀라서 어쩔 줄을 모르셨군요? 전 그것도 모르고 별 주책 같은 늙은이도 다 있다 싶었죠."

"저에 대해 그런 생각이라도 하셨으니 고맙군요. 전 부인이 나 같은 게 옆에 있다는 걸 느끼지도 못하는 줄 알았는데요."

"그건 제가 할 소리예요. 대관령에 올 때까지 선생님은 옆에 사람이 있다는 것도 도통 모르는 것 같아서 약간 자존심이 상할 지경이었는걸요."

"그 나이에도 남자가 몰라주면 자존심이 상합니까?"

"어머머, 제가 그렇게 형편없이 늙었나요?"

"아, 아닙니다. 특히 아까 대관령에서 단풍이 노을

같다고 할 때의 부인은 꼭 소녀 같았습니다."

"역시 우린 먼저 간 사람의 추억을 통해 서로를 볼 수밖에 없군요."

"부인, 그래서 나쁠 것도 없잖습니까. 전 지금 오래간만에 행복합니다. 가슴이 소년처럼 울렁입니다. 늙어도 행복할 권리만은 포기해선 안 된다고 생각하는데요."

끊어진 목걸이

"영미야, 고모한테 뽀뽀해주지 않을래?"

혜령은 현관에서 구두를 신고 나서 조카딸한테 두 팔을 벌려 보이면서 말했다. 그녀는 매우 기분이 좋았고 그 좋은 기분을 그녀가 가장 사랑하는 조카딸과 나누고 싶었다.

"뽀뽀는 뭘, 화장 지워질라, 어여 가봐. 시간 늦지 않게스리."

현관까지 따라나와 앞뒤로, 아래위로, 요모조모 혜령의 매무새를 지켜보고 있던 어머니가 이렇게 말하면서 혜령을 문밖으로 내몰려고 했다. 어머니는 오늘따라 활짝 핀 모란처럼 아름다운 딸이 내심 흡족하면서도 또한 누가 툭 건드리기만 해도 뚝뚝 떨어져버릴 것 같은 방정맞은 위기의식 같은 걸 어쩔 수가 없었다. 그도 그럴 것이 혜령은 내일모레가 서른인 스물여덟의 노처녀였다. 남들이 다 나이보다 젊게 봐주는 혜령의 화려한 미모가 어머니에겐 되레 조바심만 더해주고 있었다. 남이 예쁘게 봐줄 때를 놓치면 안 되는데 하는 조바심은 어떤 때는 분초分秒를 다투어 물이 가기 시작하는 생선을 아랫목에 껴두고 있는 것 마냥 다급해서 자다가 일어나서도 소스라쳐 놀라곤 했다. 또 다들 나이보다 젊게 봐주는 게 다행스럽고 고맙다가도 어느 날 폭삭 늙을 것을 속임수로 감쪽같이 위장을 하고 있는 게 아닌가 하는 터무니없는 죄의식을 느낄 적도 있었다.

과년한 딸을 가진 어머니들 공통의 이런 조바심 때문에 혜령은 맞선도 여러 번 봤고, 무시로 들락거리는 단골 중매쟁이만도 서너 명이 넘었다. 그러나 혜령의 콧대는 맞선을 보기 시작했던 대학 삼 학년 때보다 조금도 낮아지거나 노글노글해질 기미가 보이질 않았다.

별이별 트집을 다 잡아 퇴짜를 놓고는 재미나 했

다. 마치 퇴짜를 먼저 놓을 우선권을 잡기 위해 맞선을 본대도 과언이 아닌 성싶었다. 자세히 보니 남자의 콧구멍의 크기가 짝짝이라던가 하는 말 같지도 않은 시시한 게 다 퇴짜 놓을 이유가 되었다.

그러던 혜령이 전 주일에 맞선을 보고 나선 퇴짜 놓을 생각보다는 저쪽에서 뭐라더냐에 더 신경을 쓰는 희한한 변화를 보였다. 중매쟁이 말에 의하면 이번 신랑은 집안도 학벌도 인물도 직장도 평범한 그래서 별로 성사될 기대 없이 갖다 댄 신랑이라고 했다.

너무 고르면 종당엔 베를 고른다는 옛말이 조금도 안 틀리는구먼. 어머니는 이렇게 약간은 섭섭해하면서도 속으론 적이 다행스러웠다. 눈에 뭔가 씌어서라도 성사만 됐으면 싶었다.

혜령이 막내인 어머니는 요즘 들어 많이 심신이 쇠약해졌지만 막내까지 짝지워놓지 않으면 죽을 자격도 없다는 집념 때문에 눈치 하나는 빨랐다. 이번엔 꼭 뭐가 될 것 같았다. 어머니의 눈치는 틀림이 없어 그 신랑으로부터 다시 데이트 신청이 왔고 고분고분 승낙을 한 혜령이 공들여 화장하고 한껏 멋부리고 시간에 늦을세라 서둘러 나가는 걸 보니 기쁘고 고마울 따름이었다.

이때 영미가 고모한테 뽀뽀를 하려고 쪼르르 달려나왔다. 현관에 선 영미가 입술을 뾰족하게 내밀고 고모를 쳐다보았다. 고 작은 입술이 깨물어주고 싶게 귀여운 혜령은 짐짓 영미의 입술이 안 닿을 만큼만 고개를 숙이고 영미 약을 올렸다. 세 살짜리 영미는 발돋움을 하면서 고모를 끌어당긴다는 게 고모의 목에 늘어진 목걸이를 잡아당겼다. 목걸이 줄이 툭 끊어지면서 쑥색 구슬이 우르르 양회바닥으로 흐트러졌다.

혜령은 오빠가 인도에서 사다 준 그 쑥색 목걸이에 맞춰 쑥색 치마에 흰 면 블라우스를 입고 있던 터라 잠깐 난감했다. 쑥색 구슬은 천연석이듯 매우 무거웠지만 그렇게 쉽게 끊어질 줄은 몰랐다. 그러나 혜령보다 더 놀란 것은 올케와 어머니였다. 마치 그 작은 사건이 다 된 거나 마찬가지인 혼사에 재를 뿌렸다고 생각하는 모양이었다.

어머니는 어쩔 줄 모르고 어린 영미의 머리를 쥐어박았다. 처음 할머니의 손찌검을 낭해본 영미는 자지러지게 울면서 제 엄마에게 매달렸지만 엄마 역시

"요 방정맞은 계집애" 하면서 딸을 떠다밀고, 현관에 엎드려 구슬을 줍기 시작했다. 그때 올케의 얼굴에 떠오른 것은 미안함이 아니라 차라리 공포였다.

"언니, 괜찮아요. 그럼 나 다녀올게요."

혜령은 이렇게 말하면서 집을 나서려고 했다.

"고모 그냥 가시려구요? 딴 거라도 하고 가시지 않구. 참 내 목걸이 빌려드릴까요?"

올케가 부리나케 안으로 들어가더니 금줄에 빛깔이 꽤 빼어난 비취가 달린 목걸이를 가지고 나와 혜령의 목에 걸어주려고 했다.

"싫어요, 언니. 면 블라우스에 이런 화려한 건 안 어울려요."

"그럼 산호는 어때요? 아니 옥이 괜찮을 거야."

"이왕이면 다이아몬드로 빌려주구려."

혜령은 약간 비꼬는 투로 말했다.

"그래요. 아주 내 보석함을 공개할 테니, 고모가 마음대로 골라요. 실상 일이 이렇게 됐으니까 말인데 오빠가 사온 이 돌목걸이 이거 아주 싸구려래요. 십 달러에 다섯 개짜리라니 끊어져도 싸지 뭐유?"

그러면서 안으로 들어갔다. 혜령은 양회바닥에 흩

어진 쑥색 돌을 물끄러미 내려다보았다. 해외 출장이 잦은 오빠가 사온 그 쑥색 목걸이를 혜령한테 선물로 내놓을 때만 해도 올케는 대단히 생색을 냈었다.

"이거 참 빛깔 곱죠? 비취 빛깔보다 더 침착하고 고상하잖아요? 이름이 뭔진 모르지만 준보석이래요. 값도 꽤 비싼가 봐요. 딱 하날 사왔지 뭐예요? 서너 개만 사왔어도 친정 동생이랑 하나씩 나눠 가질 수 있을 건데…… 오빠가 처갓집 생각 너무 안 하는 건 하여튼 알아줘야 한다니까요."

올케가 그사이에 보석 상자를 통째로 들고 나왔다. 어머니까지 놀란 얼굴로 그 속을 들여다보았다. 결혼할 때 패물은 꽤 해준 편이지만 그렇게 많은 패물을 갖고 있으리라곤 미처 몰랐었다. 혜령은 여자다운 호기심으로 그 속을 들여다보면서 한마디 했다.

"혹시 준보석 없수?"

올케는 예전에 한 말을 잊어버리고 펄쩍 뛰었다.

"그런 소리 말아요. 난 가짜나 보석 값에 못 가는 천박한 돌엔 취미 없다구요. 이 다이아몬드 목걸이 어때요? 가운데 게 오부고, 가장자리 것은……."

이러면서 목걸이 하나를 골라내더니 억지로 혜령

의 목에 걸어주려고 한다. 혜령은 씁쓸하게 웃으면서 그것을 피했다.

"왜 이게 마음에 안 들어요? 내 목걸이 중엔 제일 비싼 건데."

혜령은 구두쇠 올케가 처음으로 공개하고 아낌없이 선택권을 준 보석함을 보면서 노처녀 하나 시집보내야겠다는 이 집안의 갈망이 얼마나 절실한 것인지를 보는 것 같았다. 자신을 그 비싼 것들을 얹어주어서라도 하루빨리 치우고 싶을 만큼 값어치가 하락한 물건처럼 의식해야 한다는 건 쓸쓸하고도 고통스러운 노릇이었다.

혜령은 보석함 속에서 아무것도 취하지 않고 밖으로 나왔다.

그리고 시계를 보았다. 그 작은 사건으로 지체한 시간은 십 분 미만이었다. 그러나 그동안에 철이 들었달 수도 있다면 긴 시간이었다. 무거운 돌목걸이가 끊어져버린 건 식구들이야 어떻게 생각하든 참 잘된 일이다 싶었다. 목고개가 날아갈 듯이 가벼웠다. 여태껏 너무나 자존심을 지키기에 급급했던 목고개가 자존심과 겸손을 동시에 지킬 수도 있을 것 같은 느낌이 들었다.

혜령이 벗은 건 긴 돌목걸이가 아니라 노처녀라는 편견의 굴레였는지도 모를 일이었다.

꿈은 사라지고

전철 속에서 받아 안아준 아기가 선영의 블라우스를 엉망으로 구겨놓았다. 얌전하게 맨 보타이에는 코가 다 묻어 있었다.

"아가씨, 미안해서 어쩐대요?"

아기 엄마가 선영의 자리에 앉으면서 미안해서 어쩔 줄을 몰랐다.

"괜찮아요. 이럭하면 되죠 뭐."

선영은 풀어헤쳤던 바바리 깃을 여며 보이면서 생긋 웃어주곤 얼른 전철을 내렸다. 괜히 웃음이 났다.

아기를 받아서 안아주었을 뿐만 아니라 어르고 장난치는 사이에 시간 가는 줄 몰랐던 것은 그녀 역시 아기 엄마이기 때문이었는데 '아가씨'라니…… 그녀는 아가씨 소리가 뜻하지 않은 덤처럼 흐뭇해서 히죽히죽 웃음이 났다. 그리고 계단이 꺾이는 모퉁이에 걸린 큰 거울 앞에서 유심히 자신의 모습을 비춰보았다.

여자도 역시 사회생활은 하고 볼 거라니까. 그녀는 불과 석 달 사이에 몰라보게 세련되고 생기발랄해진 자신의 모습에 스스로 만족해하며 이렇게 중얼거렸다.

선영은 Y사가 공채한 기혼 여사원이었다. 우리 사회에서 기혼 여성의 취직의 기회는 그야말로 바늘구멍이어서 Y사의 기혼 여성 공채는 큰 화젯거리가 됐을 뿐 아니라 경쟁율이 무려 30 대 1이나 되었다.

선영은 지금도 그때 시험장에서 만난 대학 동창들 생각을 하면 얼굴이 화끈해지기도 하고 가슴이 뿌듯해지기도 했다. 서로 아는 척을 하고 나서는 심심해서, 또는 장난삼아 한번 나와봤을 뿐이라는 걸 강조했지만, 속으로는 맹렬한 경쟁의식을 느꼈었다. 붙고 안 다니는 한이 있어도 이왕 시험에 임한 바엔 붙고 봐야 할 것 같았다.

결과를 보니 선영의 동창 중 합격생은 졸업 때 총장상을 받은 현주와 선영 둘뿐이었다.

자연히 현주와도 친하게 지내게 되었고, 알고 보니 현주는 신랑이 사업에 실패해서 어쩔 수 없이 직업 전선에 뛰어든 거였다. 그러나 선영은 순전히 자기 발전을 위해서였다. 선영의 남편은 착실한 엔지니어였고, 작년까지만 해도 해외 근무를 해서 아파트도 십구 평에서 삼십오 평으로 늘려놓았고, 예금도 쏠쏠했고, 올핸 과장으로 진급을 했으니 출세에도 뒤지는 편이 아니었다.

그러면서도 선영에겐 더할 나위 없이 관대했다. 그만큼 돈도 벌었고 출세를 했으면 아내를 곱다란 인형처럼 집 안에 잡아두고 싶었으련만, 선영이 Y사에 원서를 냈단 소리를 듣고는 이것저것 Y사에 대한 정보까지 알아다 주면서 잘 해보라는 격려를 해주었으니 그만하면 남편 하난 잘 만난 셈이었다.

"기혼 여성은 별수 없단 소리 안 듣도록 일 잘 해요. 수틀리면 그만둬도 된다는 티를 내고 싶어 하는 여사원처럼 눈꼴사나운 건 없더라."

합격이 되자 이렇게 따끔한 충고까지 해주었다. 일이 잘 되느라고 출근하게 되자, 얌전한 가정부까지 구하게 되어 선영은 더 바랄 게 없었다. 여성이 가정과 직업을 양립시키기가 듣던 것처럼 힘들 것도 없다는 교만한 생각까지 들었다. 어디 두고 보라지, 나는 그 두 가지를 다 성공적으로 완수할 테니까. 그녀는 갈수록 의욕이 충만했고 살맛이 났다. 여자에게도 사회적인 일과 가정의 행복이 서로 상극하는 게 아니라, 마땅히 동시에 주어져야 할 당연한 권리라는 걸 소리 높이 외치고 싶었고 자신은 그 선구적인 역할을 성공적으로 해내고 있다고 뽐내고 싶었다.

선영은 전철역 앞 지하 다방으로 들어섰다. 그녀의 아파트는 바로 코앞에 있었지만, 그녀는 매일 퇴근길에 거기서 남편과 만나서 같이 들어가기로 하고 있었다. 그런 제안을 그녀가 먼저 했는지 남편이 먼저 했는지는 생각나지 않았지만 무슨 말 끝엔가 아내가 직업을 갖고 나서 겪은 괴로움을 남편은 이렇게 말했었다.

“난 말야, 다 좋은데 말야, 딱 하나 고민은 말야, 퇴근을 할 때 당신보다 내가 먼저 집에 갈까 봐 그게 큰 고민이란 말야. 당신이 문을 열어주지 않는 집은 왜 그렇게 썰렁한지! 그래서 자꾸 길에서 미저대게 돼. 설사 이런 건 고민이랄 것도 없으니 당신까지 신경

쓸 건 없지만 말야."

그럴 때 꼭 남편은 국민학교 남학생쯤밖에 돼 보이지 않았다.

그런 애기 끝에 짜낸 묘안이 전철역 앞 다방에서 만나 같이 들어가는 거였다.

"꼭 연애하는 분 같으셔."

전부터 안면이 있는 마담은 두 사람을 이렇게 부러워했다. 단지 집에 동시에 들어가기 위한 목적에서 비롯된 퇴근길의 만남은 아닌 게 아니라 연애하는 기분까지 내주어 두 사람은 그 시간을 기다렸고, 그 시간을 가장 밀도 있게 즐겼다. 만남을 애태우던 연인들끼리처럼 서로를 반겼고, 그윽한 눈길을 교환했고, 많은 이야기를 주고받았고, 시간 가는 걸 아쉬워했다.

오늘도 선영은 언제나 앉던 구석 자리에 앉아 정성껏 화장을 고쳤다. 그리고 그녀에게 주어진 새 생활에 대한 희열을 느긋하게 음미했다.

"당신 오늘은 꼭 처녀 같아. 매일매일 젊어지고 예뻐지고, 생기가 있어져."

어느 틈에 앞에 와 앉은 남편이 말했다.

"고마워요, 그런 소리 오늘 벌써 두 번짼데 골백

번 들어도 싫증날 것 같지 않네요."

"벌써 두 번째라니. 그럼 어떤 놈팽이가 그런 감언이설로 당신을 유혹했다, 이 소린가?"

"어머머……, 당신답지 않게 별 야비한 추측을 다 하고…… 그게 아니라 아까 전철에서 아기를 받아서 안아줬더니 그 아기 엄마가 나더러 아가씨라지 뭐유?"

"그게 그렇게 좋아? 원 사람도."

남편이 시들하게 말했다.

"여보, 당신 오늘 좀 이상해요. 안색이 안 좋고 기운도 없어 보여요. 목소리도 좀 갈라진 것 같고……."

"그걸 이제 알았어? 감기 든 지가 벌써 며칠짼데……."

"어머머 그걸 왜 이제야 말해요? 당신이 나빠요. 날 시험하려고…… 암튼 미안해요. 어서 들어갑시다. 오늘 콩나물국 끓이라고 이르길 잘했지. 콩나물국에 고춧가루 쳐서 훌훌 마시고 주무시고 나면 거뜬해질 거예요."

선영은 무안한 김에 이렇게 호들갑을 떨면서 일어서서 앞장섰다. 그리고 아이들 줄 과자를 사러 가기 전에 우선 약국부터 들렀다.

"감기약 좀 주세요. 여보, 증세를 자세히 말씀드리세요. 그래야 조제를 잘 해주실 테니까요."

그러나 약사는 남편의 말을 듣는 둥 마는 둥 선영이 쪽을 유심히 살피더니 말했다.

"민아 어머니 건강은 좀 어떠셔요?"

"제 건강이라뇨?"

"수면제를 너무 과용하시는 것 같아서요. 적당한 운동이나 신경 안정 등으로 자연적인 수면을 유도하도록 힘쓰셔야 합니다."

"제가 수면제를요? 그게 무슨 말씀이신지 전 통 못 알아듣겠는데요?"

"민아 어머니도 참, 일하는 애 시켜서 매일 수면제를 사가시면서……."

약사는 마치 성격 파탄자를 대하듯 딱하고 안됐다는 표정으로 선영을 바라보며 말했다.

"여보, 이게 도대체 어떻게 된 일이야?"

남편이 성난 소리로 부르짖었다.

"아, 여보! 이럴 수가…… 하느님 맙소사 이럴 수가……."

선영은 남편의 품에 무너져내리면서 흐느꼈다. 네 살, 두 살의 민아, 경아는 원래 좀 극성맞은 아이들이었는데 가정부한테 맡기고부터 말썽이라곤 안 부리고 온종일 잘 논다고 했다. 밤엔 낮 동안 그리워하던 엄마 아빠를 만나도 어리광도 부리는 듯 마는 듯 어릿어릿했고 얼굴도 부석부석했다. 그걸 선영은 될 수 있는 대로 좋은 방향으로만 해석하려 들었다. 아이들이 순해지고 건강해졌다고.

후회와 두려움과 함께 선영은 그녀의 새로운 생활이 허망하게 무너지는 소리를 들었다.

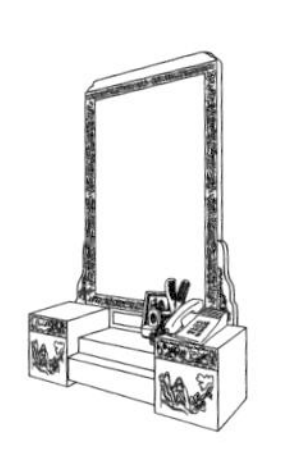

권태

"혹시 정희 씨 아니십니까?"

어설프게 정장을 한 남자가 거스름돈을 작은 지갑에 챙기는 여자의 어깨 너머에서 말한다. 전철 매표구에서의 일이었다.

여자는 그 남자가 잘 생각나지 않는 듯 밤송이처럼 짧은 머리를 갸우뚱하면서 서 있었다.

"종합운동장."

남자는 매표구에다 오백 원짜리를 넣으면서 여자한테 잠깐 기다리라고 시늉을 한다. 표와 거스름돈을 받은 남자가 여자와 어깨를 나란히 했다.

"너 정희가 틀림없는데 왜 시침 떼니?"

"어머 정 형? 나 정말 몰라봤어. 넥타이씩이나 매고 웃기네."

"어디 가서 차나 한잔할까? 안 바쁘면."

"차 속에서 얘기하지 뭐. 나도 같은 방향이야. 구의까지 가니까. 정 형 웃긴다. 넥타이씩이나 매고."

"아까부터 넥타이, 넥타이, 너 내 넥타이에 대한 원한 아직도 안 풀렸구나?"

"피이, 관심이 있어야 원한도 있지. 나 정 형한테 원한 품을 만큼 관심 가져본 적 없어. 원한이 있어서가 아니라 우리 사이의 사건이랄까 그것밖에 없었으니까 화제를 이으려면 별수 없잖아?"

"우리 사이에 있었던 썸씽something이 겨우 요거였다?"

남자가 신경질적으로 넥타이를 끌러 포켓에 쑤셔 박았다. 그들은 대학 때 서클에서 알게 된 선후배 사이였다. 문학 서클이었는데 토론할 때마다 둘이 죽이 잘 맞아 남들은 뒤로 뭐가 있는 사이로 알고 숙덕거리기도 하고 미리 커플로 인정해주는 친구들도 있었다. 그러나 실상은 서클 활동을 벗어난 장소에서 단둘이 차 한잔 마셔본 적이 없는 담담한 사이였다.

그 담담한 사이가 확 달라질 수 있는 계기가 딱 한 번 있었건만 그만 우습게 틀어지고 말았다. 축제날이었다. 정희가 먼저 남자에게 쌍쌍 파티의 파트너가 돼달라고 청했고 남자도 쾌히 승낙했다.

정희는 학교 앞 양장점에서 맞춘 화사한 원피스로 차려입고 미장원에 가서 머리를 매만지고 화장도 엷게 했다.

머슴애처럼 멋 내기와는 담을 쌓고 지내던 정희였건만 파트너가 돼줄 남자에게 최소한의 예의는 지켜야 된다는 생각으로 그렇게 안 하던 짓을 했던 것이다.

그러나 약속 장소에 나타난 남자는 여전히 꾀죄죄한 싸구려 점퍼에 무릎 나온 코르덴 바지 차림이었다. 정희는 마치 그녀의 정장에 누가 별안간 구정물을 끼얹은 것 같은 모욕감을 느꼈다. 너무 분해서 말도 제대로 나오지 않았다. 겨우 한다는 소리가,

"정 형은 넥타이도 없어?"

"젊은 놈이 어느새 목 조르고 다니긴 싫어."

그 자리에서 그녀는 분연히 자리를 박차고 나와버렸고, 축제도 못 갔거니와 서클과도 절연하고 말았다.

"몇 년 만이냐?"

대낮의 전동차 속은 한산해서 두 사람은 세 사람이 앉을 수 있는 구석 자리를 오붓하게 차지할 수가 있었다.

"글쎄."

"한 십 년 되나?"

"아무리, 끔찍해라."

정희가 허풍스럽게 치를 떠는 시늉을 했다.

"아직 시집은 못 간 모양이구나?"

"그건 또 왜?"

"흘러간 시간에 민감한 푼수로 봐서 틀림없겠는데."

"정 형은 도대체 뭐 해먹고 사는데 그렇게 눈치가 발달했수?"

"기자."

"어쩐지 신문보다는 주간지가 어울리겠어."

"맞았어. 너도 능구렁이 다 됐구나."

"그 나이에 주간지 기자면 정 형 쪽이 훨씬 더 흘러간 세월이 아프겠는데."

"군대 갔다 와서 남 다 하는 취직이 죽기보다도 하기 싫길래 대학원에서 한 삼 년 어물쩡대봤는데도 별수가 없더라. 난생처음으로 넥타이 매고 큰마음 먹고 뛰어든 생활 전선이야. 기 죽이지 말고 격려나 해주렴."

정희가 권태롭게 킬킬댔다.

"왜 웃어? 기분 나쁘게……."

"'여자의 뜨거운 곳. 그 신비의 열대', '오십 대 유부녀와 이십 대 제비족의 사연의 종말' 어쩌구 하는 주간지 기사의 타이틀 걸작선은 어떻게 생긴 사람이 뽑고 앉았을까 궁금했었는데 바로 정 형 같은 친구였다니. 어디 관상 한번 봅시다."

"왜 이래? 우리 잡지는 교양지야. 한국 최고의 황색지가 아니란 말야."

"한국 최고 좋아하네. 그럼 '세계적인 석학 리저머리터엉 교수에게 물어본 인류의 미래' 뭐 이런 거창한 기사나 쓰겠네?"

"'리저머 리터엉'이 어느 나라 학잔데."

"글쎄 코스모폴리탄으로 자처하는 세계적 학자라 국적이 생각나지 않네."

"그래도 난 잘 모르겠는데. 공부가 짧다는 건 통감하고 있는 중이야."

"솔직해서 좋았어. 만약 그 '리저머 리터엉' 교순지 사기꾼인지 아는 척했다간 구의까지는 아직 멀었지만 나 내려버렸을 거야."

"그게 누군데?"

"머저리 엉터리를 거꾸로 읽어본 거야."

"한심하구나. 그렇게 심심해?"

"심심하다는 것은 적어도 한심한 것 이상이야. 훨씬 더 큰 불행이야."

"알 만해. 실은 나도 요새 권태를 앓고 있어. 아주 중태야."

"기자라면 새로운 사건의 소용돌이 속에서 살 텐데 그래도 권태로워?"

"사건은 흔해도 감동은 귀해. 이러다간 감동의 기능 자체가 마비돼버릴 것 같아 두려워진 적이 있어. 지금도 혹시나 해서 감동을 찾아가는 길이야. 야구장에 가면, 그 무분별한 열광 속에라면 혹시 순수한 감동이 있을 것도 같아서……."

"가엾은 정 형. 나도 따라가고 싶네. 내 가슴이 찡한 게, 나 혹시 정 형의 권태에 감동한 거 아닌가 몰라? 나야말로 감동의 기능이 마비된 줄 알았는데 뭔가 희망이 보이는 것 같아."

어떤 폭군

이번엔 진태가 시계를 보면서 말했다.

"이제 그만 일어설까? 기다리실 텐데."

"조금만 더. 아직 마음의 준비가 덜 된 것 같아."

영미가 울상을 지어 보이며 앙탈을 한다.

"바보같이……."

그러는 진태도 마찬가지였다. 아까는 영미가 먼저 각오가 된 듯이 사뭇 씩씩하게 진태를 채근했고, 진태 쪽에서 담배 한 대만 더 피고 가자고 떨떠름하게 뭉기적댔었다.

두 사람이 이렇게 뭔 일에 손발이 안 맞고 기동력 없기는 처음이었다. 진태는 키가 훤칠하고 얼굴은 귀티와 장난기가 반반씩 섞인 보기 좋은 성격에 지적인 면과 행동적인 면이 잘 조화된 유망한 청년이었다.

영미는 자그마하지만 균형 잡힌 몸매에 살갗이 곱고, 맑은 눈으로 상대방을 똑바로 보는 버릇과 거침없이 큰 소리로 웃는 버릇이 있었고 전공인 실내장식에 깊은 애정과 유니크한 감각을 가지고 있었다.

두 사람은 벌써 삼 년째 사랑하는 사이였고 서로의 있는 그대로를 사랑했다. 그리고 누가 먼저랄 것도 없이 같이 살고 싶다고 얘기했고, 그 얘기가 나오고부터는 더 이상 따로 사는 게 무의미하고 어리석어져서 견딜 수가 없었다.

같이 살려면 어떻게 해야 하지? 뻔하고도 하나밖에 없는 희답을 그들은 시침 떼고 짐짓 회피하려 들었다. 왜냐하면 그들은 이제 노총각 노처녀여서 친구들의 결혼식을 수도 없이 봐왔고, 그럴 때마다 부럽고 축복스러운 생각보다 그 시장판 같은 속기스러움에 혐오감부터 났었다. 그래서 그들은 그들 자신도 언젠가는 그런 저속한 의식의 주인공이 돼야 한다는 걸 인정하려 들지 않았었다. 그렇지만 막상 같이 살고 싶은 생각을 억누를 수 없게 되고부터 그 생각을 안 할 수가 없었다. 그냥 같이 살자고 할 용기는 둘 다 없었고, 만약 둘 중의 하나가 그런 제의를 해왔다면 십중팔구 뺨이나 맞고 물러나야 했을 것이다.

왜냐하면 가장 첨단의 생각을 가진 것 같으면서도 실은 유구한 전통과 도덕관에서 한 치도 못 벗어난 게 그들이었기 때문이다.

그들은 다 같이 평범하지만 근거 있는 집안 출신이었다. 그들이 여태껏 결혼식이란 걸 기피한 건 실은 양가가 부딪치는 일을 두려워하는 마음이었는지도 모른다. 두 사람이 결혼하기 위해선 싫든 좋든 양가가 만나서 부대껴야 한다. 어쩌면 두 사람을 제쳐놓고 양가 식구들이 더 날치려고 들지도 모른다. 두 사람은 그게 도무지 싫었지만 같이 살고 싶다는 뜨거운 갈망을 위해서 눈 딱 감고 참기로 했다. 그러나 양가 어른들을 만나게 하는 일도 순조롭지만은 않았다.

"아니, 색시도 보기 전에 색싯집 어른들을 만나 뭘 하냐? 먼저 우리가 색시를 보고 마음에 들어서 결혼해도 무방할 것 같다는 승낙이 떨어지고 나야 색싯집 어른을 만나보는 거란다."

영미 부모도 진태 부모가 한 말과 비슷한 말을 했

다. 자식이 연애하는 눈치를 알고도 모른 척하던 부모가 막상 결혼을 하고 싶어 하는 걸 알고부터는 어디 우리 승낙 없이 느희가 결혼할 수 있나 봐라 하는 식의 심술을 부리기 시작했다. 젊은이 입장에선 심술로 보였어도 부모 입장에선 당연한 권리 행사였고, 두 번 다시 안 올 권리 부릴 기회를 될 수 있는 대로 까다롭고 장중하게 하고 싶은 눈치였다.

오늘이 바로 진태는 영미를, 영미는 진태를 부모님 앞에 선보이기로 된 날이었다. 그래서 만난 두 사람은 번갈아가며 망설이다가 진태가 마침내 중대한 사실을 실토했다.

"내 이제서야 말인데, 우리 부모님 특히 어머니께선 집안이 편하려면 남편이 아내를 꽉 쥐어야 한다고 굳게 믿고 계시거든. 만약 며느릿감이 조금이라도 콧대가 세어 보이든지 줏대가 있어 보이면 우리 어머니는 사생결단을 하고 그 결혼을 반대하시겠다는 거야. 그래서 어떡허나? 오늘 우리 어머니에게 선보이는 동안만 나한테 꽉 쥐여서 꼼짝도 못하는 시늉을 해주라, 응? 알았지?"

"우리 어머니는 정반대의 말씀을 하셨는데 여자가

남자를 꽉 쥐어야 그 집안이 된대. 내가 꽉 잡지 못할 남자하곤 보나마나 불행할 테니 결혼할 생각을 말라는 거야. 딸의 행복을 위해 사생결단 반대하시겠다나."

"갈수록 태산이구나. 우리에게 이런 난관이 있을 줄은 뜻밖인데. 그러니 이 노릇을 어떻게 하니?"

"뭘 어떡해? 자기네 가서는 내가 자기한테 쥐여 지내는 척하고 우리 집 가선 자기가 나한테 쥐여 지내는 척하면 될 거 아냐. 그렇게 하면 서로 비기는 게 되니까 미안해할 것도 없으니 좀 좋아."

"참 그렇구나."

진태가 여태껏 미적댄 것도 바로 이 문제 때문이었던 듯 비로소 표정이 밝아졌다. 진태는 집까지 영미를 데리고 가는 동안 남자에게 꽉 쥐인 여자 노릇을 어떻게 연기할 것인가를 세세하게 일러줬다.

"어른을 똑바로 쳐다보지 마, 알았지? 물론 어른 앞에서 나를 바라보는 것도 안 돼. 어디 여자가 남자 얼굴을 감히 똑바로 쳐다보나. 어른이 말씀하실 때는 다소곳이 귀담아 듣되 반문하지 말고 가끔 네, 네, 하고 알아들었단 표시만 하면 돼."

"어떡하나, 난 말귀를 제대로 알아들으려면 상대

방의 눈을 똑바로 보아야 하는데…….”

“글쎄 안 된다니까. 말귀를 알아들을 것도 없어. 지당한 말씀만 하실 테니까 벙어리가 아니란 표시로 네, 네만 하라니까.”

“말귀는 못 알아들어도 좋지만, 나도 자기 부모님이 어떤 분들인지 알고 싶단 말야. 얼굴도 똑바로 못 쳐다보고 그걸 어떻게 알지?”

“여봐, 지금 영미는 선을 뵈러 가는 거지 우리 부모님 선을 보러 가는 게 아니잖아.”

진태가 버럭 화를 냈다.

“진태 씨, 밖에서부터 정말 나를 꽉 잡을 작정이야?”

“불안해서 그래. 연습 좀 해둘 걸 그랬어.”

“걱정 마. 잘 해볼게.”

“그리고 참 절대로 큰 소리로 웃지 마. 우리 어머니는 여자 웃음소리, 목소리, 큰 걸 제일 싫어하셔.”

“자긴 내 웃음소리가 제일 듣기 좋다고 하고선.”

“언제?”

“음악적이라고 안 했어?”

“음악적 좋아하네. 난 영미 웃음소리만 생각하면

벌써부터 진땀 나. 그러니 우리 집에 들어서자마자 아예 웃을 생각은 말아. 밖에 나와선 온종일 음악을 연주해도 좋으니까."

"알았어. 그렇게까지 겁 안 줘도 웃음이 나올 것 같지 않아. 대학시험 볼 때보다 더 떨리니 어떡하지?"

"그걸 말이라고 해. 더 떨리는 게 당연하지."

"자기 오늘 참 이상해, 꼭 폭군 같아."

"폭군? 잘됐지 뭐야. 여자를 쥐려면 그래야지."

진태의 변모는 폭군으로만 끝나는 게 아니었다. 진태네 집에 이르자 진태는 밖에서의 그 늠름하고 사려 깊은 태도와는 딴판의 형편없는 어린애로 변해버렸다. 그렇다고 폭군다움이 없어진 게 아니었다. 그러니까 어린 폭군이었다. 목소리까지 혀 짧은 어린애 말씨로 변했다.

"엄마아, 엄마가 보고 싶어 하던 내 친구를 데려왔어요. 쓸 만한가 보세요."

영미는 진태가 일러준 대로 어머니를 똑바로 쳐다보지 않고 시선을 주로 어머니의 두터운 이중턱과 금목걸이가 늘어진 가슴 사이로만 오르락내리락하면서 공손하게 허리를 숙였다.

"어른을 뵐 때면 큰절을 올려야지. 고개만 까닥하면 어떡해? 엄마아, 애 버르장머리가 이래요. 엄마 속 좀 상하실 거예요."

"속상하긴. 친구 사이라며?"

영미는 어머니가 친구 사이임을 강조하는 게 마음에 걸렸지만 이왕 시작한 거 끝까지 잘해보려고 큰절을 올렸다.

"쯧쯧, 어른 뵐 생각을 했으면 한복을 입고 올 일이지. 타이트스커트 입고 큰절 하는 꼴 참 조오타. 엄마, 애가 글쎄 이래요. 암것도 몰라요. 엄마가 속 좀 썩으실 거예요."

"속 썩긴, 친구 사이라며. 게 앉거라. 내 차 끓여올게."

어머니가 일어섰다.

"엄마아, 엄마가 차를 끓이시다뇨. 영미, 빨리 부엌에 나가 차 끓여와. 그리고 부엌에 뭐 할 거 있으면 지딱지딱 해치우고 시댁에 오는데 일하기 쉬운 간편한 옷을 입고 올 일이지, 그 드레스 같은 옷이 뭐니?"

"애야, 우물에 가서 숭늉 달라겠다. 어디까지나 친구 사이라더니 시댁이라니 망측하구나. 누가 들으면

너 혼인길 막힌다."

어머니의 목소리는 한결같이 조용하고 품위가 철철 넘쳐 영미는 도대체 어떻게 생긴 부인일까 하는 호기심을 더욱 억누를 수가 없었다. 영미가 고개를 들고 어머니를 쳐다보다 말고 깜짝 놀란 건 어머니 뒤에 가려서 여태껏 거기 있는 줄도 몰랐던 아버지 때문이었다. 아버지는 인자한 미소를 띠고 영미를 지그시 바라보고 있었다. 반백의 머리에 온화한 얼굴이었지만 전체적으로 주눅이 들어 보였다. 극성스러운 부인에게 오랜 세월 쥐여 지낸 티가 역력했다.

영미는 그만 그 자리가 어떤 자리라는 것도 잊고, 맑고 드높은 소리로 웃고 말았다. 아버지의 잔잔한 미소도 만면의 웃음으로 번졌다.

각본에 없는 사태가 벌어지자 가장 당황한 건 진태였다. 어머니와 영미 사이에서 울상을 짓고 어쩔 줄 모르는 진태는 영락없는 어린애였다. 폭군 노릇조차 도중에서 까먹어버린 순수한 어린애였다.

영미는 웃음을 멈추고 처음으로 심각하게 그 결혼에 대해 회의하기 시작했다. 영미가 결혼하고자 한 남자는 진태이기 전에 우선 성인 남자였다.

다 큰 처녀가 코흘리개 어린 신랑한테 시집가, 키워서 데리고 사는 악습은 이조 시대와 함께 끝난 게 아니라 지금까지도 면면히 이어져 내려오고 있다는 건 영미에게 새로운 발견이자 충격이었다.

영미가 꿈꾸는 결혼은 서로 쥐고 쥐이는 결혼이 아니라 서로 사랑하는 결혼이었다. 그러기 위해선 우선 서로 어른이 돼야 할 것 같았다.

고부간의 갈등

무역회사의 젊은 사원 현민은 오래간만에 늦잠을 즐기다 말고 어머니와 아내가 다투는 소리에 정신이 번쩍 나면서 대번에 눈이 말똥말똥해지고 말았다.

낮에 외국서 돌아오는 상사를 공항으로 직접 영접 나가는 일을 맡아, 평일로서는 드물게 느긋한 아침 시간이 엉망으로 된 걸 아쉬워하며 현민은 담뱃갑을 끌어당겼다.

홀어머니의 외아들인 현민이 대학 때부터 연애하던 소연과 결혼하면서 고부간의 갈등을 전혀 예상 안 한 건 아니었다. 고부간이란 숙명적인 적대 관계라는 것쯤은 그도 알고 있었기 때문에 미리 대책 같은 거

안 세우는 게 가장 현명한 대책이라고 생각하고 우선 결혼을 먼저 하고 봤다. 그의 대책없음은 결혼 후에도 철저했다. 그는 절대로 어머니와 아내 사이의 말다툼이나 냉전에 개입하지 않았다. 말다툼의 현장에 있을 때도 그랬고, 어머니나 아내가 나중에 일러바치면서 하소연할 때도 못 들은 척, 못 본 척 입을 봉하고 감정을 밖으로 나타내지 않았다. 귀머거리 삼 년, 장님 삼 년, 벙어리 삼 년이라는 남존여비 시대의 며느리 도덕을 현민은 남녀평등 시대의 외아들의 결혼 계율로서 준수하고 있었다.

그렇다고 그의 못 들은 척, 말 못 하는 척이 어머니나 아내의 찬동을 얻고 있는 건 아니었다. 어머니는 어머니대로 아내는 아내대로 원성이 자자했다. 어머니는 입버릇처럼 '못난 자식, 지지리도 못난 자식'이라 했고, 아내는 '당신이 이럴 줄은 정말 몰랐어. 나는 속았어, 속아서 결혼한 거야. 당신은 사기꾼이야'라는 극언까지 했다.

두 여자의 이런 눈물 섞인 원성까지 들어가면서도 그는 태도를 바꾸지 않았다. 못 들은 척, 말 못 하는 척보다 더 완벽한 중립은 없다고 판단해서였다.

그가 만일 그 계율을 어기고 입을 한 번 뻥긋한다면 그 말은 십중팔구 어머니나 아내 중 어느 한쪽의 역성을 든 걸로 오해되어, 역성을 안 들어준 쪽의 원망은 그까짓 '못난 자식'이나 '사기꾼'에 비길 바가 아닌 대사건으로 번거롭게 된다는 걸 그는 누구보다도 잘 알고 있었다.

그렇다고 그는 결코 목석같은 사나이는 아니었다. 아내와 어머니 사이에 끼여서 못 들은 척, 못 본 척, 입 봉하고 있을 때처럼 귀와 눈이 밝아지고 입이 근질근질한 적도 없었다.

오늘 아침의 말다툼만 해도 그의 침실에서 꽤 떨어진 부엌 쪽에서 나고 있건만 그는 편안한 아침잠을 담박 깼을 뿐 아니라 한마디도 놓치지 않고 다 들을 수가 있었다.

"매달 26일은 제 동창곗날이라는 건 어머니도 아시잖아요?"

"그래 넌 여고 동창계, 대학 동창계에다 네 남편 회사 직원 부인계까지 다달이 계 모임만 세 번씩 아니냐? 계 모임뿐인가, 하루 걸러씩 안 나가는 날이 없으면서 그래 늙은이들 모처럼 야외놀이 가겠다는데 웬 심통이냐, 심통이?"

"왜 하필 며느리가 나가는 날로 놀이 가는 날을 잡으셨어요? 집 볼 사람이 없으니까 난감하잖아요."

"그게 어디 내 마음대로 정하는 거냐? 여럿이 가기 편한 날로 정하다가 그렇게 된 거지."

"오늘이 어떻게 어머님한테 편한 날이 되느냐 말예요? 어머님은 어쩌면 제 생각은 조금도 안 해주세요?"

"그러니까 시에미더러 알아서 며느리한테 지장 없는 날을 고르지 않았다고 네가 시비로구나. 맙소사 아무리 시에미가 시집살이 하는 세상이라지만 시에미가 모처럼 놀이 한번 가보겠다는데 도시락 싸고 용돈 줄 일은 제쳐놓고 이럴 수가……."

어머니 목소리가 격해가면서 울음이 섞이는 걸 현민은 이불을 푹 뒤집어쓰고도 알아들을 수가 있었다. 아내의 목소리가 별안간 나직하고 곰상스러워졌다.

"어머님, 그러니까 제가 늘 아파트로 가자고 조르는 거 아네요. 제가 시집오고 나서 이날 이때 어머님하고 다툰 일의 대부분이 집을 누가 보느냐 때문이었거든요. 아파트로 이사만 가면 어머님이나 저나 서로 눈치 볼 필요 없이 나가고 싶은 날 나갈 수가 있으니 좀 좋아요. 서로 의 상하는 일도 없구요."

"마음대로 집을 비우려고 아파트로 이사를 가자고? 집안 꼴 잘되겠구나. 안 된다, 그것만은 안 돼. 나 죽기 전엔 안 된다. 나 죽거든 가렴."

아내가 문을 소리나게 여닫고 찬바람처럼 방으로 들어왔다. 현민은 잠자는 척 코를 골았다.

"나 죽거든 가라고? 그런 담벼락 같은 말이 어딨어? 노인네 소외감 느끼지 않도록 모셔야 한다지만 스스로 담벼락을 쌓는 걸 어떡해. 소외감 느껴도 자업자득이지."

아내가 분해서 쌔근대는 소리까지 들렸지만 현민은 계속해서 자는 시늉을 하다 시간이 촉박할 때 일어나 아침도 거르고 얼렁뚱땅 집을 빠져나왔다.

집만 면했다고 해서 고부간의 갈등까지 면한 건 아니었다. 그는 온종일 그 일이 머리에서 떠나지 않아 우울하고 불행했다. 이 고부간의 갈등이란 고민만 없다면 이 세상은 얼마나 살기 좋은 세상일까?

현민은 마치 이 세상의 모든 고통은 고부간의 갈등과 관계있는 것처럼 느꼈고 낙원이란 다름 아닌 그게 해소된 세상이라고 생각했다. 현민이 생각하기에 고부간의 갈등이란 어머니와 아내가 공모해서 그를 고문하는 안락한 방법이었다. 따라서 고통받는 건 어머니와 아내가 아니라 그였다.

어머니와 아내는 어쩌면 그 일을 즐기고 있을지도 모른다고 생각했다. 즐거운 일이 아니고서야 그렇게 허구한날 싫증도 안 내고 그 일을 되풀이할 수는 없는 일이었다.

현민이 머릿속에 하나 가득 고부간의 갈등을 채우고 찌든 얼굴로 퇴근을 해서 전철을 타고 집 가까이 왔을 때였다. 옆에 앉은 새파랗게 젊은 애들이 주고받는 소리가 들렸다.

"야, 너 오늘 저녁도 고부간의 갈등이냐? 경기 좋구나."

"요샌 연일 그 재미로 산다."

현민이 보기에 고등학교 다닐 나이밖에 안 돼 보이는 젊은 애가 어쩌다 장가를 일찍 들어 연일 고부간의 갈등에 시달리는 모양이었다.

그래도 보기보나는 속은 숙성한 데가 있어 그 재미로 산다는 짐짓 태연한 척하는 것 좀 봐.

현민은 그 젊은이한테 뭉클한 친근감을 느꼈다. 요행 같은 정류장에서 내리는 걸 기회로 어깨를 치면서 어디서 대포라도 한잔 같이하자고 말했다. 어리둥절한 젊은이에게 현민은 자초지종을 설명했다. 젊은이의 대답은 이러했다.

"아저씨도 장가도 안 간 젊으나젊은 놈한테 무슨 악담을…… 우리가 말하는 고부간의 갈등이란 춤추러 가서 고고를 출까, 블루스를 출까의 갈등이란 말입니다."

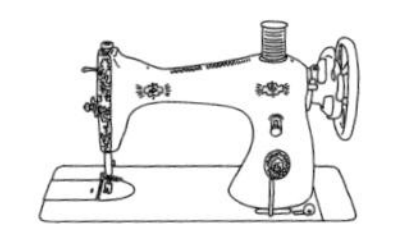

어떤 소나기

C지하상가라고 하면 까딱 잘못하다간 크게 바가지 쓰기 일쑤지만 에누리에 자신만 있으면 꽤 괜찮은 물건을 깜짝 놀라게 헐값으로 살 수도 있다고 널리 알려진 상가였다.

그렇지만 윤 여사에겐 처음이었다. 윤 여사도 물건을 사려고 일부러 들른 게 아니라 길을 건너가려고 지하도로 내려갔다가 곧장 건너편 출구로 솟아오른다는 게 그만 어찌어찌해서 그 유명한 상가를 깊숙이 파고들게 되었다.

액세서리, 구두, 수입 상품 가게가 간혹 섞여 있긴 했지만 거의 나 옷가게였다. 남이 삼십 대로 봐주리라는 은근한 자신감과는 상관없이 마흔 고개를 훨씬 넘긴 윤 여사였건만 옷 구경엔 거의 피곤한 줄 몰랐다.

그러나 C지하상가에선 곧 '역시나' 하는 경멸 섞인 비명과 함께 출구를 찾게 됐다. 통풍이 안 되는 복중의 지하상가는 찌는 듯했고 화학섬유에서 풍기는 독특한 냄새는 눈이 아렸고 처음엔 그럴싸해 보이던 옷들이 볼수록 유명 브랜드의 비싼 옷과 어디가 달라도 다른 게 눈에 거슬렸다. 더욱 못 참아주겠는 건 마음놓고 구경은커녕 흘낏 바라보기도 겁날 만큼 한 가게에서 두 사람 이상의 점원이 뛰어나와 '사모님'을 연발하면서 아양을 떠는 거였다.

나 때만 해도 이렇게 휘뚜루 사모님을 써먹진 않았건만…… 윤 여사는 사모님에 넌더리를 내면서 이렇게 자기가 장사하던 때를 회상했다. 변두리 시장의 순대 장수로부터 시작해서 동대문시장의 멱 장수, 광장시장의 포목 장수 등 윤 여사의 장사 경력도 제법 다채로웠지만 손님을 부를 때 아주머니 아저씨 이상의 존칭을 쓴 일은 거의 없었다. 그야말로 교양이 철철 넘쳐야만 사모님 소리를 들을 수 있었다.

그렇다고 지금 윤 여사가 사모님 소리를 과분해

하는 건 결코 아니었다. 휘뚜루 써먹는 사모님 소리가 적이 불쾌할 만큼 윤 여사는 이제 일류의 귀부인이 돼 있었다. 워낙 장사에 소질이 있던 윤 여사에게 운運까지 붙은 건 광장시장의 포목 장수 시절부터였다. 부업 삼아 여럿이 어울려 개발 지역의 땅을 일이백 평씩 사고팔고 하면서 이재를 터득하고 나서 아주 그 방면으로 나서자 돈이 무섭게 벌리기 시작했다. 그러나 그 여자의 큰 장기는 무슨 일에 손을 댈 때와 뗄 때의 적기를 신기하도록 잘 맞춘다는 데 있었다. 복부인이니 뭐니 하는 오명이 분분하기 전에 손을 떼고 윤 여사는 벌써 몇 년째 품위와 교양이 넘치는 생활을 즐기고 있었다. 그 여자는 품위와 교양 있는 생활을 매우 사랑했지만 구태여 자신의 올챙이 적을 감추려 들지 않았다.

'개같이 벌어서 정승처럼 산다'가 그 여자의 교양의 밑천이었고 만고의 진리였다. 그 여자는 그 퍼내도 퍼내도 마르지 않는 진리를 혼자만 알고 있기가 아까워서 현재 고생을 하고 있는 아는 사람에게 아낌없이 퍼먹였다.

"왜 있잖아요. 공자님 말씀에도 개같이 벌어서 정

승처럼 살라는 말이……."

혹은,

"성경 말씀에도 있잖아요. 개같이 벌어서 정승처럼 살라고……."

처음엔 다만 자기가 좋아하는 말에 권위를 붙이고자 그렇게 말하다가 차차 정말 그 말이 논어나 성경에 나오는 말로 여기게 되었다. 교양은 논어와 성경에 통달했으니 넉넉했고 품위는 명동이나 백화점에서 살 수 있는 유명 브랜드의 옷에 의해 충분히 보장받을 수가 있었다. 그 여자는 요새 '개같이 벌어 정승처럼 산다'를 '개같이 벌어 정경부인처럼 산다'로 응용 발전시킴으로써 더 큰 기쁨을 맛보고 있었다.

윤 여사가 C지하상가를 반도 구경하기 전에 "아아, 여기는 고상한 사람이 다닐 데가 못 돼" 하면서 출구를 찾을 때였다.

"부인 잠깐 들렀다 가시지요. 저희 집은 냉방이 돼 있습니다."

그 옷가게 주인은 제법 나이 들고 점잖아 보였다. 냉방보다는 '부인'이란 호칭이 마음에 들어 윤 여사는 멈춰 섰다. 그러나 안에서 윙윙대며 돌아가고 있는 커다란 선풍기를 보자 어색하게 웃으면서 바로 머리 위에 걸려 있는 줄무늬 티셔츠를 가리켰다.

“이거 얼맙니까?”

“역시 부인 안목은 놀라우시군요. 대번 그 물건을 골라잡으시다니.”

‘흥 안 속는다 안 속아, 그건 내가 벌써 십여 년 전에 써먹은 낡은 수법이야.’

“내가 이런 걸 입다니요. 딸애 바캉스 갈 때 사주면 어떨까 싶어서…….”

“이건 어른 칫순데요.”

“여대생이면 어른 칫수라야죠.”

“부인에게 여대생 따님이 있다구요? 농담이시겠죠.”

‘사람 잘못 봤군, 그건 내가 이미 이십 년 전에 개발한 수법인 것을.’

“얼마냐니까요?”

“부인께서 이 물건이 꼭 필요하셔서 물어보시는 건지요? 점잖으신 분한테 에누리하지 않고 받을 금만 말씀드리고 싶어 여쭤보는 겁니다.”

“그렇다니까요. 난 바쁜 사람이에요.”

“그럼 꼭 받을 금만 말씀드리죠. 만 육천오백 원만

주십시오. 꼭 일할 붙인 가격입니다."

윤 여사는 입가로 웃으면서 말없이 발길을 돌렸다.

"부인."

주인 여자가 윤 여사의 팔을 잡았다. 완력이라고 해도 좋을 만큼 억센 손길이었다.

"제가 값을 불렀으니까 부인께서도 한마디 하셔야죠."

"오천 원이면 사겠어요."

"오천 원은 빼고 한마디만 더, 부인."

"나 바빠요. 오천 원 이상은 한푼도 안 됩니다."

"좋습니다. 개시니까 밑지고도 파는 겁니다. 미스 최, 이거 싸드려."

"안 사겠어요. 뭐 이런 사람이 다 있어. 지금이 어느 때라고 이따위로 장살 해?"

윤 여사가 거칠게 한마디 하고 발길을 돌리려는데 주인 여자와 미스 최가 양쪽에서 하나씩 어깨를 잡았다. 손힘도 위기의식을 느낄 만큼 억셌지만 눈길은 한층 호전적으로 싱싱했다. 그 싱싱함에 윤 여사는 공포감을 느꼈다. 싱싱한 눈길은 점점 그 수효가 늘었다. 저기 붙고 거기 붙은 가게로부터 여자들이 싱싱한 눈길로 싱싱한 욕설을 내뱉으며 모여들기 시작했다.

"뭐 저런 게 다 있어? 지금이 어느 때라고 그런 덜떨어진 장난을 하고 다녀? 이거 또라이 아냐?"

"그래 또라이야, 또라이."

하하하, 또라이래. 히히히 또라이다. 후후후 다 늙은 게 또라이라니. 이렇게 쏟아지는 야유를 한 몸에 받으며 윤 여사는 복중에 벌거벗고 싱싱한 소나기를 맞는 것처럼 창피하고 상쾌했다.

그대에게 쓴 잔을

"이모 오셨어요?"

미주는 어머니와 나란히 앉아 있는 이모에게 먼저 까닥 고개를 숙이면서 마루로 올라섰다. 늙어갈수록 쌍둥이처럼 닮아가고 환해지는 자매였다.

"그래 또 왔다. 이것아. 이 이모 너의 집에 작작 좀 드나들게 시집 좀 빨리 가거라, 이 애물아."

또 어디서 혼처를 가져온 모양이다. 이모는 매우 의기양양해 보이고 어머니의 얼굴은 이번에야말로, 하는 기대로 반짝 빛나고 있었다. 요새 이 늙은 자매는 미주를 시집보내는 일에 거의 종사하다시피 하고 있었다. 이모가 오지 않으면 어머니가 그쪽으로 갔고, 서로 오가는 일이 여의치 않은 날은 전화로 한나절씩 걱정을 주고받았다. 미주는 어머니와 이모가 그녀를 시집보내고 나면 무슨 재미로 살까가 염려스러울 정도로 그들은 그 걱정밖에 할 게 없었고, 그 걱정을 할 때 매우 살맛 나 보였다.

미주는 방년 27세였고 때는 늦가을이었다. 미주는 27세와 28세가 크게 다르다고 생각지 않았지만 어머니와 이모는 천양지판이라고 생각하고 있었다. 그들은 하던 얘기를 계속했다.

"만약 그쪽으로 정혼이 되면 올해 안에 식을 올릴 수 있을까?"

"언니 그건 염려 말라니까요. 그쪽 집은 미신을 좀 믿는 편인데, 점집에서 신랑한텐 올해가 길년이고, 올해를 넘기면 손이 좀 귀할 거라고 그런다지 뭐요."

"우리도 어떡허든지 올핸 넘기지 말아야겠지만 그쪽에서 너무 서둔다니까 그것도 좀 그렇네. 속속들이 알아보긴 잘 알아본 게야?"

"이 집에선 미주만 문제가 아니라 언니야말로 문제야. 딸이 내일 모레면 스물여덟인데 그런 한가한 소리가 나와요 나오길. 이건 그저 딸이 솔깃해하면 엄마가 시뜻해하고, 엄마가 솔깃해하면 딸이 시뜻해하고…… 만날 이 짓이니 뭔 일이 될 게 뭐유?"

"얘 좀 봐, 생사람 잡지 말아 얘, 내가 언제 시뜻해했니? 난 바지만 입었다면 그저 내주고 싶은 심정이야. 내일모레면 스물여덟이라니…… 아유 끔찍해. 그렇지만 미주가 어떻게 기른 딸이라고 눈 감고 내줄 수야 없는 거 아니니?"

"언니, 신랑 자리는 염려 말라니까요. 뭐 하나 빠지는 게 없어요. 부잣집 셋째 아들에다가 학벌 좋고, 인물 좋고, 성격 좋고, 직장 좋고, 착하고 인정 많고……."

"네가 남의 속까지 들어가봤어? 다른 건 몰라도 남의 마음은 그렇게 장담을 못 하는 게다."

"아유 의심도 많아, 그러니까 딸을 스물일곱까지 묵혔지. 이 신랑은 내 친한 친구 조카라고 안 했수. 어려서부터 자라는 걸 지켜봤어요. 내 조카나 다름이 없다니까요."

"그렇게 잘 아는 신랑을 가까이다 두고 왜 이제야 중매를 하는 게야?"

"또 의심……, 내가 미친다니까. 등잔 밑이 어둡단 소리도 못 들었수? 너무 잘 아는 사이니까 한 조카나 동생 같아서 조카사위 삼을 생각은 미처 못 할 수도 있어요."

"그건 그렇고, 요즘처럼 신랑 귀한 세상에 그렇게 나무랄 데 없는 신랑 자리가 왜 여태껏 그냥 남아 있다냐? 그게 이상하잖아? 네가 미처 모르고 있는 험이 있지 않을까. 여자 관계 같은……."

"언니, 나 가겠수. 내가 웃돈 먹고 하는 중매장이유? 어쩜 날 그렇게 취급을 하우? 미주는 왜 여태 시집을 못 갔수? 그 애야말로 나도 모른 무슨 험이 있는 거 아뉴? 남자 관계 같은……."

"애는 누가 들을라. 망측한 소리 작작 해라. 팔은 안으로 굽는다는데 내가 좀 섭섭하게 굴었기로서니 할 소리가 따로 있지."

이러면서도 어머니는 떨치고 일어서려는 이모의 치맛자락을 잡아서 앉히면서 화해의 표시로 어깨까지 토닥거렸다. 미주는 이런 어머니를 바라보면서 스물일곱이란 나이에 죄의식조차 느껴야 했다.

미주도 용모로 보나 조건으로 보나 나무랄 데 없는 신붓감이었지만 어찌어찌하다 보니 죄의식까지 느껴야 할 나이가 되어 있었다. 맞선 여러 번 치러본 처녀고 총각이고 수로 찼지 차인 건 아니라고 주장하길 좋아하지만, 미주는 정말 차기만 했지 차인 적은 한 번도 없었다. 미주에게 맞선을 주선한 친척이나 친구들은 미주가 너무 눈이 높다고 흉보다가, 이젠 미주의 차는 버릇을 습관성이라고 비웃기까지 했다. 그러나 미주로선 그때마다 찰 수밖에 없는 절실한 까닭이 있었던 것이지 단지 차는 재미로 찬 것은 아니었다. 미주는 내일모레면 스물여덟이건만 아직도 연애 감정 없이 타산만으론 결혼할 수 없다는 순진한 꿈을 가지고 있었다.

이모가 서둘러 당장 그다음 날로 미주는 맞선 보는 자리에 끌려 나갔다.

청년은 이모의 말대로 머리끝서부터 발끝까지 훤칠하고 말쑥했다. 미남에다 건강하고 구성미까지 풍겼다. 옷차림도 수수한 듯하면서도 세심한 데까지 신경을 썼다는 걸 알 수가 있었고, 식당에서의 매너도 세련되어 도대체 나무랄 데가 없었다.

미주는 문득 이런 남자에게도 인생의 쓴맛과 아픔에 대한 경험이 있을까 하는 생각이 들었다.

"여기 음식이 꽤 괜찮죠?"

청년이 은빛 나이프와 포크로 부드러운 고기를

능숙하게 썰며 말했다.

"네, 그런가 봐요. 혹시 이 세상의 쓴맛에 대해서도 뭐 좀 아시는 게 있으세요?"

미주는 불쑥 이렇게 물었다.

"쓴맛요? 처음 들어보는 재미있는 질문이군요. 글쎄요. 해마다 봄가을에 한 제씩 먹는 보약 맛 말고는 쓴맛을 전혀 맛본 것 같지 않네요."

그 소리를 들으면서 미주는 어쩔 수 없이 이 남자도 또 찰 수밖에 없다고 생각했다. 정말 어쩔 수가 없었다. 보약 맛 외에 쓴맛을 모르는 남자에게 여자한테 차이는 작은 쓴맛이라도 맛 보여주고 싶은 걸 어쩔 수가 없었다.

차는 건 쉽지만 왜 찼다는 걸 이모에게 납득시키기는 쉽지 않으리라. 서른 살까지 살아오면서 맛본 삶의 쓴맛이 오직 보약 맛밖에 없는 남자가 얼마나 허전하게 보였다는 걸 이모에게 이해시키는 일은 불가능할지도 모른다.

할 수 없지 뭐. 또 습관성이라는 비난을 받을 수밖에.

미주는 부드러운 고기를 한껏 질기게 썰며 어깨를 움찔했다.

성공 물려줘

이삿짐을 다 싣고 나서 봉례는 남편과 아이들에게 눈짓을 했다. 몽당빗자루까지 챙겨서 이삿짐 사이에다 찔러 넣어주느라 이사 가는 식구들보다 더 부산하게 굴던 주인집 늙은 양주는 이제 검부러기 하나도 봉례네 것이 안 남은 걸 확인하고는 새삼스럽게 망연한 눈치였다. 돌이켜보니 십오 년을 한 지붕 밑에서 산 사이였다. 복덕방 영감 따라와 전세 계약 맺고 방 한 칸 얻었을 뿐인 순전한 남남끼리 한 지붕 밑에서 그렇게 오래 살았다는 건 서로 그만큼 무던했다는 증거이기도 했다.

봉례는 꼭 시부모님 모시듯 주인집 노인들에게

극진히 굴었고 주인 노인들 역시 세간 나서 저희끼리 사느라 한 달에 한두 번도 찾아올까 말까 한 아들 내외보다 봉례네를 더 의지하고 살았었다. 그렇다고 서로 섭섭한 일이 아주 없었던 건 아니었다.

일 년에 한 번씩 전셋돈 올려달랠 때는 봉례네가 섭섭했고 봉례네 살림이 피면서 어쩌다가 저희끼리 외식하고 들어와서 불고기 냄새를 피울 때는 주인 양주가 섭섭했다. 외식할 돈으로 고기를 사다가 집에서 해 먹으면 주인집 몇 점 주고도 한결 푸짐할 텐데 그게 싫어서 비싼 불고기 사 먹고 들어왔다고 생각하면 섭섭하다 못해 울컥 서럽기까지 했다. 그게 다 서로 정이 깊이 들었기 때문이었다.

봉례가 눈짓을 하자 남편 덕배는 주인 양주를 안방으로 들이밀면서 말했다.

"좌정하세요. 저희들 절 받으셔야죠. 마지막으로……."

덕배의 목소리도 젖어 있었다.

"마지막이 뭔가, 섭섭하게. 세배도 안 올 작정이구먼."

"원 무슨 말씀을…… 아저씨, 아주머니네 식구로서 마지막이란 소리구먼요."

그사이에 봉례는 주인집 부엌에 미리 숨겨놓았던 술과 안주로 상을 봐가지고 들어왔다. 덕배가 술을 따르고 봉례는 안주를 권했다. 이삿짐 센터에서 나온 인부가 밖에서 어서 나오지 않고 뭘 꾸물대느냐고 투덜대는 소리가 들렸다.

봉례네 다섯 식구는 새삼스럽게 섭섭한 얼굴을 하고 나란히 서서 주인 양주에게 큰절로 작별 인사를 했다.

"아저씨, 아주머니 그동안에 참말로 신세 많이 졌구먼요. 이 은혜 평생 잊지 않을 거구먼요."

봉례는 눈물까지 글썽했다.

"할아버지, 할머니 안녕히 계시고 오래오래 사시고 복 많이 받으세요."

봉례가 어젯밤에 가르쳐준 인사말을 아이들은 한 자도 안 틀리고 낭랑한 목소리로 외쳤다. 아이들은 처음으로 내 집으로, 그것도 아파트로 이사 가는 기쁨에 들떠 잔소리꾼 노인 같은 건 이미 안중에도 없었다. 인사가 끝나자마자 큰 고역에서 풀려난 것처럼 훨훨 네 활개를 치며 벌써 댓돌에서 운동화에 발을 꿰고 있었다.

"저런 성미 급한 너석들 봤나."

깍듯한 인사말이 신통하긴 하지만 손자처럼 정든 너석들 머리통 한번 쓰다듬을 새가 없는 게 아쉬워 노인들은 이렇게 한탄을 하고 나서 정색을 하더니 말했다.

"자네들은 참말로 큰 성공 했네, 암 큰 성공 하고 말고……."

처음 이사 올 때의 봉례 부부의 초라한 행색과 한 리어카도 안 되는 너절한 세간살이 생각이 나는 모양이었다.

"다 주인 어른 잘 만난 덕입죠."

덕배도 성공이란 말에 입이 헤벌어져서 이렇게 겸손했다.

"말은 고맙네만 우리야 그저 전셋돈 올려먹을 생각만 굴뚝같았지 해준 게 뭐 있나. 자네들 부지런하고 참을성 있고 마음성 진국인 덕이지. 우리 아이들은 언제나 자네들만치 성공을 하려는지 참말로 부럽네그려."

봉례는 아까부터 성공이란 말에 가슴이 찐하고 다리가 다 후들댔다.

봉례와 덕배는 고향이 같을뿐더러 조실부모하고 친척집에서 뼛골 빠지게 일하고도 눈칫밥 먹는 신세까지 같았다. 자연히 눈이 맞아 혼사리고 냉수 떠놓다시피 간략하게 치르고 고향을 뜰 때 그들의 착한 마음을 알아주는 마을 사람들이 전송 나와 마음으로부터 빌어주었었다.

"이왕 독한 마음 먹고 고향 뜰 바엔 꼭 성공해서 돌아오게나. 아니 이까짓 두메 구석 안 돌아온들 어떻겠나. 그저 성공만 하게나."

그때 봉례가 듣기에 '성공'이란 말은 아름다운 꿈과 같은 거였다. 오색찬란한 무지개 같은 거였다. 그게 저만치 있음으로써 사는 고달픔과 슬픔에 어느 만큼의 위로가 될 수 있을는지는 몰라도 그게 손에 쥐어질 수 있을 것 같진 않았다. 그건 늘 저만치 뒤쫓을수록 저만치만 있는 거였다.

봉례네가 집을 살 수 있었던 것은 봉례의 알뜰함과 식구들의 건강 때문이기도 했지만 결정적으론 덕배의 해외 취업의 덕이었다. 덕배가 냉동 기술자로 사년 동안 중동에 나가 있는 동안 봉례는 송금되는 돈을 한푼도 축내지 않았다. 셋이나 되는 아이들이 다 학교에 다니고 있었으니까 그건 무서운 결심이었다. 처음엔 야채나 과일 행상을 했지만 이제 어엿한 화장품 아줌마가 돼 있었다. 행운은 그뿐이 아니었다. 변두리에 조그만 집을 하나 살 수 있을 만큼 목돈이 되고 남편도 돌아와 같이 집을 보러 다니다가, 감히 꿈도 못 꾼 맨션아파트를 살 수 있는 행운을 잡은 것이다. 평수는 이십사 평밖에 안 되지만 이름은 어엿한 맨션아파트였다. 분양받은 집주인이 이민을 가게 되어 급히 팔려고 분양가보다도 싸게 내놓은 아파트였다.

집 살 사람은 지금이 적기라고 신문마다 떠들어댈 만큼 부동산 경기가 없을 때라 싼 집이 꽤 나와 있다고 하지만 그중에도 봉례는 파격적으로 싼 아파트를 만났고 그 기회를 잽싸게 잡은 것이다.

산동네의 허술한 오막살이에 전세를 살다가 맨션아파트 주인이 되다니 금시발복도 분수가 있지. 봉례는 그 집을 계약하고 중도금 치르고 잔금 내고 이사가는 오늘까지도 그저 꿈만 같았다. 꿈이면 제발 깨지 말아. 이러면서 지내다가 성공 소리를 들은 것이다. 오오라 이게 바로 성공이라는 거였고나! 이 꿈같은 게. 그래 맞았어. 성공은 처음부터 꿈같았거든. 하여튼 우린 마침내 그걸 해냈구나. 그 성공이란 걸.

봉례는 가슴이 뿌듯하면서 더운 눈물이 솟았다. 이사 가서 자리 잡으면 고향에도 한번 가보리라. 딱히 기다리고 있는 식구는 없지만 성공을 빌어준 친구들한테 성공의 참모습을 보여주고 그 눈부셔 하는 얼굴을 보는 것은 얼마나 즐거운 일일까?

봉례는 구름을 밟는 것처럼 들뜬 기분으로 주인집을 하직하고 이삿짐 트럭 앞자리에 올라탔다. 트럭이 움직이자 새로운 근심이 싹 텄다. 처음 이사 올 때보다 많이 늘긴 했지만 아직도 번들대는 가구보다는 구질구질한 것 투성이의 이삿짐이었다. 암만 해도 맨션아파트엔 안 어울릴 것 같았다. 이웃에서 내려다보면서 저희들끼리 쨍고 까불고 흉을 볼 것 같았다. '그까짓 거 흉보고 싶으면 보라지.' 봉례는 말 많은 산동네 이웃들의 쑥덕공론이나 시비로부터 제법 초연히 살던 자신을 돌이켜보며 이렇게 혼자 으스대보았지만 역시 불안했다.

그러나 봉례의 불안은 기우였다. 아파트 광장에 부려놓은 도깨비 쓸개 같은 세간은 아무의 주목도 못 받았다. 지나가는 유치원 아이도 거들떠도 안 봤다. 큰 장롱이나 피아노 같은 게 없으니까 곤돌라는 안 쓰기로 하고 식구끼리 짐을 나르려니 온종일 걸렸고, 엘리베이터나 복도가 법석이었다. 그런데도 이웃은 다 외출 중인지 낮잠을 자는지 얼씬하는 사람 하나 없었다. 아침부터 이웃이 총동원해서 이삿짐을 싸고 실어준 산동네 인심을 생각하고 봉례는 문득문득 서러움이 복받쳤다.

"이제 두고 보라지. 나라도 이 얼음장 같은 인심을 녹여놓고 말 테니까."

그러나 그게 얼마나 허황한 망상이라는 걸 봉례는 오래지 않아 깨닫게 되었다. 제아무리 뜨거운 불도 얼음과 만나야만 녹일 수가 있는 것이지 서로 만나지 못하면 불은 불, 얼음은 얼음일 뿐이었다.

봉례는 가끔 옆집과 아래 윗집에도 사람이 사나를 의심했다. 물론 베란다마다 화분이 있고, 빨래가 널려 있고 단지 내 슈퍼마켓은 온종일 붐비고 있었지만 말이다.

"무슨 사람들이 인기척이라곤 없이 살까요?"

그녀는 남편에게까지 이렇게 불평했다.

"왜 인기척이 없어. 오른쪽 집에선 피아노 소리가 온종일 시끄럽고 왼쪽 집 목간통하고 우리 안방하고 붙었는지 샤워하는 소리 수도꼭지 덜 잠가 물방울 떨어지는 소리까지 들리는데. 날림 공사를 했는지 이웃집 소리가 너무 잘 들려."

"누가 그따위 소리 말예요. 도깨비 아닌, 사람이 살면 그래도 뭘 먹고 살 텐데 어쩌면 음식 냄새도 안 넘어오나 말예요."

"에이, 또 산동네 티 내고 있네."

덕배가 핀잔을 줄 만도 한 게 이웃의 음식 냄새까지 신경을 써야 하는 건 산동네만의 독특한 풍속이었다. 한집에 여러 가구가 살 뿐더러 이웃끼리도 담장은 허술하고 집들은 다닥다닥 붙어서 별식해서 차마 혼자 먹을 수 없을 만큼 음식 냄새가 잘 퍼졌다. 오죽해야 비싼 고기가 먹고 싶으면 나가서 사 먹고 들어와 주인집 눈총을 받을지언정, 집에서 불고기 냄새 피울 엄두를 못 냈다. 그러나 보다 많이는 나눠 먹으면서 살았다. 그게 짜증스러워 언제나 이놈의 산동네 면하나 벼른 적도 여러 번이었건만 막상 음식 냄새 안 나는 동네에 사니 느닷없이 그게 다 그리워지는 거였다.

음식 냄새야말로 그립고 그리운 인간의 체취다 싶은 생각까지 들 지경이었다. 봉례는 무인도에 유배되어 사람 그리듯이 절절히 이웃의 음식 냄새를 그리워하게 됐다.

어느 날 봉례는 슈퍼마켓 앞에 쭈그리고 앉은 행

상이 햇쑥을 파는 걸 보았다. 봄이구나! 하는 탄성과 함께 걷잡을 수 없이 쑥버무리가 먹고 싶었다. 그 식욕은 아기 설 때보다 더 다급했다. 그녀는 햇쑥을 사다가 그날로 쑥버무리를 한 시루 쪘다. 햇쑥 냄새가 집 안 가득했다. 설마 이 냄새야 이웃에 안 넘어갔을라구. 그녀는 의기양양 쑥버무리를 같은 층의 이웃에 돌리면서 이사 온 아무개 엄마라는 인사를 곁들였다. 이웃 사귀는 방법이 이렇게 쉬운 걸 왜 진작 몰랐을까? 그러나 달라진 건 아무것도 없었다. 쑥버무리 받아먹은 이웃이 틀림이 없는데도, 슈퍼마켓이나 엘리베이터에서 만나서 모른 척하긴 마찬가지였다. 어느 날 잘 닫히지 않아 늘 입을 벌리고 있는 공동 쓰레기통에 곰팡이 난 쑥버무리가 한 무더기 버려진 걸 봉례는 보고 말았다. 그날 봉례는 퇴근한 남편에게 왈칵 안겨 가슴을 쾅쾅 치면서 울부짖었다.

"여보, 고작 이게 성공이란 말예요? 난 싫여, 성공 물려줘! 물려줘!"

나의 아름다운 이웃

내가 결혼해서 들어간 시댁은 스물다섯 평짜리 한옥이었다. 나는 주변머리없게도 그 집에서 자그마치 이십칠 년 동안을 눌러 살았다.

나도 그동안 쭉 시어머니를 모시고 살았지만 그 동네엔 유난히 노인들이 많이 사셨다. 집집마다 노인네가 안 계신 집이 없었다. 시할머니, 시어머니, 친정어머니까지 세 분의 노인을 모시고 사는 집도 있었다. 그분들이 다 우리 시어머님의 친구 되시는 분들이었다.

시어머니는 내가 새며느리 적부터 나를 '아가'라고 부르시던 걸 내 딸이 시집가서 첫애를 낳을 때까지도 여전히 '아가'였다. 동네 노인들은 나를 '새댁'이라고 불렀다. 이십칠 년 동안, 그사이 외손자까지 생겨 할머니라고 부르건 말건 나는 '아가'요, '새댁'이었다.

내가 '만년 아가', '만년 새댁'인 게 얼마나 희귀한 축복이었던가를 안 건 지금 있는 아파트로 이사를 오고 나서였다.

실상 나는 벌써부터 아파트로 이사를 하고 싶었다. 구닥다리 한옥의 구식 부엌과 마당에 있는 수돗가 빨래터는 넌더리가 났다. 나도 문화생활이라는 걸 하고 싶었다. 그러나 시어머님께서 아파트라면 질색이셨다. 그분의 반대엔 이유가 없었다. "나 죽거든 가렴!" 이 한마디로 담벼락처럼 버티시는데 당해낼 재간이 없었다. 이십칠 년 동안 나에게 고된 시집살이를 시킨 것은 시어머님뿐 아니라 그 한옥의 불편도 함께였다.

시어머님이 노환으로 별세하시고 탈상을 하자, 곧 나는 남편과 아이들을 설득해서 아파트로 이사할 준비를 했다. 한옥을 싼값으로 팔고 터무니없이 비싼 아파드를 사놓고 도배노 하고 수리도 할 겸 드나들 때였다. 동경하던 아파트였지만 막상 이사를 하려고 살펴보니 쉬 정이 들까 싶지가 않았다. 이웃의 대부분이 이십 대나 삼십 대 초반의 젊은 주부들이었는데 모두 거만하고 쌀쌀해 보였다. 집수리하러 드나드는 이웃을 보고도 알은체도 안 하고 싹싹 지나다녔다.

전에 살던 동네에선 이사하는 일이 드물어서 그런지, 누구네 집이 팔렸다 하면 섭섭해서 한동안 이웃끼리의 화제가 됐고, 새로 올 사람에 대해서도 억측이 구구했다. 새로 이사 온 지 사흘만 되면 그 집 주인의 직업은 물론, 부엌의 숟가락 수, 한 달에 연탄을 몇 개 때는 것까지가 신기한 소문이 되어 동네에 파다했다. 나는 한옥의 불편함과 함께 이웃간의 그런 비밀 없음을 얼마나 싫어하고 경멸했던가. 그러나 낯선 동네의 낯선 사람들의 무관심에 담박 주눅이 든 나는 이사도 오기 전에 벌써 구식 동네의 그런 촌스러운 풍습과의 결별이 아쉽게 여겨졌다. 내가 이 새로운 아파트 동네에 정이 들 것 같지 않은 까닭은 이웃의 무관심 말고 또 있었다.

엘리베이터를 탔을 때였다. 젊은 엄마와 예쁜 아기가 같이 탔기에 나는 우선 아기에게 아부하기 위해 부드럽게 웃으며 말했다.

"아이고 예쁘기도 해라. 아가, 몇 살이지? 호호호……."

아이는 힐끔 쳐다만 보고 대답을 안 했다. 젊은 엄마가 슬그머니 아기를 나무랐다.

"세 살, 세 살이라고 말씀드려야지. 할머니가 물어보시는데."

새댁에서 별안간 '할머니'로 격상된 충격은 매우 고약했다. 가슴이 울렁이고 다리 팔에 힘이 빠졌다. 그리고 젊은 여자들만 사는 동네에 담박 정이 떨어졌다. '새댁'에서 아직 '아주머니'도 안 거쳤는데 '할머니'라니 말도 안 돼. 젊은것들이란 뭘 제대로 볼 줄도 모르고 말버릇도 엉망이거든. 이렇게 속으로 분개했지만 할머니 신세를 면할 뾰족한 수는 없었다.

이사 오는 날이었다. 옆집에 산다는 여자가 인사를 왔다. 나는 반갑고 한편 놀라웠다. 아파트에도 이웃이란 관념이 남아 있다는 게 반가웠고, 그 여자의 미모가 놀라웠다. 중학교 다니는 자녀가 있는 그 여자의 미모는 싱싱하달 수 없었지만 유달리 착하고 밝은 표정 때문에 눈부시게 느껴졌다. 나는 그런 여자가 내 이웃이라는 게 예기치 않은 행운처럼 즐거웠다.

처음 해보는 아파트 생활이라 공연히 불안하다가도 벽 하나 사이로 그 여자가 이웃해 있다고 생각하면 슬며시 마음이 놓였다. 가끔 그 여자의 어린 딸이 치는 서투른 피아노 소리가 들리는 것도 즐거웠고, 큰 아이들이 큰 목소리로 씩씩하게 싸우는 소리가 들리는 것도 싫지 않았다. 요컨대 절대적인 단절을 보장해주리라고 알았던 두터운 콘크리트 벽이 인기척을 전해주는 게 반가웠던 것이다. 나는 그 여자와 특별히 친하게 지내지는 않았지만 이웃을 잘 만났다고 생각했고, 그 집 아이들을 보면 남다른 정을 느꼈다.

언젠가는 길에서 그 여자를 만났는데, 몸이 안 좋아 병원에 갔다 오는 길이라고 했다. 그러고 보니 많이 수척해진 것 같았지만 얼굴엔 여전히 그 착하고 밝은 미소가 가득했다. 그 후 달포쯤 지나서 반상회 날이었다. 그 여자가 위암으로 수술을 받았다는 소식을 들었다. 그 몸과 마음씨가 함께 고와 보이는 이가 암이라니! 지금까지 살아오면서 무쇠처럼 튼튼한 이가 몹쓸 병마에 붙들리는 것도 적지 않게 보아왔고, 어제 헤어진 이의 부음을 오늘 아침에 듣는 일조차 겪어봤지만 이렇게까지 마음 아파보긴 흔한 일이 아니었다. 아무리 인정사정 없는 게 병이라지만 그 착하고 밝은 미소를 앗아가려는 건 참을 수가 없었다. 나는 그날 밤 잠을 잘 못 이루었다.

제발 그 아름답고 착한 이가 오래 살게 해주소서. 그날 밤도 그 후에도 나는 그 여자 일이 걱정될 때마다 이렇게 간절하게 빌었다. 그 여자가 퇴원했단 소식을 듣고도 바로 문병을 가지 못했다. 용기가 없었다. 아무리 심성이 밝고 고운 이지만 암과 싸우기 위해선 독하고 험한 얼굴을 하고 있을 것 같았고 그렇게 변한 그 여자를 보는 게 겁이 났다. 차라리 안 보고 아름다운 이로서 길이 기억하고 싶었다. 그러다가 같이 문병 가자는 딴 이웃들의 권고를 받고 비로소 그 여자를 보러 갔다. 그 여자의 병상은 내가 멋대로 상상하고 겁을 낸 것처럼 그렇게 참담한 게 아니었다. 건강할 때보다 많이 수척해 있었지만 건강할 때보다 한층 착하고 밝은 표정이었다. 건강할 때의 그 여자의 밝음은 눈부신 거였지만, 병상의 밝음은 고개가 숙여지는 거였다. 그렇다고 그 여자가 자신의 병명을 모르고 있는 게 아니었다. 그 여자는 화사하게 웃으면서 말했다.

"요샌 우리 큰애가 대학교 갈 때까지만 살게 해주

십사고 열심히 기도하는데 너무 과하게 욕심부리는 거나 아닌지 모르겠네요."

그 집 큰애는 고등학교 일 학년이라고 했다. 그런데 과욕이라니.

나는 적어도 내 첫손자가 장가드는 것까지는 보고 싶다는 평소의 내 과욕이 부끄러워서 얼굴을 붉혔다. 그리고 문득 암처럼 고약한 게, 정말 두려워하는 건 목숨에 대한 강렬한 집착이 아니라 저런 해맑은 무욕이 아닐까 하는 생각이 들었다. 그러자 희망이 생겼다. 그 여자가 암을 극복하고 살아날 수 있을 것 같은 내 예감이 들어맞을려나 보다. 그 여자는 요새 만날 때마다 좋아지고 있다.

어제는 커다란 시장 바구니에 과일을 가득 사가지고 씩씩하게 걸어가는 그 여자와 만나기도 했다. 아직도 창백했지만 백합처럼 고왔다.

그 여자는 알까? 내가 마음으로부터 그 여자의 건강을 빌면서 손자가 결혼하는 걸 볼 때까지 살고 싶은 내 과욕을 줄여서라도 그 여자의 목숨에 보태고 싶어 하는 마음을.

박완서 1931~2011

1931년 경기도 개풍에서 태어나 1950년 숙명여자고등학교를 졸업했다. 같은 해 서울대학교 국어국문학과에 입학했으나 한국전쟁이 일어나 학업을 중단했다. 1970년 《여성동아》 장편소설 공모에 『나목』이 당선되어 등단했다. 작품으로 장편소설 『미망』 『휘청거리는 오후』 『목마른 계절』 『도시의 흉년』 『그 많던 싱아는 누가 다 먹었을까』 『그 산이 정말 거기 있었을까』 『그해 겨울은 따뜻했네』 『아주 오래된 농담』 『그 남자네 집』 등이 있고, 소설집 『부끄러움을 가르칩니다』 『엄마의 말뚝』 『저문 날의 삽화』 『너무도 쓸쓸한 당신』 『친절한 복희씨』 『기나긴 하루』 등이 있다. 그 밖에도 산문집 『꼴찌에게 보내는 갈채』 『한 길 사람 속』 『못 가본 길이 더 아름답다』 등이 있다. 한국문학작가상, 이상문학상, 대한민국문학상, 이산문학상, 현대문학상, 동인문학상, 한무숙문학상, 대산문학상, 만해문학상, 황순원문학상, 호암예술상 등을 수상했고, 2006년 서울대학교에서 명예문학박사 학위를 받았다. 2011년 1월 22일 타계한 후 문학적 업적을 기려 금관문화훈장이 추서되었다.

나의 아름다운 이웃

초판 1쇄 _ 1995년 7월 5일
개정판 9쇄 _ 2021년 2월 15일

지은이 / 박완서
펴낸이 / 박진숙
펴낸곳 / 작가정신
편집 / 황민지, 김미래
디자인 / 이아름
마케팅 / 김미숙
홍보 / 정지수
디지털콘텐츠 / 김영란
재무 / 오수정

주소 (10881) 경기도 파주시 문발로 314
대표전화 031-955-6230 팩스 031-944-2858
이메일 editor@jakka.co.kr 블로그 blog.naver.com/jakkapub
페이스북 facebook.com/jakkajungsin 인스타그램 instagram.com/jakkajungsin
출판 등록 제 406-2012-000021호

ISBN 979-11-6026-126-4 03810

이 도서의 국립중앙도서관 출판시도서목록(CIP)은 서지정보유통지원시스템 홈페이지(http://seoji.nl.go.kr)와 국가자료공동목록시스템(http://www.nl.go.kr/kolisnet)에서 이용하실 수 있습니다.
(CIP제어번호 : CIP2019000538)